REGINA SCHLEHECK

Mörderisches vom Niederrhein

NIEDERUNGEN AM RHEIN Wer mit dem Niederrhein Spargelanbau, Windräder, Kopfweiden und viel Gemüt assoziiert, wird dank der idyllischen Bilder das hochgefährliche Potenzial der Region vermutlich übersehen. Geografisch, historisch-politisch und kulturell eint die Gegend vor allem eins: nichts. Die Mischung aus Abgrenzung und Überschneidung sorgt für brisante Konfliktstoffe, die Regina Schleheck in 12 spannenden Kurzkrimis mit verschiedensten Protagonisten an unterschiedlichsten Schauplätzen auf bitterböse, schwarzhumorige und berührende Weise eskalieren lässt, bis die Niederungen der Gefühle für Aufruhr zwischen Rhein, Niers und Rur sorgen. Weil Gemüt noch lange nicht Gemütlichkeit garantiert. Und flach nicht platt ist am Niederrhein.

Regina Schlehecks Biografie fand in ihrer Bibliografie Niederschlag: Wuppertal, Köln, Aachen, Herford, Leverkusen. In allen Lebensstationen besuchte sie den benachbarten Niederrhein. Heute lebt die hauptberufliche Oberstudienrätin, freiberufliche Autorin, Herausgeberin, Referentin und fünffache Mutter an der Grenze von Rheinland, Bergischem Land und Niederrhein. Seit 2002 veröffentlicht sie Kurzgeschichten, Hörspiele und Romane, unter anderem den biografischen Kriminalroman »Der Kirmesmörder – Jürgen Bartsch«. Sie wurde vielfach ausgezeichnet, darunter mit dem Deutschen Phantastik Preis sowie dem Friedrich-Glauser-Preis in der Sparte Kurzkrimi. Der »Mörderische Niederrhein« ist ihr vierter Kurzkrimi-Band im Gmeiner-Verlag.

REGINA SCHLEHECK

Mörderisches vom Niederrhein

Krimis

GMEINER

Immer informiert

Spannung pur – mit unserem Newsletter informieren wir Sie
regelmäßig über Wissenswertes aus unserer Bücherwelt.

Gefällt mir!

Facebook: @Gmeiner.Verlag
Instagram: @gmeinerverlag
Twitter: @GmeinerVerlag

FSC www.fsc.org
MIX
Papier aus verantwortungsvollen Quellen
FSC® C083411

Besuchen Sie uns im Internet:
www.gmeiner-verlag.de

Im Ehnried 5, 88605 Meßkirch
Telefon 07575/2095-0
info@gmeiner-verlag.de

1. Auflage 2021

Lektorat: Katja Ernst
Herstellung: Mirjam Hecht
Umschlaggestaltung: U.O.R.G. Lutz Eberle, Stuttgart
unter Verwendung eines Fotos von: © Frank Kimpfel / shutterstock.com
Druck: CPI books GmbH, Leck
Printed in Germany
ISBN 978-3-8392-0060-5

Personen und Handlung sind frei erfunden.
Ähnlichkeiten mit lebenden oder toten Personen
sind rein zufällig und nicht beabsichtigt.

KEINE HEXEREI

Im Grunde war es Käthes Schuld. Frauen können einfach nicht mal ruhig zusammensitzen. Da muss immer gequasselt werden, und wenn es gerade so richtig gemütlich wird, muss eine – wie sagt man auf Neudeutsch? – Challenge her. Irgendwelche Spielchen, vorzugsweise muss man sich – auch wieder neudeutsch – outen, also sich irgendwie blamieren. Ich meine, die Käthe ist eigentlich ganz okay. Für eine Frau. Sonst hätten wir sie ja gar nicht an unseren Tisch eingeladen. Eine tolle Kollegin, die zupacken kann, nicht nur Spaß, sondern außerdem was von Autos versteht – ein Kumpel halt.

Unser Stammtisch war keine geschlossene Veranstaltung, wir hingen, wenn wir von unseren Touren zurückkamen, im hauseigenen Biergarten ab, Jan, Ricky und ich. Haben ein, zwei, drei Alt gekippt und gefuttert, was die Brotkiste noch hergab. Wenn die Stimmung gut war, sind wir in den letzten Jahren, wenn Boltens Picknick Biergarten um zehn die Schotten dichtgemacht hat, zum »Brauhaus zum goldenen Handwerk« in der Korschenbroicher Innenstadt gestiefelt. Na ja, und gespielt haben wir immer schon ganz gern. Also Karten. Anfangs, als wir zu dritt waren, Skat. Dann kam Käthe dazu, und Ricky hat uns Doppelkopf beigebracht, weil er keinen Bock hatte, dauernd auszusetzen. Heute hat keiner mehr Bock auf Skat.

Doppelkopf ist viel spannender. Das ist kein Kräftemessen einer gegen zwei, sondern der Reiz liegt darin, dass man mit einem Partner spielt, aber wer das ist und wie stark der ist, erfährt man manchmal erst zum Schluss. Man muss halt gut beobachten, mitkriegen, was für ein Blatt die anderen haben, strategisch spielen. Und sich nicht verplappern. Das war das, was Käthe ein bisschen nervte dabei. Die hätte am liebsten jeden Spielzug ausdiskutiert. Dabei dreht sich alles um die Frauen. Sie geben den Ausschlag. Also die beiden Kreuz-Damen. Wer sie hat, gehört zur »Re«-Fraktion, die anderen sind »Contra«. Es kann aber durchaus passieren, dass einer die beiden Kreuz-Damen hat, der muss gegen die drei anderen spielen. Das ist erst recht nicht leicht zu durchschauen, außer man ist eben der mit den zwei Damen. Natürlich kann man auch Ansagen machen, aber dann ist ein bisschen die Spannung raus. Und wenn man zu viel getankt hat und nicht aufpasst, schnallt man nicht nur selbst nicht mehr, wer eigentlich gegen wen spielt, sondern man kann seine Mitspieler ganz schön in die Irre führen. Weil es bei uns vor allem darum ging, nach einem anstrengenden Arbeitstag runterzukommen und Spaß zu haben, hat das allerdings nie jemand krummgenommen.

Bis wir Manni kennenlernten. Im »Goldenen Handwerk«. Er saß allein am Nebentisch und hatte wohl schon eine Weile zugehört, wie wir spielten und uns unterhielten. Beugte sich irgendwann zu uns rüber und meinte: »'tschuldigung, darf ich Sie mal was fragen?«

Die Frage an sich ist ja schon der größte Blödsinn. Man *tut's* ja, während man fragt, ob man's darf. Ich meine, klar, es ist eine Floskel. Aber im Nachhinein fragt man sich ja immer, woran es gelegen hat. Wie es gekommen ist. Es war halt von Anfang an was an ihm, was ein bisschen – na ja, genervt hat. Mich zumindest.

Ob er es richtig mitgekriegt hätte, dass wir Kollegen seien, wollte er wissen. Also Auslieferungsfahrer. Für die Privatbrauerei Bolten?

Und als wir bestätigten: er auch! Also nicht für Bolten-Bier, sondern für die König-Brauerei in Duisburg-Beeck. – Was für ein Zufall!

Wie das so ist, wenn man überraschend angesprochen wird. Man guckt natürlich als Erstes in das Gesicht von dem, der einen anspricht. In dem Moment, als er das sagte mit der König-Brauerei – ich schwöre! –, schwenkten unser aller Blicke auf das Glas, das vor ihm stand. Ein Pils. Klar, das war ja irgendwie zu erwarten gewesen. Wir sahen uns an und mussten lachen. Ein bisschen peinlich berührt.

Natürlich haben wir ihn zu uns an den Tisch eingeladen. Kollege! Prost! Ihm das Du angeboten.

Ich glaube, er hatte unser Lachen falsch verstanden. Weil er sich als Erstes erkundigte, was wir denn trinken wollten, die Runde gehe auf ihn. Was für eine Frage! Er sah doch, was da vor uns stand. Wir haben dann mit Boltens Alt gegen Köpi angestoßen und uns unseren Teil gedacht. Was soll man da diskutieren? Klar hat er sich anschließend von uns allen einen ausgeben lassen. Und gekostet. Und es stehen gelassen. In dem Punkt waren wir allerdings stur. Wir bestellten konsequent Alt-Runden. Er bedankte sich, orderte jedes Mal ein Pils hinterher und schob sein Alt entweder Ricky oder Jan zu, die neben ihm saßen. Oder in die Mitte. Irgendwer erbarmte sich schon.

Köpi!

Ich meine, dazu gibt es eigentlich nichts zu sagen, weil es ist, wie es ist. Am Niederrhein trinkt man Alt. Punkt. Der Rest der Welt mag untergärige Biere trinken, wie er will. Meine Mutter sagte immer: »Und wenn der Rest der Welt aus dem Fenster springt, bist du trotzdem nicht so bekloppt und springst hinterher.« Natürlich bricht sich niemand ein Bein, wenn es mal gar nichts anderes gibt als Pils. Aber doch nicht freiwillig.

Es ist nicht nur eine Frage des Geschmacks. Da steckt eine Geschichte hinter. Obergärige Biere sind die, die unseren Breitengeraden entsprechen. Bei gemäßigten Temperaturen, 15 bis 20 Grad Celsius, verbindet sich die Hefe beim Brauvorgang, wird von der Kohlensäure nach oben gedrückt und arbeitet da. Es ist die Methode, wie früher alle Menschen Bier gebraut haben, weshalb es eben auch Altbier heißt. Im Winter oder da, wo es ganzjährig Eis gab, hat man untergärig gebraut. Hier am Niederrhein haben wir nun mal keine Gletscher. Weshalb es im Sommer gar keine Alternative zum Alt gab. Im Winter, wenn es der Hefe zu kalt ist, bei vier bis neun Grad Celsius, kann sie sich nicht verbinden und treibt nicht auf, sondern die Partikel sinken nach unten. Da braucht es länger zum Gären. Das untergärige Bier ist dafür weniger anfällig für Pilze und Mikroben und länger haltbar. Weshalb es auch Lager- oder Exportbier genannt wird. Man kann es größere Strecken transportieren, ohne dass es verdirbt. Klar, dass alle Brauereien mit der Erfindung der Kühlschränke auf untergärige Biere umgestiegen sind. Moderne Denke. Eine Frage des Profits. Hier am Niederrhein hält man an Traditionen fest. Und was den Geschmack angeht: Bei Obst oder Gemüse ist es ja nicht anders: Frisch schmeckt es super. Heute gibt es alles tiefgekühlt und in Konservendosen – leckerer wird es dadurch nicht. Wo in Deutschland kriegt der Verbraucher noch Altbier? Der gemeine Biertrinker wurde von den Brauereien und dem Handel längst umkonditioniert. Frische Ware ist heute überall Luxus.

Es ist nicht so, als wären wir am Niederrhein die letzten Sturköppe. Natürlich soll jeder trinken, was er mag. Aber damit macht er es sich nicht gerade leicht, wenn er bei uns Anschluss finden will. Worauf Manni es offensichtlich anlegte.

»Wie kommt es, dass du dich heute Abend in Korschenbroich rumtreibst?«, wollte Käthe wissen.

Er übernachte bei seiner Tante, verriet er uns. Die gleich um die Ecke in einem schnuckeligen Fachwerkhäuschen lebe, niemand mehr habe als ihn, und da würde er halt immer mal nach ihr gucken, wenn er auf seinen Fahrten in Korschenbroich vorbeikäme. Morgens früh habe er es nicht weit von hier zur Arbeit. Er überlege sowieso, sich umzuorientieren. Das wäre ja eigentlich eine ganz schöne Gegend, nicht so eine Industriestadt wie Duisburg, nicht so viele Zuwanderer und was das alles so nach sich zöge: No-Go-Areas, Familienclans, Bandenkriminalität, man traute sich da ja abends gar nicht mehr auf die Straße. Und ein Job ließe sich doch bestimmt auch irgendwo finden.

Dabei guckte er uns an, als ob er fragen wollte, ob wir nicht morgen ein gutes Wort für ihn einlegen könnten.

Ricky klopfte geräuschvoll mit den frisch gemischten Karten auf den Tisch. »Wie sieht es aus? Nächste Runde?«

Ehe Jan oder ich es verhindern konnten, fragte Käthe: »Kannst du Doppelkopf?«

Manni nickte freudig: »Gerne, wenn ich darf.«

Wir guckten uns an.

»Okay, ich setz' dann mal aus«, sagte ich. »Muss eh Bier wegbringen.«

Als ich zurückkam, hatten die anderen nach dem Austeilen der Karten gerade erst geklärt, dass und wieso wir mit Neunen spielten. Herrjemine. Nichts entzweit Menschen mehr als unterschiedliche Spielregeln.

»Spielen, richtig verstanden, ist etwas Wunderschönes«, meinte Ricky.

»Es kann gerade für junge Menschen eine gute charakterliche Schulung sein«, ergänzte Jan.

»Äh, und was ist Trumpf?«, fragte Käthe kichernd.

Manni wirkte verwirrt. »Damen, Buben, Karo und die Herz Zehn, oder wie spielt ihr das?«

Wir lachten.

»Das sind Zitate«, klärte ich ihn auf. »Es gibt einen Sketch von Loriot, der heißt ›Skat‹, da reden die so.«

»Aber wir spielen doch Doppelkopf.« Manni war immer noch verwirrt.

»Genau. Und du kommst raus«, mahnte Käthe.

Zwischen den Spielen versuchte sie, Stimmung zu machen und ein Gespräch in Gang zu bringen. So richtig klappte es nicht. Im Wesentlichen beschränkte sie sich darauf, Manni Fragen zu stellen, die der bereitwillig beantwortete. Nach seiner Familie – seine Eltern lebten in Duisburg, keine Geschwister, keine Frau, keine Kinder –, der Tante, dem Häuschen. Mir kam der Gedanke, ob Käthe nach ihrer Scheidung vor zwei Jahren etwa auf der Suche war. Aber ausgerechnet so ein – na ja. Ich guckte mir die Kollegen an. Der Lack war ab. Auf dem Koppe zu wenig, am Bauch zu viel. Dafür knackige Oberarme, breites Kreuz. Mit Manni konnten wir mithalten. Was er um die Hüfte weniger hatte, fehlte ihm auch obenrum.

Ich meldete mich als Erster ab und registrierte mit einer gewissen Genugtuung, dass die anderen ebenfalls ihre Deckel zahlten.

Etwas über eine Woche später trafen wir Manni wieder. Er hatte sich – ganz schön dreist – an unseren Tisch gesetzt und winkte uns freudig zu, als wir eintraten.

»Oh nein.« Das war Jan.

»Was habt ihr denn?« Käthe winkte zurück.

»Ich setze nicht aus«, kündigte Ricky an.

»Hallo, Kollegen«, begrüßte uns Manni und hielt das Doppelkopfspiel hoch, das der Wirt an unserem Tisch deponiert hatte. »Diesmal ohne Neunen?«

»Diesmal ohne dich«, raunte Ricky. »Hallo, Manni!«, sagte er.

»Wir können ja mal was anderes spielen«, schlug Käthe vor.

»Was denn?« Jan hatte das Kartenspiel schon an sich genommen.

»Ein Trinkspiel.«

»Was soll das sein?« Jan mischte das Blatt.

»Einer denkt sich Fragen aus. Wenn man sie richtig beantwortet, muss der Fragensteller ein Bier exen, wenn nicht, derjenige, der die Frage nicht beantworten konnte.«

Jan teilte die Karten aus. »Wunderbar, dann kannst du ja gleich aussetzen und dir Fragen überlegen, während wir spielen. *Mit* Neunen.«

Tatsächlich besorgte Käthe sich Papier und Stift und schrieb etwas auf, während Ricky ein Damensolo ankündigte und – nachdem wir mit Manni die Regeln geklärt hatten – schlussendlich gewann.

»Jetzt aber noch ein richtiges Spiel«, quengelte Jan. »Solo ist doof.«

»Macht ihr nur.« Käthe lächelte. »Ich denk' mir gerade was aus. Mal testen, wie viel ihr von Bier wisst. Vom Niederrhein.«

Jan mischte eifrig. »Nur hier oder auch auf der Günnekant?«

»Günnekant?« Manni runzelte die Stirn.

Ich gab den Erklärbär: »Da, wo du herkommst. So sagen sie jedenfalls hier im Norden. Im Süden heißt es ›Schäl Sick‹. Düsseldorf, Duisburg, Wesel, Emmerich. Die andere Rheinseite halt.«

»Du bist zuerst dran, Manni«, neckte Käthe. »Wenn du auf unsere Seite ziehen willst, »musst du erst zeigen, dass du dich auskennst.«

»Schöne Idee«, pflichtete Ricky bei. »Und wenn jemand verliert, ist er noch mal dran. So lange, bis er eine richtige Antwort schafft.«

»Gut. Dann spielt mal ruhig die Runde zu Ende. Ich

lass mir noch was einfallen. Aber es wird nicht nur um Bier gehen. Alles mit Schluckfaktor.«

Sie zückte ihr Smartphone, googelte, notierte etwas, googelte wieder.

Wir spielten die Runde zu Ende. Nachdem wir das Solo gegen Ricky verloren hatten, gewann der erst ein Spiel mit mir, danach zweimal mit Jan, das letzte entschieden Jan und ich für uns. Obwohl ich es Ricky nicht gönnte, fühlte es sich am Ende okay an. Nur Manni guckte ein bisschen blöd aus der Wäsche.

Käthe orderte eine Runde Alt. Schob ein Glas vor Manni. »Alles klar?«

Der nickte. Wir lehnten uns zurück.

»Wann erhielt Heinrich der Brauer das Recht, auf dem damaligen Kraushof Bier zu brauen, woraus die Privatbrauerei Bolten entstand?«

Manni stöhnte. »Was für eine Frage! Woher soll ich das denn wissen?«

»Ich geb' dir drei Zahlen zur Auswahl: 1266, 1566 oder 1766?«

»1566?«

Wir lachten und hoben die Gläser. »Prost, Manni!«

»Das ist nicht fair! Ihr wisst das doch alle!«

»Klar«, sagte ich. »Und du musst es lernen, sonst kriegst du hier keine Schnitte: 1266. Die älteste Brauerei am Niederrhein!«

Der Blick, mit dem er das Alt ansah! Er hob das Glas an, trank es in einem Zug leer und wischte sich mit dem Ärmel den Mund ab.

»Okay. Nächste Frage: Ein Destillateur aus Antwerpen

begann 1876 in Heinsberg mit der industriellen Herstellung welches heute noch beliebten Getränks für seinen Kolonialwarenladen: Genever, Eierlikör oder Vugelbertroppn?«

»Wo ist denn da ein Bier?«, protestierte Manni.

»Ich sollte mir ja noch mehr ausdenken. Also los!«

»Sind Vogelbeeren nicht giftig? Ich sage: Genever.«

»Nix da. Eierlikör. Verpoorten.«

»Die sind doch in Bonn!«

»Dahin umgezogen. Willst du lieber einen Eierlikör?«

»Wenn das geht.« Manni winkte der Kellnerin. Bestellte und exte tatsächlich einen Eierlikör. *Lieber* als ein Alt!

»Das schaffst du jetzt aber«, sagte Käthe. »Was unterscheidet Altbier von Kölsch? Es ist obergärig? Sein Ausstoß ist doppelt so hoch? Der Röstvorgang?«

»Viel zu einfach!«, rief Jan.

»Es ist obergärig«, sagte Manni.

Wir klopften uns auf die Schenkel vor Lachen.

Manni schien verwirrt. »Hä? Was soll denn daran falsch sein? Kölsch und Alt sind beide obergärig!«

Käthe frohlockte: »Das war nicht meine Frage. Ich wollte wissen, was sie unterscheidet.«

»Ach so! Ja klar, der Röstvorgang! Der Ausstoß stimmt nicht. Das Kölsch ist beliebter. Aber das ist unfair! Ich hab die Frage falsch verstanden. Ich wusste die Antwort!«

Den Kommentar zum Kölsch hätte er sich sparen können, fand ich. »Falsch beantwortet ist falsch beantwortet«, sagte ich und rief in Richtung Theke: »Noch ein Alt, bitte!«

Das ließ Manni nicht auf sich sitzen. »Käthe hat nicht gesagt, dass es ein Alt sein muss.«

»Stimmt«, sagte Käthe.

Manni rief: »Kein Alt! Ein Köpi!«

Erst als es vor ihm stand, fiel ihm auf, dass es ein 0,33-Liter-Glas war, während das frisch gezapfte Alt nur 0,2 Liter betrug.

»Leute, das muss ich aber nur halb trinken«, sagte er.

»*Du* wolltest ein Köpi. Also mach es leer«, ordnete ich an.

Er tat's tatsächlich, rülpste, stand auf. »Muss mal kurz in die Keramik.«

»Wieder fit im Schritt?«, erkundigte sich Käthe, als er zurückkam.

Er hielt den Daumen hoch.

»Wann wurde die Brauerei Schlüffken in Krefeld gegründet? 2002, 2013 oder 2018?«

Er strahlte. »Die hab ich neulich erst beliefert. 2018.«

»Na, höchste Zeit. Mein Alt war schon fast schal.« Käthe hob das Glas, kippte es runter und orderte ein neues.

»Weiter im Uhrzeigersinn! Peter!«

»Aye, aye, Sir!«

»Heißt das in dem Fall nicht Siri?«, warf Ricky ein.

»Nix da.« Käthe wedelte mit ihrem Zettel. »Ich bin für die Fragen, nicht die Antworten zuständig.«

»Mach hinne«, forderte ich sie auf. »Ich hab Durst.«

»2002 wurde die Krefelder Rhenania-Brauerei geschlossen. Mitarbeiter übernahmen, und seitdem heißt die Brauerei: Hülsener, Königshof oder Krefelder Alt?«

»Die Regel lautet aber nicht, dass ich nicht trinken darf, wenn ich es weiß?«

»Trinken kannst du immer. Nur nicht auf ex. Also nur, wenn du willst.«

»Königshof. Prost, Käthe.« Wir leerten beide das Glas.

»Jan. Welcher niederrheinische Ort ist für seine Zigarrenproduktion bekannt? Rheinberg-Orsoy? Hommersum? Duisburg-Essenberg?«

»Orsoy. Prost, Käthe.«

Nachdem sie mit frischem Alt versorgt war, kündigte Käthe an: »Das ist mein vorletztes. Mehr schaff' ich nicht. Also sei kein Spielverderber, Ricky.«

»Ich geb mir Mühe«, versprach der.

»Dafür wird's jetzt süß. Welcher Süßwarenproduzent hat in Viersen seine deutsche Zentrale: Mars? KitKat? Ferrero?«

»Puh. KitKat?

»Prost. Mars.«

»Endlich!« Während Ricky trank, winkte er schon der Kellnerin, die ihm ein neues Bier brachte.

»Immer noch süß: Welche Nascherei wird in Kempen produziert? Storck? Eszet? Nappo?

»Äh. Wer frisst den so 'n Zeuch? Eszet!«

»Falsch. Nappo.«

»Hast du auch was Anständiges auf Lager?«, wollte Ricky wissen, nachdem er sich den Schaum abgewischt hatte. Was frisches Herbes?«

»Was ist an Herpes anständig? Von mir aus. Aber ohne Antwortmöglichkeiten: Die Neusser Skihalle hieß bis vor ein paar Jahren?«

»Jever Fun! Ich geb' die nächste Runde!«

Käthe exte und wiederholte: »Das war mein vorletztes. Wenn Manni die nächste richtige Antwort hat, ist Schluss mit lustig.«

Jeder bekam ein frisches Alt. Manni schob seins nicht beiseite. Hatte er die Größe des Glases zu schätzen gelernt? Biere, die schnell kippen, muss man schnell kippen, entsprechend klein sind die Gläser, in denen obergäriges Bier serviert wird.

»Es geht um die Wurst«, versicherte Käthe. »Pass auf: In Straelen wurden Mitarbeiter eines Lebensmittelunternehmens mit einer Statue geehrt. Der unbekannte Spargelstecher? Der Bofrost-Mann? Der Wilke-Wurstmaxe?«

»Wenn du schon so fragst: der Wurstmaxe.«

»Bedaure. Der Bofrost-Mann.«

»Aufs Glatteis geführt!« Ricky freute sich.

Manni schwieg und trank.

»Wenn du statt Alt eine Empfehlung für einen Kurzen willst, hilft vielleicht die nächste Frage: Ein Kempener Kräuterlikör heißt: Kempenkraut? Thomas Bitter? St. Hubert?«

»St. Hubert?«

»Bedienung! Einen Thomas Bitter für den Herrn hier!«, schrie ich. »Den spendiere ich dir!«

Was blieb Manni übrig, als sich zu bedanken und zu schlucken, was ihm vorgesetzt wurde?

»Wo wir schon mal dabei sind: Wo befindet sich das Underberg-Palais, Stammhaus der Spirituosenfamilie? In Schwalmtal? Brüggen? Rheinberg?«

»Was du für Leute kennst«, stöhnte Manni. »Schwalmtal?«

Käthe lachte. »Rheinberg! Der geht auf mich!« Sie winkte der Kellnerin und prostete Manni zu, als er den Underberg anhob und rülpste.

»Lieber wieder eine Brauerei-Frage? Seit 1878 hat sie ihren Sitz in Issum …«

»Diebels!«, schrie Manni triumphierend.

»Okay, das wars!« Käthe exte ihr Bier.

»Oooooh«, grölten wir alle, während Manni schon wieder die Toilette aufsuchte. »Wir haben doch erst eine Runde geschafft!«

Als Manni zurückkam, stand vor jedem Platz außer Käthes wieder ein Alt. Ich hielt den Zettel hoch, den Käthe mir anvertraut hatte. »Wir haben uns geeinigt. Käthe ist raus. Ich bin der neue Spielleiter und hab die nächste Runde geschmissen. Damit ich endlich auch mal zum Trinken komme.«

Manni sagte nichts.

»Jan. Etwas für die unter uns, die sich am liebsten von Haxe ernähren: Die Gemüsefirma Bonduelle hat ein Werk in Wachtendonk? Kerken? Straelen?«

»Leck mich«, kommentierte der. »Von mir aus, wo der Pfeffer wächst.«

»Wo nämlich?«

»Wachtendonk.«

»Mein Gott, bist du verstrahlt! Straelen, was sonst? Da steht das grüne Sofa!«

»Ich kenn' nur meinen Stuhl. Und der ist braun«, maulte Jan und kippte sich sein Alt hinter die Binde. »Die Firma dankt.«

»Okay. Für den Tierliebhaber und damit die Günnekant auch mal zu ihrem Recht kommt: Welches ist die älteste der folgenden drei Düsseldorfer Brauereien: Füchschen? Uerige? Zum Schlüssel?«

»Bleib mir wech mit solchen Zaunpfählen! Damit kann Käthe Manni ködern, mich kannst du nicht vereimern!«

»Also?«

»Füchschen natürlich!«

Ich erhob mein Glas auf ihn und trank es leer. Als das neue vor mir stand, fuhr ich fort: »Ricky, sag du mir mal: Der Berliner Lebensmittelhersteller Kühne, Hoflieferant von Kaiser Wilhelm I., ist auch am Niederrhein vertreten – in Rheurdt, Straelen oder Kerken?«

»Irgendwann ist mal Schluss mit Straelen. Kerken!«

»Von wegen. Auf Straelen! Prost, Ricky!«

Ricky leerte sein Glas ohne Widerworte. Ließ das nächste kommen.

»Es geht weiter: ›Gulasch Alt‹ ist der Name eines traditionellen Gulaschrezepts aus Voerde? Eines Biers einer Brauerei in Düsseldorf-Oberkassel? Einer rustikalen Gaststätte in Wegberg-Watern?«

»Bestimmt die drei. Was keiner kennen kann.«

»Sorry. Das Bier.«

»Alles gut. Ich trinke gern. Mit euch. Auf euch.« Ricky tat's und orderte.

»Los, jetzt bin ich aber wieder am dransten damit: ›Eier mit Speck‹ heißt eine Rockband aus Kamp? Ein Viersener Musikfestival? Eine Kultkneipe in Xanten?«

»Da war ich schon! Sehr cool. Da gibt's morgens gegen den Kater Eier mit Speck. Das Festival natürlich.«

Ich ließ mir das kühle Bier in die Kehle rinnen. Wandte mich Manni zu.

»Und wieder unser Niederrhein-Fachmann. Wir sind gespannt, was er zu sagen hat. ›Muurejubbel‹ ist ein Name für Möhrenerntehelfer? Möhreneintopf? Möhrentransportkisten?«

Er stierte nachdenklich ins Bier. Riet schließlich: »Erntehelfer.«

»Sorry, es ist der Eintopf. Der Kandidat hat null Punkte! Darf sich aber den Abend schöntrinken. Wohl bekomm's!«

Manni gehorchte. Glücklich sah anders aus. Das nächste Glas wurde vor ihm abgestellt. »Leute, ich muss morgen zur Arbeit«, sagte er lahm.

»Um Mitternacht schmeißen sie uns eh hier raus. Also reiß dich noch ein bisschen zusammen. Das weiße Gold vom Niederrhein, Manni: Kalk? Spargel? Champignons?«

»Kalk?«

»Menno, wie kann man so blöd sein, Manni! Ich hab gesagt, alles mit Schluckfaktor! Kannst du Kalk essen oder trinken?« Käthe konnte sich nicht mehr zurückhalten. »Außerdem wird in der Gegend gar kein Kalk abgebaut. Aber vor allem ist hier eins der größten Spargelanbaugebiete!«

Manni rülpste.

»Das Alt da vor dir, das hat Schluckfaktor. Und zwar ohne abzusetzen!«

Unter Käthes strengen Blicken trank er's.

Ich hakte die Liste ab. »Wir machen jetzt den Countdown, Manni. Nur noch drei Fragen. Also drei Chancen, dich als zukünftiger Niederrheiner zu beweisen.«

Manni nickte beduselt. Die Kellnerin stellte das nächste Alt vor ihm ab.

»Es wird wieder süß: Wo werden Katjes produziert? In Niederkrüchten? In Grevenbroich? In Emmerich?«

Manni hickste.

Jan hielt die Hand hinters Ohr. »Kannst du das bitte wiederholen? Ich hab dich nicht verstanden.«

»Niederkrüchten!«, rülpste Mann.

»Mannomann, Manni! Ich glaube, wir müssen mit deiner Tante reden, dass sie dich umgehend enterbt.« Ricky drohte mit dem Finger. »In Emmerich natürlich!«

»In Emmerich wird nicht enterbt!«, stellte Jan fest. »Nun hört mal auf, den armen Jung zu ärgern. Komm, Manni, dein nächstes Alt geht auf meinen Deckel.« Er gab entsprechende Signale an die Kellnerin, die für Nachschub sorgte.

Manni sah zwischen dem Bier und Jan hin und her.

»Hallo! Hier spielt die Musik«, erinnerte ich. »Ich bin dein Quizmaster! Und ich frage dich, oh, Manni: Die niederrheinische Spezialität Flönz ist als Herkunftsbezeichnung EU-geschützt seit 1983? 2001? 2016?«

Manni schwieg.

»Komm schon! Vorletzte Frage: 1983? 2001? 2016?«

»Manni, probier's«, rief Käthe.

»Ja, versuch dein Glück!« Das war Jan.

»Manni! Manni!«, skandierte Ricky, und wir anderen fielen ein: »Manni, Manni!«

»Ssweitausend…« Manni stockte.

»Na was? Sssweitausendeins oder -sechzehn?«, hakte ich nach.

Manni stierte mich blöde an. »Einssss«, sagte er, und alle johlten los.

»Sorry, 16 wär' Ihr Preis gewesen«, sagte ich, als endlich wieder Ruhe einkehrte. »Also, dein vorletztes Bier. Die allerletzte Runde geht wieder auf mich. Wer will noch?«

Manni hatte Mühe, das Glas zu halten. Ricky musste helfen, damit er es nicht zwischendrin absetzte. Als er fertig war, stemmte er sich mühsam hoch und torkelte in Richtung Toilette. Er brauchte lange. Schließlich ging Jan ihm nach und kehrte kurz darauf zurück, den Arm um Manni gelegt, den er zu seinem Platz führte.

»Okay«, sagte ich. »Letzte Frage. Trommelwirbel bitte!«

Alle trommelten mit den flachen Händen auf den Tisch, dass das Alt überschwappte. Ich gebot Ruhe. »Manni! Wofür steht in der Sevelener Region der Begriff »hexen«? Jemanden bestechen? Die Zeche prellen? Sich betrinken?«

Manni stierte mich an.

»Los, ich will endlich auch mal was trinken!«

»Schbinbetrinken«, lallte Manni.

»Na, das war ja jetzt echt keine Hexerei!«, rief Jan.

»Endlich!« rief ich. »Prost, ihr Lieben!« Hob mein Boltens Alt an und kippte es herunter. Wer ein Bier vor sich hatte, tat es mir gleich.

Bis auf Manni. Der beugte sich über sein Glas und erbrach sich mitten auf den Tisch.

Wir hörten monatelang nichts von ihm. Was wir schon ein bisschen schäbig fanden. Schließlich hatten wir eine ganze Weile damit zu tun gehabt, den Wirt zu beschwichtigen und Manni nach Hause zu befördern, wo wir seine Tante aus dem Bett klingelten und ihr den Rest überließen.

An einem warmen Frühherbstnachmittag, als ich meine Tour beendet hatte und zum Picknick-Biergarten stiefelte, sah ich ihn unverhofft mit Käthe und Jan an einem der Tische sitzen.

»Oh, wie kommt es, dass du uns hier gefunden hast?«, fragte ich.

Er strahlte. »Ich hab mal angeklopft, ob sie bei euch nicht einen Fahrer brauchen. Hab nächste Woche ein Vorstellungsgespräch.«

»Oh.« Ich guckte Jan und Käthe an. Die guckten weg.

Zum Glück stieß in dem Moment Ricky dazu. »Hey, Leute!« – Sein Blick fiel auf Manni. »Oh, Manni! Auch wieder im Lande?« Er bestellte ein Bier und setzte sich.

»Wo hast du dich die ganze Zeit rumgetrieben, Mann?«, fragte ich.

Käthe sah mich an und schüttelte den Kopf.

Mannis Lächeln war verschwunden. »Ich hatte ein bisschen Urlaub.«

»Unbezahlt«, warf Jan ein.

»Wie! Wieso das denn?«

Käthe mischte sich ein. »Er hat's uns gerade erzählt. Sie haben ihn an dem Morgen nach unserer Sauferei angehalten. Zu viel Restalkohol im Blut. Drei Monate Führerschein weg. Es war nicht das erste Mal.«

»Oha!«, sagte ich. »Konnte ja keiner ahnen, dass du so wenig verträgst.«

»Ich musste zur MPU«, sagte Manni.

»Was ’n das? Kann man das essen?«

»Demnächst machen wir mal so ein Quiz mit dir, Käthe«, sagte ich. »Dann geht es um die wirklich wichtigen Dinge. Medizinisch-Psychologische Untersuchung, Menno. Der Idiotentest.«

»Und, bestanden?«, fragte Jan interessiert.

»Ich hab den Lappen zurück. Und hab mich qualifiziert. ECO-Fahrsicherheitstraining.« Es klang stolz. »Da lernt man noch mal viel über Fahrphysik, Sicherheitstechnik, alle möglichen Bestimmungen und so. Ich darf jetzt die neueste Modellreihe fahren, die wir haben. Hab eurem Chef gerade nahegelegt, dass er euren Fuhrpark auf den aktuellen Stand bringt.«

»Oh, da hat der sich bestimmt gefreut«, meinte ich. »Das will er dann sicher mit dir vertiefen bei dem Vorstellungsgespräch.«

»Echt?«, fragte Ricky. »Du hast ein Vorstellungsgespräch bei unserem Chef?«

Manni nickte.

»Ich freue mich ja, wenn wir topmoderne Lieferfahrzeuge kriegen«, meinte Jan. »So mit Nasszelle und Sauna und 3-D-Kinoleinwand …«

»Also bei Fernfahrern gibt es das ja teilweise schon«, meinte Manni. »Da kann der Fahrer sowieso die meiste Zeit chillen, der LKW regelt alles von allein. Ich meine, der Trend zu selbstfahrenden Autos ist ja nicht aufzuhalten.«

»Ich spüre gerade irgendwie einen unaufhaltsamen Trend zu einer fetten Haxe«, meinte Jan. »Was meint ihr? Verlegen wir unseren Standort in Richtung ›Goldenes Handwerk‹?«

Unterwegs schwärmte uns Manni weiter von seinem Lieferwagen vor. Mit Pilotassistent, Einparkassistent, Spurhalteassistent und allem möglichen Assi-Schrumms mehr.

»Wenn der das meiste doch jetzt von selbst macht«, sagte ich, »dann dürfte das mit dem Alkohol am Steuer ja bald kein Problem mehr sein.«

Da widersprach er heftig. Ich glaube ja, dem hatten sie bei dieser MPU gehörig das Gehirn gewaschen.

Beim Essen wurde noch ein bisschen gefachsimpelt. Aber eigentlich waren alle gut drauf. Irgendwo denkt man ja schon manchmal selbst, dass es nicht immer so nett ist, wie man mit anderen umgeht. Also mit solchen. Also speziell mit Manni. Ja, es beschäftigt mich immer noch. Warum? Warum nerven einen Leute dermaßen, die doch einfach nur ein bisschen blöd sind. Und aufdringlich. So ein Typ Mensch, der sich an andere ranwanzt, obwohl die nur ihre Ruhe haben wollen. Der auf das Häuschen seiner Tante scharf ist … Wer hat schon eine Erbtante? Und kriegt trotzdem nichts gebacken im Leben. Versager durch und durch. Und ausgerechnet so jemandem schmeißen die alles nach. Jemand anderes mit einem Lieferjob wäre bei einem Fahrverbot sofort hochkant rausgeflogen. Und der? Kriegt die neue Modellreihe unter den Arsch. Okay, das mit dem unbezahlten Urlaub … ändert nichts am Armleuchter.

Irgendwann fiel das Stichwort »Hexerei«. Vielleicht war es das, was das Ganze wieder – auf Neudeutsch – getriggert hat. »Überhaupt keine Hexerei dabei«, sagte Manni. »Nur Technik, alles Algorithmen.« So ein selbstfahrendes Auto wäre tausendmal rationaler als ein menschlicher

Fahrer. Der wäre unaufmerksam, unbeherrscht, würde sich über- und Situationen falsch einschätzen …

Ich bin mir sicher, diese Sprüche sind jedem von uns an die Nieren gegangen. Wir sind alle Eins-a-Fahrer. Beherrschen das Auto und kritische Situationen aus dem Effeff und haben, was früher mal »siebter Sinn« hieß. Man muss ein Gespür entwickeln im Verkehr. Ich wette, man könnte ein Auto von oben bis unten vollpumpen mit Chips, und das käme niemals an uns dran. Und das ist genauso wenig Hexerei. Das ist Erfahrung, Verstand, Kombinationsgabe und Instinkt. Wenn man sich besäuft, klar, dann schaltet man das aus. »Sich betrinken« heißt nicht umsonst »hexen« hierzulande.

Ja, und Käthe hat das mit ihren Fragen immer weiter angeheizt. Ob das Auto das kann und das kann. Bis der Manni irgendwann sagte, er könne mit verbundenen Augen fahren. Sich voll auf seinen Assi verlassen. Er würde es uns beweisen. Ein Stückchen raus aus Korschenbroich, da an der L 382, dem Zubringer zur A 52, Richtung Düsseldorf, eine Strecke von vier Kilometern, also die Willicher und Korschenbroicher Straße. Wir könnten gerne in zwei Wagen vorneweg und hinterherfahren. Dann würde sein Assi – also der Abstandshalteassi – sich an dem vorausfahrenden Fahrzeug orientieren und automatisch das Tempo drosseln, was normalerweise durch den Tempomat so eingestellt wäre, wie es gerade erlaubt ist zu fahren, Landstraße halt 100 Stundenkilometer. Und der Fahrspurassi, der würde sich an den Seitenstreifen orientieren. Und er, Manni, säße mit verbundenen Augen in seinem Lieferwagen so sicher wie in Abrahams Schoß.

Na ja, und das haben wir schließlich tatsächlich gemacht. Jan und Käthe in Jans Auto vorneweg. Dahinter der Manni mit seinem tollen Töfftöff. Als Schlusslicht ich mit meinem Büschen und Ricky. An dem Weinhaus hinter der Bahntrasse haben wir am Straßenrand angehalten und nach dem Manni geguckt. Der hat aus dem Verbandskasten das große Dreieckstuch geholt und sich hinterm Steuer damit die Augen verbunden. Der Jan hat geprüft, ob der Knoten sitzt, und schon ging's los. Ganz brav im Konvoi. Bis zu der Stelle, etwa auf der Mitte der Strecke, wo die die Asphaltdecke gerade erneuert hatten. Da gab's halt keine Fahrbahnmarkierung. Und genau dort ist der Jan einem Feldhasen ausgewichen, das war nur ein kurzer Schlenker, die Käthe kann es bezeugen. Na, und dann haben diese blöden Assis sich ihr Teil gedacht. Jedenfalls haben wir uns das später so erklärt. Also der eine, der den Abstand zu Jans Auto einhalten wollte, hat halt auch eingeschlagen. Und weil der Jan das Steuer gleich wieder rumgerissen hat, hat der Abstandsassi gedacht: Oh, cool, Strecke frei, ich brauch gar nicht mehr zu bremsen. Und hat das Tempo aufgedreht. Der Seitenstreifenassi hat sich gedacht: Wo ist denn der Seitenstreifen? Keiner da? Also fahr ich einfach mal geradeaus. Mit 100 Stundenkilometern. Der Laster ist also volle Pulle ins Feld gerast. Über die Böschung gehoppelt und dann war da der Fluitbach. Und weil das die letzten Tage so richtig fett geregnet hatte, war darin verdammt viel Wasser. Nachdem der LKW sich einmal überschlagen hat, ist der sozusagen mit der Nase im Wasser gelandet. Wir haben natürlich ein bisschen gebraucht, ehe wir aus den Autos raus und da hingerannt waren. Im Stockdunkeln.

Aber die Käthe hat uns mit der Smartphone-Taschenlampe den Weg geleuchtet. Bis zu dem LKW, kopfüber im Bach. Das komplette Fahrerhaus unter Wasser. Wir haben noch versucht, da ranzukommen. Der Jan ist echt ins Wasser gestiegen, obwohl man doch rein gar nichts sehen konnte und den Wagen nur mit schwerem Gerät hätte bergen und öffnen können. Plötzlich hat die Käthe wie am Spieß geschrien, bis der Jan ihr einen tüchtigen Schwall Wasser ins Gesicht gespritzt hat. Wir anderen haben gar kein Wort rausgekriegt vor Schreck. Wir haben uns angeguckt und schließlich hat Ricky gesagt: »Scheiße. Was erzählen wir bloß der Polizei?«

Dazu wussten wir schon gar nichts zu sagen.

Bis der Jan gemeint hat: »Wieso Polizei? Von dem Unfall hat doch keiner was mitgekriegt. Und uns hat niemand gesehen. Und dem Manni ist eh nicht mehr zu helfen.«

Und das haben wir eine Weile sacken lassen, haben uns umgeguckt, sind zu den Autos und weg.

Seitdem denke ich darüber nach, dass der Manni an dem Tag die Tour über die andere Rheinseite gefahren war. Also die Günnekant runter bis Köln, danach über die A 1 und A 59 nach Grevenbroich und weiter hoch. Das heißt, er war die Strecke von Korschenbroich nach Düsseldorf an dem Tag nicht gefahren und konnte nicht wissen, dass sie die L 283 an der Stelle neu asphaltiert hatten. Wir anderen wussten es aber. Und als der Manni uns von dem Seitenspurassistenten erzählt und die Strecke vorgeschlagen hat, da hätten wir es ihm sagen können.

Hat aber keiner.

Warum wohl?

KÖNIGSWETTE

Wir hatten gewettet. Wer von uns es weiter über den Rhein schaffte. Natürlich wusste ich, dass es saugefährlich war. Deswegen *hatte* ich ja gerade gewettet – *und* das Beiboot organisiert. Ich wollte, dass er kapiert, was er sich da vorgenommen hatte. Immerhin war Lars, der es fuhr, nicht ganz so besoffen wie Leander, aber immer noch deutlich mehr als ich. Das wurde mir spätestens in dem Moment ziemlich übel bewusst, als ich nach kaum einem Drittel der Strecke schlappmachte und Lars das verabredete Zeichen gab: Peace, Bruder. Ein V mit dem rechten Zeige- und Mittelfinger, die ich mit letzter Kraft aus dem Wasser streckte. Der Dödel winkte fahrig zurück, grinste blöd, beugte sich über die Reling, erbrach sich und fiel seinem Verdauungsgut gleich hinterher. Der Wellengang war wohl zu viel für ihn gewesen. Immerhin schaffte er es, sich an der Bordwand festzuklammern.

Diese Strömung! Man kann sich gar nicht vorstellen, was da für Kräfte an einem ziehen! Es riss mich immer weiter weg. Ich kämpfte darum, den Kopf über Wasser zu halten. »Lars, du Arsch!«, schrie ich. Aber erstens war es sowieso für den Arsch, und zweitens machte es alles nur noch schlimmer, weil das Brüllen mich viel Kraft kostete. Was für eine idiotische Idee zu glauben, es bis ans andere Ufer zu schaffen! Für mich gab es jetzt ein einziges Ziel:

in der Nähe des Bootes zu bleiben, dessen Motor ausgesetzt hatte, sodass es mitsamt seinem Bootsführer flott flussabwärts trieb. Und Leander? Als wenn ich mich in dieser Lage um *den* hätte kümmern können!

*

Gewettet hatten wir von klein auf. Lars und ich. Eigentlich war das Erwins Schuld. Lars lernte Erwin erst nach der Grenzöffnung kennen. Bis dahin hatte es immer geheißen: »Frag nicht.« Über die Großeltern erfuhr er immerhin, dass er ein Mitbringsel von der Abschlussfahrt seiner Mutter nach Berlin war. Zehnte Klasse. Nach einer Lehre als Verkäuferin ließ sie sich vom Abteilungsleiter schwängern, heiratete und zog bei den Großeltern aus. Der Stiefvater adoptierte Lars, und als der schon fast vergessen hatte, dass er mal unter einem anderen Namen firmiert hatte, saß ein fremder Mann am Küchentisch und seine Mutter sagte: »Gib deinem Vater die Hand.«

Erwin hatte in Ost-Berlin Schlosser gelernt, war über eine Leiharbeitsfirma an eine Duisburger Werft gekommen und holte Lars am Wochenende zu Ausflügen ab. Da Lars und ich alles zusammen machten, kam ich mit. Wir saßen auf den Rheinbuhnen, ließen flache Steine titschen, wetteten, wie oft sie auf der Wasseroberfläche auftrafen, angelten, wetteten, welcher Art und wie schwer der Fisch war, der anbiss, stromerten mit Metallsonden am Ufer und auf dem Gelände hinter der Werft herum und wetteten, sobald sie anschlugen, worum es sich handelte. Abenteuer pur.

Dabei nahm uns Erwin gleich doppelt aus: Wir verloren

einen Großteil unseres Taschengelds beim Wetten. Und waren billige Arbeitskräfte: Er sammelte Metallschrott, den er vertickte. Auch der Fischfang landete komplett in seiner Kühltasche, weil es ja *seine* Angeln und Detektoren waren. Uns war das herzlich egal.

Am Tag nach der Abifeier klingelte es bei mir Sturm. Ich öffnete die Tür meines Einliegerappartements und bat Lars in die Küche, wo ich zwei Flaschen Alt und einen Eisbeutel aus dem Kühlschrank klaubte und mich an die Frühstücksbar lehnte.

Lars ignorierte meinen verkaterten Zustand geflissentlich. Er knallte etwas auf die Theke, das sich bei näherer Betrachtung als Sparbuch entpuppte. Jemand hatte es gelocht und mit mehreren Schnitten versehen. Ich klappte es auf und registrierte regelmäßige monatliche Eingänge über die Jahre 1990 bis '94 von um die 500 Euro – und einen Betrag von knapp 20.000 Euro, letzte Woche abgehoben, woraufhin das Sparbuch aufgelöst worden war. Ich blätterte zurück: Erwins Name.

»Und?«, fragte ich.

Lars schnaubte. »Mein Geld. Er hat es mir immer wieder gezeigt und gesagt, er zahlt meinen Unterhalt da ein. Ich dürfte es meiner Mutter nicht verraten, der gegenüber er behauptete, er könnte nichts für mich abdrücken. Er wollte nicht, dass sie es sich unter den Nagel reißt. Mir stattdessen damit das Studium finanzieren.«

»Und jetzt?«

»Ich hab ihm wie vereinbart das Zeugnis gezeigt, und er hat mir das Sparbuch ausgehändigt. Es täte ihm leid, aber er hätte das Geld selbst dringend gebraucht.«

»Wofür?«

»Meinst du, das hätte ich gefragt?«, meinte Lars. »Der hat mich jahrelang beschissen – wie er meine Mutter beschissen hat. Und ich hab ihn gedeckt und ihm sogar dabei geholfen – du genauso!«

»Hä?«

»Überleg mal, was wir für den aus dem Boden geholt haben! Der hat das samt und sonders versilbert. Und mir erzählt, dass er es für mich anlegt!«

All die Jahre haben wir uns weiterhin getroffen. Und gesoffen. Und gewettet. Soweit es ihn selbst anging, ließ Lars sich dadurch nicht herausfordern. Er hat nie studiert. Seine Ausbildung nicht beendet. Aber auch wenn unsere Welten auseinanderdrifteten – er blieb mein bester Kumpel.

*

Genau genommen hatten wir es ja Leander zu verdanken. Er war der Hero. Der König. So hatte er sich zumindest vorgestellt: Leander König. War mit Moped und Fässchen Köpi an unserem Grillplatz vorgefahren, weil er sich just da, wo wir uns nach der Bootstour ein paar Würstchen einverleibten, sinnlos besaufen wollte. Sein großzügiges Angebot, das Fässchen mit uns zu teilen, nahmen wir – nichts Böses ahnend – an, bereuten es schon nach der ersten Runde, als er anfing, uns einen vorzuheulen von seiner Schlampe drüben in Alt-Homberg auf der anderen Rheinseite und ihrer Mischpoke. Er hatte sie geschwängert. Leider stellte sich nachher raus, dass sie ihn angelogen hatte und erst 15 war. Ihre Familie fand das gar nicht witzig. Er kriegte Haus- und Kontaktverbot, und sie sollte abtreiben. Das war zumindest der Plan der Eltern. Aber im Zeitalter von Handys und Internet konnte kein Stubenarrest verhindern, dass die beiden sich kurzschlossen. Leander machte ihr einen Heiratsantrag und danach unter Berufung auf Paragraf 1303 BGB Absatz 2 eine Eingabe beim Familiengericht auf Zustimmung, die die Einwilligung der Eltern erübrigte, sobald sie 16 würde. Am nächsten Tag war wohl ihr Geburtstag. Die ganze nichtsahnende scheinheilige Familie saß drüben im Restaurant Rheingarten und futterte sich die Wänste voll, um um Mitternacht mit dem missratenen Kind anzustoßen. Klar, dass *er* nicht zur Feier eingeladen war. Stattdessen soff er sich gegenüber auf der Landzunge der Ruhrmündung im Schatten der Rheinorange-Skulptur die Hucke voll und erkaufte sich unser Wohlwollen mit einer Runde nach der anderen und feurigen Ansprachen. Mit steigendem König-Pilsener-Pegel wurde er immer größenwahnsinniger. Ob wir wüssten, was sein Name bedeute? »Du bist der *König*!«, grölten wir im Chor. Er wehrte ab. Klar war er der König. Aber der *Leander* König! Leander komme von »leon«, dem Löwen, und »andros«, dem Mann. »Du bist der *Löwe*, Mann!«, schrien wir. Na, und darum lasse er es sich jetzt auch nicht nehmen, seiner Süßen zum Geburtstag zu gratulieren.

»Wie willst du denn da rüberkommen?«, fragte ich. »Auf dein Moped solltest *du* dich besser nicht mehr setzen.«

»Ich schwimme«, sagte er, und wir lachten uns mindestens eine Viertelstunde lang schlapp. Mit dem Mut eines

Löwen besoffen in die Fluten des Rheins! Wenn *das* keinen Kater gäbe!

Als klar war, dass er es tatsächlich ernst meinte, habe ich mit ihm gewettet. Dass er es nicht schaffen würde. Ich war ein erstklassiger Schwimmer und kannte den Rhein gut genug, dass ich mir diese Aktion nicht zutraute. Daher sollte uns Lars mit dem Botchen begleiten. Wir hatten das Teil ein paar Stunden vorher an der Anlegestelle an der Straße Am Bört kurz vor dem Landzipfel aufs Trockene gezogen, von wo aus wir am nächsten Morgen zurückfahren wollten. Die Wette lautete, dass Leander niemals das andere Ufer erreichen würde und auf jeden Fall weniger weit käme als ich. Ich war von uns dreien mit Sicherheit der Nüchternste und auch alkoholisiert der Vernünftigste. Schließlich war ich Notar. Und doch immerhin besoffen genug, um mich auf eine derartig bescheuerte Wette einzulassen.

»Wie heißt deine Süße eigentlich?«, fragte ich ihn, als wir, nur mit Unterhose bekleidet, ins Wasser stiegen. »Hera«, bibberte er, denn nach dem Rumhocken an der Feuerstelle war das Wasser doppelt kalt, »Hera König.«

»Wieso willsten die noch heiraten?«, bibberte ich zurück, »die trägt doch eh schon deinen Namen.«

»Es ist der falsche«, grollte er, »der ihrer Eltern. Wir sind beide zwei Königskinder, nur aus verschiedenen Familien!«

Es war eh zu spät, ihm die Heirat, den Geburtstagsbesuch und die Rheinüberquerung auszureden. Wir hatten um 1.000 Euro gewettet, schriftlich. Mir ging es dabei gar nicht ums Geld. Aber Ordnung musste sein, zumal wenn er es nachher möglicherweise nicht mehr würde bestätigen können. Er hatte nicht alle Tassen im Schrank. Das stand mal fest, und es ging um nicht mehr und nicht weniger, als dass er das zugab. – Wie konnte ein erwachsener Mann einem verlogenen minderjährigen Gör derartig verfallen? *Hera König*. Fast so schön wie Hera Lind. Die reinste Schmonzette. Leander auf dem Weg zu seinem Nymphchen! Und ich Idiot hatte mich darauf eingelassen. – Jetzt ging es ums nackte Überleben!

Es war nichts los auf dem Rhein. Nur der Mond war unser Zeuge. Und der guckte eher griesgrämig aus den Wolken. Okay, bei Schiffsverkehr wären wir ja gar nicht losgeschwommen. In dem Moment hätte ich mir allerdings den einen oder anderen Bootsmann gewünscht, der unseren Weg gekreuzt und uns aus dem Wasser gefischt hätte, bevor wir einer Melusine oder Undine, oder wie sie alle heißen, anheimfielen. Oder einem Fisch? Moby Dick fiel mir ein. Der weiße Wal. 1966 bei Duisburg, 300 Kilometer vom Meer entfernt, er schwamm fast bis Koblenz. Zuletzt bei Hoek van Holland gesichtet. Er musste den Weg zurück ins Meer gefunden haben. Dass wir unseren Weg ans andere Ufer fanden, schien angesichts der Strömung, die an uns riss, immer unwahrscheinlicher. Wo war Leander abgeblieben?

Ehe ich endgültig mit dem Leben abschloss, unternahm ich einen allerletzten Versuch, mich unserem Beiboot zu nähern, und der Wellengang war mir gewogen. Ich kriegte die Bordwand zu fassen und konnte mich festklammern. Lars hing an der anderen Seite, keuchte und spuckte.

»Alles klar, Kumpel?«, rief ich aufmunternd rüber.

»Nie war ich so nüchtern wie heute!«, stöhnte er. Ich habe die Gelegenheit genutzt, ihn zu fragen, wie er es mit seinem Testament halte. Sollte ich dieses Abenteuer überleben – und ich schätzte meine Chancen höher ein als seine –, würde es einiges zu regeln geben. Das ist ja nun mal mein Job. Ich will jetzt nicht sagen, dass ich bei meinem Freund Kundenakquise betrieb. Ich denke, es ist psychologisch nicht verkehrt, wenn man so kurz vor dem Hopsgehen Klarschiff macht. Viel war ohnehin nicht bei ihm zu holen, dennoch fragte ich die Eckdaten ab. Außer der Mutter und dem Stiefbruder war niemand mehr da, den er bedenken konnte. Abgesehen von ein paar Haushaltsgeräten gab es nur das Botchen. Und wie es aussah, würde das früher oder später an einem der Pfeiler der Friedrich-Ebert-Brücke oder spätestens der Beeckerwerther Brücke am Emscherschnellweg geschrottet. Wir inklusive. Die Rheinüberbauung war in Sichtweite gerückt, und es handelte sich um keine freundliche Annäherung. Wir fixierten die Brücke wie Kaninchen die Schlange und wünschten, es wäre umgekehrt.

*

Gar nicht so weit von der Stelle entfernt, auf einer anderen Brücke, am Zollamt Ruhrort, hatte ich vor vier Jahren die Detonation und die Feuersäule erlebt, westlich von mir, am Becken B. Es mag Einbildung gewesen sein. Aber ich meinte, in dem sich ausbreitenden Blitz etwas durch die Luft fliegen zu sehen, eine menschliche Gestalt. Zeugen in der Nähe des Hafenbeckens wollten gleich zwei Aufschläge ins Hafenbecken gehört haben. Körper? Trümmerteile? Tatsächlich hieß es anschließend, einer der drei Werftarbeiter, die vor Ort gewesen waren, als die Explosion sich ereignete, sei verschwunden. Die Polizei suchte im weiten Umkreis das Gelände ab. Zwei der Männer wurden schließlich hunderte Meter entfernt gefunden, in einem Zustand, der eine Identifizierung schwermachte. Einer lag auf den Schienen der Güterbahn, der andere auf der Straße. Im Rumpf des Tankers, in dem die Monteure im Laderaum mit Nacharbeiten für den Schiffs-TÜV beschäftigt gewesen waren, klaffte ein riesiges Loch. Das Vorderdeck war vollkommen zerstört. Erst nach Stunden bekam die Feuerwehr den Brand in den Griff. Der Rauch war kilometerweit zu sehen. Auf der Karl-Lehr-Brücke staute sich der morgendliche Berufsverkehr. Die Menschen sprangen aus den Autos, drängelten sich in Trauben am Geländer und filmten mit Smartphones. Es gelang mir nur mit Mühe, meinen Weg durch die Menge der Gaffer fortzusetzen.

Der Auslöser der Detonation blieb unklar. Die Schiffsladung – Bitumen und Schweröle – war, bevor der Tanker in die Werft gebracht wurde, vorschriftsmäßig gelöscht worden. Die Ursache daher rätselhaft. Gas? Woher sollte es kommen?

Man suchte das Hafenbecken ab. Fischte im vier Meter tiefen Wasser im Trüben. Trotz der geringen Strömung war durchaus denkbar, dass der Körper durch Schiffsbewegungen abgetrieben war. Polizeiboote fuhren tagelang den Rhein ab.

Erwin blieb verschwunden.

*

Der Gedanke, dass unter uns eine Leiche im Strom liegen mochte, die sich vielleicht irgendwo verfangen hatte, stimmte mich nicht zuversichtlicher. Bis – ja, bis wir plötzlich ein Motorboot hinter uns hörten. Es war Leander. Und er war nicht allein. In null Komma nichts hatten sie uns aus den Fluten gefischt, das Boot vertäut, wir kriegten warme Wolldecken und das Maul nicht mehr zu, während Leander uns seine Story erzählte.

Natürlich war er heillos abgesoffen! Aber immerhin hatte er seine Süße vorher per Whatsapp informiert. Und die war Kind genug, es ihren Eltern brühwarm zu erzählen. Woraufhin Vater König samt seinem trächtigen Balg sofort die Geburtstagsparty verlassen und mit einigen zufällig anwesenden Mitgliedern des Homberger Ruderklubs Germania zu deren Bootshaus an der Schifffahrtschule geeilt war, um den Untergang seines Schwiegersohns in spe live zu erleben. Und natürlich hatte er ihn mit Heras Hilfe und der der Ruderkumpane trotzdem rausgefischt, als sie ihn fanden. Irgendwie muss es ihm imponiert haben, dass dieser Idiot das Leben für sein Töchterchen aufs Spiel gesetzt hatte.

So konnte es auch gehen.

*

Fast ein Jahr war damals verstrichen, als wir uns zum Grillen verabredet hatten. Am Fuß der Rheinorange-Skulptur, gleich hinter den Buhnen, auf denen wir als Teenager geangelt hatten. Das Angeln hatten wir nie mehr aufgenommen. Aber ein anderes Hobby gelegentlich gemeinsam gepflegt: Mit Metallsonden das Rheinufer, die Brachen rund um die großen Industrieanlagen, das Gelände um den Bahnhof und natürlich die Gegend um die Werften abzusuchen. Ich hatte mir zwei richtig gute Detektoren zugelegt. Und mir einiges angelesen, vor allem die Sicherheitsbestimmungen studiert. Und Kartenmaterial. Ich ging es systematisch an. Entsprechend wurden wir fast immer fündig. Nicht immer legten wir selbst Hand an, wenn klar war, was wir freigelegt hatten oder im Begriff waren freizulegen. Bei den richtig großen Oschis alarmierten wir die Polizei. Die immer wieder komplette Stadtteile evakuierte, im letzten Jahr Beeckerwerth und Neuenkamp. In Duisburg war 1944 tüchtig was runtergekommen, insbesondere im Oktober durch alliierte Bomber. Doch auch die Kesselschlacht hatte Spuren hinterlassen. Rund 1.500 US-Soldaten waren dem Kampf um das Ruhrgebiet noch in der letzten Kriegsphase Anfang 1945 zum Opfer gefallen – neben 10.000 Deutschen, Wehrmachtsangehörigen wie Zivilisten. Ganz zu schweigen von den Massenmorden der Gestapo, der Generalfeldmarschall Model hunderte Zuchthausinsassen, darunter politische Häftlinge, Kriminelle und Zwangsarbeiter, in den letzten Kriegstagen zwecks »Überprüfung« – sprich Liquidierung – zuführen ließ. Tausende Jugendliche waren an Panzerfäusten ausgebildet und mit Schusswaffen ausgerüstet worden, deren sie sich entledigt hatten – genau wie die desertierten Soldaten und Parteigenossen beim Einmarsch der alliierten Streitkräfte –, indem sie sie wegwarfen oder im freien Gelände verbuddelten, wo niemand sie zuordnen konnte.

Der Duisburger Boden war voller Kriegshinterlassenschaften. Von Munition über Granaten, Gewehre, Patronen, Messer, Parteiabzeichen, Erkennungsmarken, Gürtelschnallen und natürlich auch Münzen fanden wir alles.

Erwin war es nicht nur um Metallschrott gegangen. Er hatte insbesondere Militaria und Drittes-Reich-Devotionalien auf einschlägigen Seiten angeboten. Und er tat das immer noch, wie ich feststellte, als ich mich über ihn schlaumachte. Nach Jurastudium und Zweitem Staatsexamen hatte ich gerade in einem Notariatsbüro angefangen, das ich später übernehmen sollte. Ich traf Erwin eines Tages zufällig vor der Zahnarztpraxis, die im selben Haus untergebracht war, wir kamen ins Gespräch und es gelang mir, ihn dazu zu bewegen, dass ich für ihn ein Testament aufsetzte. Nicht dass er der Mensch war, dem es danach dürstete. Im Gegenteil, ich musste ihn ganz schön um den Finger wickeln. Versprach, es werde ihn keinen Cent kosten, ich täte es gern, aus alter Verbundenheit, erinnerte an unsere gemeinsamen Ausflüge und fragte ihn beiläufig aus. Das Testament war mir ein Anliegen. Tatsächlich war da nicht viel zu holen. Was mir wichtig war: Es gab keine Erben außer Lars. Warum nicht ein bisschen nachbessern? Zumindest, was den Zeitpunkt anging.

Nachdem wir die Formalitäten erledigt hatten, schwärmte ich von unseren Sondengängen, ließ fallen, dass ich heute noch gelegentlich … und da auf etwas gestoßen sei, das ich ihm gerne zeigen würde. Mir selbst sei das zu brisant …

Man sah förmlich das Wasser in seinem Mund zusammenlaufen.

Wir einigten uns darauf, dass ich Besagtes jederzeit in seinem Holzschuppen deponieren könne. Der sei frei zugänglich und dennoch blickgeschützt, sodass mein Fund von Passanten nicht entdeckt werden könne. Er werde ihn begutachten, gegebenenfalls entschärfen und entsorgen.

Was Letzteres anging, machte ich mir keine Gedanken. Es war mir auch egal, ob er lediglich den Metallwert oder den Höchstpreis auf irgendwelchen sinistren Hehler- oder Waffenmärkten erzielte. Gut, im Sinne einer vertrauensbildenden Maßnahme kaufte ich als Erstes über die Seite, auf der er selbst seinen Krempel anbot, eine Granate, die ich Erwin in den Schuppen legte. Als ich ihn nach einer Woche darauf ansprach, hatte ich sie bereits in seinem Warensortiment gefunden. Er erzählte mir, er habe sie dem Kampfmittelräumdienst übergeben.

Lars sagte ich nichts von Erwin, aber ich überredete ihn, dass er das ein oder andere Mal mit mir loszog. Alles, was wir an Waffen entdeckten, barg ich, wenn die Größe und der Zustand es erlaubten, nach allen Regeln der Kunst und legte es im Holzschuppen ab – oder ich verständigte gleich die Polizei. Natürlich ging ich ein gewisses Risiko ein, doch im Gegensatz zu Erwin – da bin ich mir sicher – hatte ich mich sehr gut informiert. Gewiss war er des Lesens mächtig. Viel mehr traute ich ihm allerdings nicht zu. Er war ein Mensch, der sich vor allem durch vermeintliche Bauernschläue auszeichnete und dessen Erfahrungsschatz genau diesen Namen verdiente: die Summe seiner Erfahrungen. Nicht mehr. Ich hingegen musste nicht jede Bombe ausgebuddelt haben, um zu verstehen, wie sie funktionierte. Man kann sich anderweitig schlaumachen. Es ging mir darum, ihn zu fordern. Ihn mit unterschiedlichsten Waffen zu konfrontieren, die er nicht kannte. Man mag das einen Sport nennen. Wer mir bösere Absichten unterstellt, wird wohl nicht ganz falschliegen. Aber ich tat ja nichts, was er nicht wollte. Er sammelte diesen Mist schließlich. Ich habe ihm die Waffen lediglich überlassen. Was er damit machte, war seine Sache. Ich schwöre, es entzieht sich meiner Kenntnis komplett, was an jenem Tag am Hafenbecken B passiert ist. Ja, ich hatte bei ihm am Vortag eine deutsche Elektron-Thermit-Stabbrandbombe abgeliefert, nicht groß, keine 40 Zentimeter, allerdings mit einer zusätzlichen Sprengladung am Kopf, die mit Verzögerung von ein paar Minuten detonieren sollte. Doch was sollte damit passieren, solange das Ding nicht abgeworfen wurde? Ich habe keine Ahnung, wieso der Idiot es zur Arbeit mitgenommen hat. Das immerhin hatte ich beobachtet, dass er, als er die Bombe im Holzschuppen fand, sie vorsichtig verstaute und damit zur Werft fuhr. Vielleicht gab es dort Maschinen, die er zu Hause nicht hatte, um das Ding zu entschärfen oder irgendwelche Experimente damit zu machen? Genau genommen konnte ich ja noch nicht einmal wissen, ob Erwin das Ding nicht seinen Kollegen überlassen und sich verdünnisiert hatte. Vielleicht rein zufällig: Er musste nur ausgetreten sein, weit genug weg von dem Unglücksort, und als das Ding detonierte, war er abgehauen. Oder er dümpelte als Fischfutter irgendwo am Grund des Rheins vor sich hin. Ganz vielleicht war es überhaupt nicht die Bombe gewesen, sondern irgendein Gasaustritt, warum auch immer, wie die Reederei vermutete. Es wurde nie geklärt.

*

Lars und ich durften sechs Wochen nach unserem Rheinabenteuer die Trauzeugen für die Königskinder geben. Gefeiert wurde standesgemäß in der Villa Rheinperle, ehemalige Krupp'sche Direktorenresidenz in der Bliersheimer Villenkolonie. Der Schampus floss in Strömen. Bevor wir auf das Brautpaar anstießen, zog ich Lars beiseite und hob das Glas auf ihn. »Gestern kam die Bestätigung, dass dein Vater für tot erklärt wurde. Als sein Notar kann ich dir sagen: Er hat nicht viel hinterlassen. Aber 20.000 dürften es sein. Cheers!«

»Was?« Lars schossen Tränen in die Augen.

»Dann dürftet ihr ja jetzt gewissermaßen quitt sein, oder?«

Er prostete mir zu.

»Wo bleibt ihr?«, rief Leander. Nachdem wir die Toasts auf das Brautpaar durchgestanden hatten, bestellte ich Lars für den nächsten Tag bei mir ein. Zur offiziellen Testamentseröffnung.

Anderntags klingelte es zur vereinbarten Zeit bei mir zu Hause.

Nicht Lars.

Mehrere Polizisten mit gezückten Waffen standen vor der Tür. »Hausdurchsuchung!«, bellte der erste und hielt mir einen Wisch hin.

»Moment, was soll das?«, protestierte ich.

»Ihnen wird vorgeworfen, über das Darknet Waffenbestellungen vorgenommen zu haben. Außerdem müssen wir Sie befragen.«

»Wozu?«

»Sie standen – auch, was die Waffen angeht – nachweislich mit Herrn Erwin Vogeler in Verbindung. Herr Vogeler ist seit dem Frühjahr 2016 verschwunden, nach der vermutlich von ihm ausgelösten Explosion auf einem Tanker im Duisburger Hafen. Dazu brauchen wir von Ihnen einige Auskünfte ...«

SCHEICH AM TEICH

Die blonden Haare hatten ihn in die Irre geführt. Blond und blauäugig. Wie passte das zu einer Araberin? Gut, ihr Deutsch war nicht astrein, ihr Gefasel, sie hätte zuletzt in den Niederlanden gelebt – ja, sie war über Rotterdam eingeschleust worden, irgendein Containerschmuggel –, wie sollte er ihr Glauben schenken? Ihr Mann hätte sie geschlagen, vergewaltigt, eingesperrt. Schluchz. Er hatte sich sehr beherrschen müssen, um es diesem Beduinen nicht gleichzutun. So weit würde er es nicht kommen lassen. Erst recht keine halben Sachen machen.

Er traktierte den Boxsack. Mich – mit – die – ser – Schlam – pe – ein – zu – las – sen! Mich – mit – die – ser – Schlam – pe – ein – zu – las – sen!

Ein hohes Tier. Klar. Bildung und Geld schienen bei ihr keine Rolex zu spielen. Britischer Butler und deutsche Nanny. Sie war keine von denen gewesen, die mit Rettungswesten in Gummibooten an griechischen Küsten strandeten. Zumindest, wenn sie nicht schon auf der Strecke geblieben waren. Schwimmen konnte sie einwandfrei, wie sie am Kaarster See am Wochenende gezeigt hatte. Wo sie herkam, hatte sie einen Pool gehabt. Und Personal. Klar lag man da nicht im Bikini an öffentlichen Stränden rum. Da wurde höchstens im Burkini geplanscht. Andererseits: Wie man mit den Hüften wackelte, lernten die

Mädels da gleich nach dem aufrechten Gang. Wie man Kerle in den Wahnsinn trieb. Genau damit hatte sie ihn geködert. Im Eleni's in der Remigiusstraße. Zum Rock in den Mai. Bombenfigur, blonde Mähne und einen Blick drauf – so zwischen »Nimm mich!« und »Was willst du denn?«, immer wenn ihrer und seiner sich kreuzten. Er hatte sie vorher nie im Eleni's gesehen. Okay, es gab Tage, an denen er zu Hause ein gepflegtes Bierchen zischte oder mit Kumpels unterwegs war. Tanzen war sowieso nicht sein Ding. Eher rhythmisches Schwanken. Schließlich durfte das Alt nicht überschwappen. Als sie eine Pause machte und sich – wer glaubte an Zufälle? – neben ihn an die Theke stellte, um ein Bier zu bestellen, reichte er den passenden Schein über die Theke und stieß mit ihr an. »Prost.« Sie hatten sich dabei in die Augen gesehen. Ein Versprechen, was sonst?

Ihr Akzent klang irgendwie süß, aber vor allem war er ihm eigentlich scheißegal gewesen. Zu viel Bier und Hüftschwung, die blauen Augen mit einem feinen schwarzen Strich ummalt – und ein Parfüm, das man erst wahrnahm, wenn man dicht neben ihr stand. Na, und im Bett hatte sie auch einiges draufgehabt. In ihrer Wohnung wohlgemerkt. Gleich am selben Abend. Er hatte sie nach Hause gebracht und gar nicht zu fragen brauchen. Den Feiertag verbrachten sie am Breyeller See, dann nahm er sie mit zu sich. Er war zweimal hintereinander gekommen und völlig ausgepowert eingeschlafen, hatte nicht mitgekriegt, wann sie sich aus seinem Arm gewunden hatte und aufgestanden war. Als er die Augen aufschlug, stand sie mit dem Rücken zu ihm vor den Bildern an der Wand. Nackt, das Badetuch um den Leib gewickelt. Er musste geschnarcht haben, denn sie drehte sich um. Fragte: »Deine Familie?«

»Ja«, sagte er.

Und als sie auf einen nach dem anderen mit dem Finger wies und fragte: »Du? – »Dein Vater?« – »Deine Mutter?« – »Wer ist das?«, stand er auf, stellte sich neben sie, legte den Arm um ihre Schultern, vergewisserte sich, dass die Brüste noch waren, wo sie hingehörten, und genau in seine Hand passten, küsste sie in den Nacken und beantwortete mit halb geschlossenen Augen ihre Fragen. Die sie, wie ihm beim anschließenden Kaffee klar wurde, gestellt hatte, weil Familie, wo sie herkam, alles war. Weil sie davon ausging, dass es für ihn genauso sein musste. Weil sie sich einschleimen wollte. Er war Mittel zum Zweck gewesen. Sie brauchte den Schein. Scheinehe als Aufenthaltsgarantie. Bereinigte Papiere. Dachte, sie könnte ihn einspannen. Hatte keine Ahnung, dass »Familie« ein anderes Wort für »Albtraum« sein konnte. Bilder, die er nach dem Tod der Eltern hängen gelassen hatte. Weil es wichtig war, die Wut wachzuhalten. Vergeben war was für Weicheier.

»Dein Opa? Vater von deinem Papa?« Sie tippte zwischen Vater, Großvater und ihm hin und her. Die frappierende Ähnlichkeit. »Erzähl von deiner Familie.«

Was man so erzählte. Der Opa: Arzt in der Kinderfachabteilung der Heil- und Pflegeanstalt Waldniel. Der Vater: Hilfsarbeiter und Gabelstaplerfahrer bei Güsken, Eisengießerei. Er: Technischer Zeichner. Zurzeit arbeitslos.

Was man nicht erzählte: Fast 20 Jahre war der Opa

inhaftiert gewesen. Weil er seinen Job gemacht hatte: diagnostizierte, wie geboten. »Geistig krank.« »Idiotie.« »Nicht bildungsfähig.« »Nicht abrichtfähig.« Therapierte, wie vorgeschrieben. Mit Luminal. Bescheinigte, wie gewünscht. Herzschwäche. Lungenentzündung. Handelte pflichtgemäß. Gehorchte. Befolgte Vorschriften. Im Rahmen des Möglichen: 30 Schwestern für bis zu tausend Patienten. Bei einem Tagessatz niedriger als in einem KZ. Vorgaben, Regeln, Befehle von oben.

Laut dem Staatsanwalt lauter »Entschuldungserzählungen«. So stand es zumindest im Gerichtsprotokoll. Das Urteil sprach von »Beihilfe zum sowie hundertfach vollzogenen Mord«. Der Opa als leitender Mediziner hätte den Befehl verweigern, Widerstand leisten müssen.

So konnte nur reden, wer nicht dabei gewesen war, hatte die Uroma geschnaubt, das einzige Mal, dass sie sich dazu geäußert hatte. Die da oben hatten sich einen schlanken Fuß gemacht. Wer musste letzten Endes alles zwei Jahrzehnte lang aussitzen? – Holgers Vater. In Sippenhaft mit seiner Großmutter, nachdem deren Sohn weggesperrt worden und dessen Frau, Holgers Oma, in den Nachkriegswirren die Biege gemacht, ihr Kind der Schwiegermutter überlassen hatte. Immerhin war das Fachwerkhäuschen am Hostert im Familienbesitz geblieben, das Einzige, was der Vater Holger hinterließ, als er sich aufhängte. Eine Bruchbude. Heruntergekommen wie das ehemalige Franziskanerkloster direkt gegenüber, das im Dritten Reich als Psychiatrie-Kinderfachanstalt genutzt, von den Briten zur Elite-Schule umgewidmet worden war und mittlerweile restverwertet wurde als gruselige Lost-Place-Fotokulisse mit Hogwarts-Charme. Als er, Holger, mit dem Zeugnis der mittleren Reife in der Tasche nach Hause kam, fand er einen Brief des Vaters auf dem Küchentisch. Auf dem Dachboden einen feuchten Fleck. Erst als er nach oben schaute, den pendelnden Körper mit der heraushängenden Zunge.

*

Hussein richtete den Blick in den Nachthimmel. Hoffnung, dachte er. Eine Sonde namens Hoffnung. Immerhin geht es um den Mars. Der der Kriegerische genannt wird. Was für ein Irrtum! Wenn ein Leben auf einem anderen Planeten denkbar ist, dann dort! Wie viel unwirtlicher ist dagegen die Venus, die die Schöne heißt? Das weibliche Prinzip bleibt eine Herausforderung, aber auch eine Gefahr. Wer ihm zu viel Aufmerksamkeit schenkt, verliert den Weg aus dem Auge. Den zum Kern allen Daseins. Das nächtliche Firmament zeigt es so klar: Das Weltall ist groß, und wir sind nichts. Was maßen wir uns angesichts der Größe Allahs, des Allumfassenden, an? Wir dürfen nie aufhören, ihn zu ehren. Was in meiner Macht steht, will ich verwirklichen, um ihn zu preisen! Warum nicht auf einem anderen Planeten? Die Menschheit könnte die neue Chance nutzen – mit dem Wissen und den Möglichkeiten von heute. Keine mühsamen Irrwege, bei denen der Großteil auf der Strecke bleibt!

Das Burj Al Dubai tauchte vor seinem geistigen Auge auf. Luxuriösestes Hotel der Welt mit einer atemberaubenden Architektur: wie eine Mondsichel gestaltet, die Präsidentensuiten auf der Spitze sternförmig angelegt –

steinerne Manifestation der Verneigung vor der Schöpfung weit über das Irdische hinaus. Die Palm Continents – ehrgeizigstes unter seinen Projekten, zugleich wegweisendstes, stockte derzeit. Finanzkrise, Arbeitsflucht – die Menschen stiegen lieber in seeuntaugliche Gummiboote, um auf dem Weg nach Europa jämmerlich zu ersaufen, statt zum Wiederaufbau der arabischen Hochkultur beizutragen. Wer groß sein wollte, musste Großes leisten. Die Idee: auf Aufschüttungen, gigantischen künstlichen Inseln im Meer, die in ihrer Form die Erdteile abbildeten, architektonische Juwelen zu erschaffen, die die jeweiligen kontinentalen Kulturen in ihrer höchsten Blüte zeigten.

Nein, man konnte Hussein keinen Ethnozentrismus wie den westlichen Staaten vorwerfen. Während die Amerikaner mit dem Victory-Zeichen viel Unheil über die Welt gebracht hatten, ging es ihm nicht darum, andere zu unterwerfen. Er hatte das westliche V-Symbol um einen Finger erweitert: Sieg, Triumph und Liebe. Ohne das Letztere ging es nicht. Auch wenn es bisweilen die härteste Prüfung war. Die Vorreiterrolle der arabischen Kultur wurzelte in der Geschichte. Aber was nützte es, sich in konkurrierende Weltbilder zu verbeißen? Seine Utopie war größer. Eine menschheitsumspannende ozeanische Vision. Warum nicht nach den Sternen greifen? Der Mars war ein Anfang. Die Sonde. Eine Hoffnung.

*

Nachdem Holger Amira erzählt hatte, was man so erzählt, und sie ihm, was sie besser nicht erzählt hätte, und damit seine kaum aufgekeimte Hoffnung zunichtegemacht hatte, verabredeten sie eine Fahrradtour. Ausflüge ins Grüne zogen immer bei ihr. In ihrer Heimat ging in der Natur ja nichts ohne Sprinkleranlage. In den letzten Wochen war sie mit ihm am Salbrucher Baggerloch gewandert, hatte im Wildpark auf den Süchtelner Höhen Damwild und Kamerunschafe bewundert, die Stammenmühle, den Galgenberg und den Aussichtsturm auf dem Taubenberg bestiegen und die Mammutbäume im Kaldenkirchener Grenzwald bestaunt. Tja, Naturschutzgebiete mit »Betreten verboten«-Schildern gab es reichlich in der Region. Ideale Voraussetzung für sein Vorhaben. Kaum dass sie weg war, traktierte er den Boxsack auf dem Dachboden. Es war ihm ein Bedürfnis gewesen, ihn an genau den Balken zu hängen, um es heimzuzahlen. Nicht nur dem Vater. Allen, die ihn im Stich gelassen hatten. Seiner Mutter, die ein Jahr nach dem Tod ihres Mannes einen anderen gefunden und mit dem Tag seiner Volljährigkeit zu dem Motherfucker gezogen war. Mitschülern für ihr zehnjähriges Mobbing. Drangsalierenden Lehrern. Dem Lehrherrn für drei Jahre Piesacken. Er hatte mehr Zeit damit verbracht, den Garten des Ausbilders zu pflegen und dessen Auto auf Hochglanz zu polieren, als im Büro.

Prügel, das hatte ihm der Vater immerhin mitgegeben, waren ein probates Mittel, Frust abzubauen. Eine Zeitlang hatte er die Nordkurve des Stadions im Borussia-Park in Mönchengladbach frequentiert. Da brauchte er keinen Boxsack. Insbesondere wenn es gegen die Effzeh-Fans oder Vizekusen ging. Über die Kumpels lernte er Leute kennen, mit denen er den Gegner aufmischte, später Flüchtlingsheime.

Frauen? Nebenbaustellen und Kollateralschäden zugleich. Celine eine Bitch, Nadine frigide, Beckie nahm ihn aus wie einen Weihnachtsganter. Jede dieser Episoden arbeitete er in den Boxsack ein. Amira war eine total neue Erfahrung gewesen – so anschmiegsam, so geil – und dann doppelt hinterfotzig. Eine Betrügerin. Snobby Bitch. Die sich ihm an den Hals geschmissen hatte, damit er sie heiratete. Wegen der Papiere. Weiter wollte sie nichts von ihm. Schon gar kein Geld, beteuerte sie, als sie sah, dass ihm die Spucke wegblieb.

Er zog den Arm weg, der eben noch um ihre Schultern gelegen hatte, und rückte ab.

Sie legte nach: auch keinen Sex, keine Sorge, er brauchte sich gar nicht um sie kümmern. Ihr Mann hätte auch andere gehabt. Nur verprügeln ließe sie sich nicht.

Was dieser Muselmane verschmäht hatte, damit brauchte er sich also nicht erst die Finger schmutzig machen? Zu spät, Misses. Er hatte sich schon befleckt. Nein. Sie ihn. Er hatte viel zu viel preisgegeben. Wenn auch nichts, was man nicht erzählte. Was ihm am Morgen danach zum ersten Mal in der Kehle gebrannt hatte. Wie Halbverdautes, das danach drängte, ausgekotzt zu werden.

Mich – mit – die – ser – Schlam – pe – ein – zu – lassen! Er wünschte, er hätte sie aufgehängt. Aber der Dachboden bot noch bessere Möglichkeiten. Die Fahrradtour zu den Krickenbecker Seen war eine ideale Variante. Weit weg. Wo sie ungestört waren. Als sie die Dragees aus dem Süßstoffspender in der Kaffeetasse versenkte, war die Idee geboren.

*

Schritte. Sein Erstgeborener stand in der Tür. Ja, auch seine Kinder waren Teil des Universums und verlangten Zuneigung. Tag und Nacht. Gaben sie aber ebenso. In dem Punkt ähnelte Hamid seinem Vater: Beide arbeiteten Tag und Nacht an der großen Sache. Seiner Idee. Er, der Scheich, der Herrscher seines Landes, Hamid, der Kronprinz, zukünftige Hoffnung des Morgenlands.

»Hamid, mein Augenstern, was gibt es?«

Sie umarmten sich.

»Der Botschafter schickt Auszüge aus der deutschen Presse. Vielleicht mag es dir ein wenig Zerstreuung bieten. Es hat dort viel Aufregung gegeben. Wegen des Picknicks.«

*

Sie hatten die Fahrräder am Parkplatz gelassen und waren zu Fuß zwischen Glabbacher und Hinsbecker Bruch entlanggelaufen. Holger trug den Picknickkorb. Die Decke hatte er Amira überlassen. Für ein Picknick war es genau das richtige Wetter. Für einen Wochentag leer genug. Nur einige Kinderwagenmuttis unterwegs, mit ihren Kleinen beschäftigt. Auf den Bänken vereinzelte Rentner, die aufs Wasser stierten. An dem Gatter, hinter dem das Naturschutzgebiet lag, vergewisserte Holger sich, dass die Luft rein war, er half Amira mit einer Räuberleiter auf die andere Seite und kletterte hinterher. Ein Steg führte durchs Gebüsch und auf eine Wiese, die von dichtem Grün umgeben zum Wasser hin hinter hohem Schilf verdeckt lag. Idylle pur. Er war sich nicht sicher, ob das Zeug es noch tat. Sie war eine Erwachsene und keineswegs mangelernährt. Umso höher hatte er es dosiert. Zehn Tabletten in einer süßen Quarkspeise verarbeitet. Zwei Schraubgläser vorbereitet.

Sie breitete die Decke aus. Setzte sich. Er kniete neben dem Korb, schenkte Limo aus, sie prosteten sich zu, sahen einander in die Augen, tranken.

»Wie schön es hier ist«, sagte sie. »So viel Grün.«

Er reichte ihr ihre Portion Quark und ein Löffelchen.

»Lass es dir schmecken.« Schraubte das eigene Glas auf. Kostete. »Wieso eigentlich gefälschte Papiere? Wenn dein Mann eh schon andere Frauen hat …«

»Er wird mich nie freigeben. Sonst ist seine Ehre – wie sagt man? – schmutzig. In meiner Community bin ich sein Eigentum.« Sie aß, sagte: »Lecker«, auch wenn der Gesichtsausdruck nicht ganz danach aussah. »Eine verheiratete Frau kann nicht heiraten. Ohne Heirat keine Duldung.«

»Und wenn ich nicht will?«

Sie zuckte die Achseln. »Dann finde ich einen anderen.«

Wieder hätte er sie würgen können. Stattdessen würgte er den Quark in sich rein. Was sie veranlasste, brav weiterzulöffeln.

»Aber wie sollte dein Mann dich finden?«

»Abdul ist ein hoher Beamter. Sie spionieren alles aus. Wenn er meine Route kennt, weiß er, wo er mich suchen muss. Dass ich in Deutschland bin, ist ihm sowieso klar. Ich spreche die Sprache. Er wird den Scheich hierherlocken. Und ihn begleiten. Der Scheich hat viel Macht.«

Oho. Ihr Mann kannte den Scheich persönlich, hatte

Einfluss. Er, Holger, der arbeitslose kleine Technische Zeichner, hatte die Gattin eines hohen Tiers aus den Vereinigten Arabischen Emiraten gevögelt. Der Gedanke gab ihm Auftrieb.

Amira gähnte hinter vorgehaltener Hand. »Entschuldige. Ich bin so müde.«

»Leg dich hin. Wir haben Zeit.« Holger blieb sitzen, die Arme um die Beine geschlungen, träumte in die Ferne, das Zwitschern der Vögel, das Schnattern der Enten im Ohr …

Waren das Frösche?

Das Gurgeln kam von Amira. Nur ein Schnarchen? Ein Schleimfaden rann aus ihrem Mundwinkel. Unter der Nase glänzte es feucht.

Wenn er sie jetzt weckte und ihr den Finger in den Hals steckte, damit sie erbrach?

Sie war so schön. Das ebenmäßige Gesicht. Das blonde Haar ausgefächert wie ein Kranz um den Kopf …

Gefärbt, klar. Fast wäre er darauf reingefallen. Er ertrug es nicht. Stand auf, ging durch das raschelnde Gras zu einer Weide. Setzte sich, an den Stamm gelehnt, schloss die Augen. Spürte eine Träne unterm Lid hervorquellen, ließ sie laufen. Moment der Schwäche. Er würde noch viel Kraft brauchen.

Da er das Smartphone zu Hause gelassen hatte, wusste er nicht, wie viel Zeit verstrichen war, als er nach ihr sah. Sie lag auf der Seite, verzerrte Züge, vollkommen verschleimt, zuckte und röchelte. Schien aber nicht bei Bewusstsein. Das Luminal war tatsächlich noch wirksam. Er hatte es im Arztkoffer des Großvaters gefunden. Auf dem Dachboden.

Die Sonne neigte sich dem Horizont zu, als er sicher war, dass sie nicht mehr atmete. Er zog sie aus, schleifte sie zum Steg, ließ sie ins Wasser sinken und band sie an den Pfosten fest. Ihr Körper war jetzt am Grund fixiert, nicht tief, aber tief genug, dass er unter dem Holz und zwischen den grünen Algen auch von der Seite nicht sichtbar war. Keine Geruchsentwicklung. Hier kam eh niemand her. Das Wasser und die Tiere des Sees würden den Zersetzungsprozess beschleunigen.

Noch in derselben Nacht verbrannte er ihre Klamotten, pulverisierte das Smartphone, spülte, wusch, putzte, beseitigte sämtliche Spuren. Er hatte Hausarbeiten immer gehasst. Aber es fühlte sich gut an, als im Morgengrauen alles geschafft war.

Nie war ihm seine Umgebung so hell und sauber vorgekommen.

*

Allahs Universum war nicht nur riesengroß, sondern en détail sehr profan! Hussein machte eine Handbewegung. »Yalla.«

Hamid kicherte. »Deutsche Ordnungsfanatiker.«

Sein Vater runzelte die Stirn. »Um den anderen zu verstehen, musst du ihn lieben. Erst wenn du ihn verstehst, kannst du ihn beurteilen. Wer lacht, weil er nichts versteht, offenbart die eigenen Grenzen.«

»Wenn die rechte Hand nicht versteht, was die linke tut?«, gab Hamid zurück.

»Die Zunge ist die Übersetzerin des Herzens. Also lies.«

»Vorab: Du erinnerst dich? Wir hatten über den Caterer einen ungestörten Ort zum Grillen erbeten. Die Wiese am Teich, die er uns anbot, lag in einem Gebiet, das normalerweise niemand betreten darf. Aus Naturschutzgründen.«

Hussein nickte. »Ich hatte um einen geschützten Raum gebeten. Sind wir Menschen nicht auch Teil der Natur? Es lag im Interesse Deutschlands, für unsere Sicherheit zu sorgen.«

»*Wer* ist Deutschland?« Hamid holte tief Luft. »Die Kanzlerin? Der Botschafter zitiert Stellungnahmen, von denen einem vollkommen wirr im Kopf werden kann. Hör zu, hier steht: Das Bundeskanzleramt habe das Gespräch mit der Botschaft bestätigt, aber jede Einflussnahme bestritten, was den gewählten Ort anging. Sie haben die Frage einfach in die Verantwortung der untergeordneten Behörden gegeben! Die Staatskanzlei des Landes Nordrhein-Westfalen sprach von einem ›Privatbesuch‹, der nicht in ihre Zuständigkeit gefallen sei. Der Kreis Viersen – was auch immer das ist – bestritt, um eine Genehmigung ersucht worden zu sein, beklagte nichtsdestotrotz die entgangene Verwaltungsgebühr. Der Kreissprecher habe die Entscheidung der Stadt Nettetal hingenommen, in deren Nähe wir uns offensichtlich aufgehalten haben. Der Bürgermeister – Chef der Nettetaler Administration – war im Urlaub und konnte dich daher nicht mit einem Goldenen Buch belästigen. Aber es geht weiter: Der Rat der Stadt fühlte sich unzureichend unterrichtet. Ebenso der Ältestenrat, die Parteien und Wählergemeinschaften. Und jetzt kommt es: Niemals hätte man dir ein solches Privileg zugestehen dürfen. Ein Picknick auf einer Wiese! Die Verwaltung sprach daraufhin von einer ›Notlage‹ aufgrund der Kürze der Zeit.« Er blickte von den Papieren auf, von denen er ablas, fragte: »Leben wir im Krieg mit diesem Kaff? Wie kann eine friedliche Zusammenkunft derart missdeutet werden? Dein Besuch anders als ein Zeichen höchster Ehre aufgefasst werden?«

Wieder hielt Hamid inne. Sein Vater hatte den Blick in den Abendhimmel gerichtet. Hamid räusperte sich und fuhr fort: »Die beauftragte Eventagentur sprach von einem angemessenen Zeitraum. Offensichtlich gab es aber weitere Zuständige, die meinten, man hätte sie fragen müssen. Der Bund für Umwelt und Naturschutz zum Beispiel. Die Biologische Station vor Ort erklärte, die Gänsebrutzeit sei zwar vorbei gewesen, dennoch habe für die Wasservögel eine Stresssituation vorgelegen.« Er kicherte. »Gestresste Gänse!«

»Schöne Tiere«, warf Hussein ein. »Nur ein wenig zäh.«

»Stressbedingt vermutlich. Nächstes Problem: Grillen. Die Freiwillige Feuerwehr hat sich beschwert. Bei einem offenen Feuer, Trockenheit und Temperaturen über 30 Grad hätte ein Löschzug bereitstehen müssen. – 30 Grad!«

»Ich beginne zu verstehen, weshalb Abdul meinte, er müsse mitkommen, um sich um alles zu kümmern.« Hussein lächelte.

»Dafür hat dein Sohn dich ja nun begleitet und das alles auf sich genommen.« Hamid blätterte weiter. »Die Kosten für das Mähen und Aufstellen der Pavillons – Peanuts. Die Rechnung ist längst beglichen. Aber die Männer, die der Caterer für den Transport von Geräten,

Geschirr, Speisen und Getränken benötigte – was für ein Geschrei darum! Warum, um Allahs willen, haben sie darauf bestanden, dass nicht mit dem Auto angeliefert wurde? Der Steg hätte Schaden genommen, die Pfosten wären eingesunken. – Natürlich habe ich die Übernahme sämtlicher Kosten zugesagt! Sollen sie nur ja jeden einzelnen Pfosten gründlich gesund sanieren!«

Hussein blickte ihn freundlich an. »Wer dem Gerede der anderen nachgeht, wird müde.«

»Verzeih, Baba, lieber Vater, dass ich dich mit diesen Ausführungen ermüde«, sagte Hamid. »Die Absicht war, dich zu amüsieren. Aber es fällt mir schwer, gelassen zu bleiben.«

Hussein musterte seinen Ältesten mit Nachsicht. »Ja«, sagte er. »Verstehen, ohne sich angegriffen zu fühlen, ist eine Kunst, in der du dich stetig üben musst, um über dich selbst hinauszuwachsen. Was du hörst, sagt etwas über den anderen. Wie das Kleid, so die Gastfreundschaft. Lies nur weiter!«

»Die Agentur für Arbeit«, fuhr Hamid fort, »kritisierte, dass keine Arbeitslosen eingesetzt worden seien, um das Equipment anzuliefern.«

*

Die Agentur für Arbeit bestellte ihn ein. Gute Nachrichten. Ein neues Abkommen mit den Vereinigten Arabischen Emiraten. Deutsche Ingenieure würden gebraucht. Zeitarbeitsfirmen hätten unter anderem Technische Zeichner angefragt. Man habe in Dubai Aufschüttungen im Meer vorgenommen, ein riesiges urbanes Projekt an der Küste. »Sie könnten da mehrere Jahre unterkommen. Wär das nichts für Sie? Als Single ohne familiäre Bindungen.«

»In Dubai?«

Der Berater hielt ihm einen Prospekt hin, auf dem vor azurblauem Himmel Hochhäuser in den Himmel ragten, im Vordergrund Palmen und türkises Meer. »Wenn ich Ihnen einen unbürokratischen Rat geben darf: Schlagen Sie zu! Das ist eine tolle Chance. Sie verdienen gutes Geld. Die Araber da haben Öl und Geld ohne Ende. Nur von Technik keine Ahnung. Was es alles zu beachten gibt, von Normvorschriften bei Hoch- und Tiefbau bis hin zu Maßnahmen gegen die Umweltzerstörung, das greift ja alles ineinander. Die schütten Sand ins Meer und wundern sich, dass der nicht liegen bleibt. Eine gigantische Baustelle, die stillgelegt werden musste. Geld allein katapultiert einen halt nicht in die Neuzeit.«

Holger klappte das Faltblatt auf. Paradiesische Aufnahmen.

»Sie sollten allerdings viel Geduld mitbringen. Hakuna Matata. Und sich immer erst schlaumachen, wen man wie schmieren muss. Diese ›Organisationskompetenz‹ brauchen Sie.«

»Um was für ein Unternehmen geht es denn?«

»Dubai Holding, ein Riesending. Bau, Finanzen, Energie – alles im Besitz der Herrscherfamilie. Geleitet wird es von Abdul Al Kazim, einem der engsten Vertrauten des Scheichs.«

»*Abdul* heißt er?«

»Wieso fragen Sie?«

»Oh, nichts. Ich hab mal von einem Abdul gehört.«

Der Arbeitsvermittler lachte. »Heißen Muslims nicht alle irgendwas mit Abdullah oder so – wie Juden Israel oder Sara? Was ist: Soll ich Ihnen die Papiere geben?«

*

»Stattdessen lud die Stadt Menschen ein, die keine Arbeitserlaubnis hatten«, fuhr Hamid fort, »und die froh waren, etwas zu tun zu kriegen. Sie erhielten immerhin Getränke – nicht alkoholische natürlich! Trotzdem beschwerte sich der Träger der Unterkunft, in der sie lebten, man hätte ihn nicht gefragt, und die Männer selbst behaupteten anschließend, sie hätten nicht gewusst, für wen sie da schufteten. Hätten sie es gewusst, hätten sie die Arbeit abgelehnt.«

Hussein horchte auf. »Du hast nicht angeboten, sie nachträglich zu entlohnen?«

»Das ist gegen die deutschen Gesetze. Sie *dürfen* kein Geld verdienen. Der Ausländerbeauftragte fand das so in Ordnung …«

»Ausländerbeauftragte? Was für Ausländer?«

»Sie kamen aus Syrien, Afghanistan und dem Irak.«

»Muslime?«

»Flüchtlinge.«

»Was!« Hussein wurde lebendig. »Diese Kleingeister haben Männer unsere Speisen tragen lassen, die aus Ländern kommen, in denen alles drunter und drüber geht? Geflohene Verbündete, Verzwistete, womöglich Freischärler, Fundamentalisten oder Fanatiker? Ohne jegliche Sicherheitsprüfung?«

Hamid zögerte. Offensichtlich hatte er diesen Gedanken nicht zu Ende gedacht. »So ist das wohl zu verstehen …«

»Zu verstehen?«, ereiferte der Vater sich. Seine Stimme legte mit jedem Buchstaben einige Dezibel zu. »Bestell sofort den Botschafter ein! Er soll die Kanzlerin …«, er stutzte, lehnte sich ans Fenster, stöhnte: »Frauen!«

Hamid war bereits aus dem Raum geeilt.

Hussein richtete den Blick in den Nachthimmel.

Ach, es war noch ein weiter Weg zu den Sternen.

BEUYSTE NOCH ODER BISTE SCHON TOT?

Liebe Unbekannte,
dein Foto gefällt mir. Ist es aktuell?
Was du zu dem adäquaten Seelenverwandten schreibst, den du suchst, klingt akzeptabel. In der Hinsicht ist die Luft bei NiveauPartner.de erschreckend dünn. Ich weiß, wovon ich rede. Zähle mich schließlich nicht ohne Stolz zu den Urgesteinen dieses Portals. Die Niveau eben nicht mit Nivea verwechseln. Wer sich wie ich als Solitär versteht, gehört eben nicht auf den Grabbeltisch, über den andere Portale kolportieren, dass sich dort alle elf Minuten ein Single verliebe. Mal abgesehen von der Tatsache, dass ein verliebter Single sich schon auf jemanden kaprizieren sollte, der sich just in dem Moment ebenfalls verliebt – und zwar just in ihn. Bitte nimm es mir an der Stelle nicht krumm, dass ich vollkommen genderbefreit von »der Single« statt »der*die*das Single*rin« spreche. Ich halte rein gar nichts von diesem Sternchen-Bling-Bling. Rein rechnerisch bedeuten elf Minuten umgelegt auf sämtliche Mitglieder des Portals – mal angenommen, dass diese rund um die Uhr nichts

anderes tun, als sich mit dem Angebot desselben auseinanderzusetzen – ohnehin, dass die Verliebens-Wahrscheinlichkeit bei etwa zwei Prozent liegt.
Was uns nicht entmutigen sollte. Willst du also das Wagnis eingehen, dich möglicherweise als mein Two-(Per)Cent zu erweisen?
Damit du auch weißt, wer hinter diesem My-two-Cent-Statement steht: Mein Name ist Ansgar, ich bin Journalist, also durchaus ein Mann (nicht nur) des Wortes. Derzeit arbeitslos, was mir Gelegenheit gibt, endlich meinem Herzensprojekt nachzugehen und den Epochenroman des 21. Jahrhunderts zu vollenden, an dem ich bereits ein halbes Zentennium arbeite. Mir liegt also sehr an einer Kandidatin, die mir nicht nur in kulturell-geistiger Hinsicht Paroli bieten kann, sondern Muse und Mäzenin in einem ist – ganz im Sinne der von dir metaphorisch umschriebenen Seelenverwandtschaft.
Ich freue mich auf deinen adäquaten Respons. Je nachdem, ob und wie er erfolgt, akzeptiere bitte, dass ich dich möglicherweise umgehend blockieren werde.
Mit erwartungsvollem Gruß
Ansgar

PS: Meine Aufnahmen datieren einige Jahre zurück. Nicht zuletzt, weil sie dafür stehen, dass ich deutlich jünger bin, als mein kalendarisches Alter es vermuten lässt. Insbesondere aber, weil ich rein gar nichts von der derzeit grassierenden eitlen Selbstbespiegelung und Selfisierung des Alltags halte.

*

Lieber Ansgar,
ich muss gestehen, dein Schreiben hat etwas in mir zum Klingen gebracht, das mir in diesem Forum zuvor nicht begegnet ist. Ein unkonventioneller Homo sapiens, der diesem Namen alle Ehre macht: mit (Sprach-)Witz und dem Mut, sich seines Verstandes zu bedienen. Wie du bin ich nicht seit gestern in solchen Kommunitäten – neudeutsch Communitys – unterwegs, die diesen Namen doch in keiner Weise verdienen, weil die einzige Gemeinsamkeit, die ihre Mit- und Ohneglieder – du verstehst! – teilen, darin besteht, dass sie genau dieses Merkmal der Gemeinsamkeit schnellstmöglich loswerden möchte. Dabei kann ich durchaus von einem Niveau sprechen, das mir hier begegnet: einem unfassbar unterirdischen. Weshalb ich genau die von dir zuletzt angesagte Strategie des Blockens für die einzig mögliche halte, um in diesem Katalog der Unmöglichkeiten nicht den Verstand zu verlieren.
Du als ausgewiesener Mann des Wortes verfügst über eine Kompetenz, zu der allein ein Studium generale befähigt: Allgemein- und eben nicht Gemein-Bildung. Im Sinne eines umfassenden Humanismus

statt ideologischer Gleichmacherei. Das Stichwort Mäzenatentum verdeutlicht exakt dies: Genauso wie es der Genies bedarf, die die Grenzen des Möglichen immer wieder sprengen, bedarf es derer, die in der Lage sind, ebenjene zu erkennen und zu fördern. Ich rechne mich tatsächlich dieser zweiten Gruppe zu, die ich in keiner Weise als sekundär verstanden wissen möchte, sondern in dem von dir benannten Phänomen der Muse als unabdingbare Ergänzung verstehe. Große Werke bedürfen der Inspiration wie der Investition. Ohne die Fähigkeit der Intuition wird beides nie gelingen. Das eben macht Augenhöhe aus und besiegelt den besonderen Bund zwischen Künstlern, Musen und Mäzenen.
Ich bin Frau und vollkommen frei, verfüge über ein ebenso hohes Maß an Intelligenz wie Intuition, Bildung wie Bindungsbereitschaft und erwarte nicht weniger, als ich zu geben bereit bin. Wobei mit dem letzten Aspekt ausdrücklich nicht pekuniäre Interessen gemeint sind. Ich bin in vielfacher Hinsicht unabhängig und versichere, dass ich eine Partnerschaft keinesfalls mit einem Renditeobjekt oder einer Rentengarantie verwechsle. Wie – du wirst es kennen – viele meiner Geschlechtsgenossinnen hier, für die ich mich nur fremdschämen kann.
Mit geneigten Grüßen
Constanze

PS zu deiner Eingangsfrage: Ich verkehre in Kreisen, in denen Distinktion so selbstverständlich ist, dass es sich verbietet, sein Konterfei permanent der Öffentlichkeit preiszugeben. Ich bin daher nicht wenig stolz darauf, dass Paparazzi nur alle Jubiläumsjahre ein Porträt von mir fertigen und die Aktualität meiner Fotos durchaus eine Dekade vorhält.

*

Liebe Constanze,
welch hinreißende Replik von enthusiasmierender Ebenbürtigkeit! Der ich ganz im Sinne der als Geniezeit geschätzten Epoche des Sturm und Drang nur eins – nein zwei Interrogativpronomina entgegenschleudern möchte: Wo? Und wann?
Was die meinerseitigen Optionen zum ersten Punkt angeht: Ich erwarte eine inspirierende Kulisse, die eine Fülle von Anlässen zu weit mehr als konservativer Konversation bietet, vielmehr zu einem Impulsaustausch führt, der die genau richtige Pol-Position zwischen Offenbarung und Offenbarungseid ins Visier nimmt. Ein Fresstempel, ganz egal welcher Couleur, wäre dabei ausgesprochen kontraproduktiv. Schließlich wollen wir Visionen, nicht dem Wanst Nahrung geben.
Als Antwort auf die zweite Frage bieten sich sämtliche Daten und Uhrzeiten an, die einen tageslichttauglichen Eindruck ermöglichen, nach hinten kein Limit kennen, vorab eine hinreichend erquickende Ruhezeit gewähren und vor allem adäquate Inti-

mität garantieren und Massenandrangsspitzen vermeiden.
Erwartungsvolle Grüße
Ansgar

*

Geschätzter Ansgar,
nun, dann ist dies vielleicht der geeignete Moment, dir meine besondere Passion zu offenbaren: Ich bin selbstverständlich für fast alle Spielarten der Kunst offen, wobei ich die Literatur in diesem Spektrum für die Basis halte, die den Weg zu fast allen kulturellen Formen vorbereitet und ebnet. Meine größte Hingabe galt bis jetzt der bildenden Kunst. Sodass ich, wenn du mir das erste Vorschlagsrecht gewährst, eine Lokation ins Auge gefasst habe, die sämtlichen deiner Kriterien Genüge tun und von unser beider Domizilen am Niederrhein aus – Düsseldorf und Moers – gut erreichbar sein dürfte. Dabei überlasse ich dir gerne die Wahl zwischen zwei Optionen oder aber dem Gesamtpaket aus beiden. Über die Chronologie im zweiten Fall darfst auch du gerne entscheiden: Wir treffen uns zu einem gemeinsamen Gang durch das Museum Insel Hombroich oder an der fußläufig eine halbe Stunde entfernt liegenden Neusser Raketenstation Langen Foundation.
Da wir beide über entsprechende Wochentagesfreizeit verfügen, bietet sich ein gemeinsamer Spazier-

gang zu einer Zeit an, da die meisten Interessenten einer Erwerbstätigkeit nachgehen. Was hältst du von dem kommenden Dienstag? Die Wettervorhersage verspricht niederschlagsfreie angenehme Temperaturen. Wenn wir uns auf eine Begegnung um 11 Uhr verständigen, würde uns das die Möglichkeit eröffnen, je nach Belieben und Vergnügen eine oder beide vorgeschlagenen Stationen zu begehen.
Vorfreudig deiner Antwort entgegensehend
Constanze

*

Mit allem d'accord, geschätzte Constanze.
Ich schlage vor, wir starten an der Raketenstation. Wenn es dort so richtig abgeht, sind wir reif für die Insel. Im Falle eines Fehlstarts bleibt die Option einer unerwarteten Mitteilung, die wir nach unserem Rundgang beim Blick auf das Smartphone vorfinden und die uns zu einem unabdingbaren Termin nötigt. Du verstehst gewiss, wie ich es meine und dass das eine kommode respektvolle Verabschiedung unter zivilisierten Menschen ermöglicht.
Wäre das nicht auch so in deinem Sinne?
Ansgar

*

Die schlanke Frau im grauen Leinenkleid mit großen aufgesetzten Taschen sah auf die Handgelenksuhr an dem filigran gearbeiteten Milanaise-Gliederband. Einer runden Crossbody-Basttasche entnahm sie ein mit feiner Häkelspitze eingefasstes Damasttuch, tupfte sich Stirn und Mundwinkel ab, kontrollierte gleich darauf in einem kleinen Spiegel die Lippen und zog sie nach. Nachdem sie auch das Augen-Make-up einem prüfenden Blick unterzogen und ihrem Abbild zugezwinkert hatte, klappte sie den Spiegel wieder zusammen und versenkte ihn samt Tüchelchen und Lippenstift in der schwarzen Umhängetasche. Sie strich die mit grauen Strähnen durchsetzten, ursprünglich brünetten Haare zurück, indem die Finger der rechten Hand in einer kämmenden Bewegung über den Scheitel nach hinten fuhren und bei in den Nacken gelegtem Kopf die Mähne schüttelten, sodass sie sich locker über beide Schulterblätter verteilte.

Ein Motorengeräusch. Sie richtete den Blick auf die Zufahrt am anderen Ende des Parkplatzes.

Eine silbergraue Audi-A4-Limousine näherte sich schwungvoll und bog in eine der Parktaschen auf der Schattenseite. Ihr entstieg ein mittelgroßer Mann mit Halbglatze, grau meliertem Resthaarkranz, braunem Cordanzug, Lederslippern und Brille, die sich im Näherkommen als Vintage-Modell mit eckiger Fassung und breiten schwarzen Bügeln entpuppte. Er lächelte und streckte ihr die Hand entgegen. »Ansgar. Guten Tag, Constanze.«

»Schön, dich kennenzulernen.«

Er musterte sie. »Unverkennbar. Die Haare sind grauer. Authentisch, Chapeau.«

»Danke. Du hast ein wenig zugelegt. – Wollen wir los?«

Nebeneinander gingen sie in Richtung des Ausstellungsgebäudes, eines langen, von einer Glashülle umgebenen Betonriegels, der sich in dem vorgelagerten Teich spiegelte. Ein von Kirschbäumen flankierter Weg führte zu dem Gebäude.

Er räusperte sich. »Interessant.«

»Ja, nicht wahr? Dieser Tadao Andō ist ein Genie.«

»Der Architekt? Ah. Irgendwie japanisch.«

Sie bedachte ihn mit einem Seitenblick. »Er hat sämtliche Gebäude auf dem Gelände der ehemaligen Architektur des Ortes, der NATO-Raketenstation, angepasst und in eine Kommunikation mit der umgebenden Natur treten lassen.«

»Es erinnert an einen Bunker. Vermutlich eine Funkstation?«

Sie beschleunigte ihren Schritt fast unmerklich. Eilte auf den Eingang zu. Erwarb für sie beide Eintrittskarten. Winkte ab, als er sein Portemonnaie zückte. »Was möchtest du sehen? Es gibt eine aktuelle Ausstellung und die Kunstsammlung des Ehepaars Langen, die auf verschiedenen Ebenen präsentiert wird: Werke der Moderne, japanische und außereuropäische Bilder und Skulpturen. Spektakulär ist vor allem die räumliche Gestaltung.«

»Raum der Stille«, las er. »Dann sollte man die Exponate besser nicht kommentieren?«

»Kunst sollte man immer erst einmal auf sich wirken lassen.«

Er lächelte. »Kein impulsiver Impulsaustausch?«

»Dazu findet sich anschließend Gelegenheit. Auf dem Gelände.«

Sie durchstreiften die Gebäude nahezu schweigend, verharrten vor abstrakten Werken aus Glas, Metall, Stein, spiegelnd, schwebend. Constanze wies von Zeit zu Zeit auf bauliche Besonderheiten oder Einrichtungsdetails – das Oberlicht im japanischen Raum, die Rampe zum Zwischengeschoss, die Fensterschlitze, kubisch oder rechteckig gestaltete Sitzgruppen.

Als sie die lange Freitreppe zwischen den in den Boden eingelassenen Haupttrakten emporstiegen, sagte er: »Dieser Tando war ursprünglich Tischler, nicht wahr?«

»Andō«, korrigierte sie. »Tadao Andō.«

»Witzig. Ich habe während meines Studiums bei einem Schreiner gejobbt.«

»Um auf den von dir angesprochenen Geniegedanken zurückzukommen«, sagte sie, »er hat tatsächlich nie Architektur studiert. Aber als einziger Architekt weltweit alle bedeutenden Preise errungen und mit dem Titel eines Professors an renommierten Universitäten gelehrt.«

»Und hatte Mäzene wie die Langens, die ihn das hier haben bauen lassen.«

»Ich habe Marianne Langen persönlich kennengelernt auf einer Ausstellungseröffnung. Eine unglaubliche Frau. Mit Adlerblick für geniale Kunstwerke. Sie hat sich nie für den Marktwert interessiert, sondern immer ihren persönlichen Geschmack entscheiden lassen.«

Ansgar nickte. »Tolle Frau.«

»Wie sieht es aus? Kannst du noch?«

»Oh, natürlich. Wir wollten den Tag doch nutzen.« Er lächelte. »Für einen inspirierenden Austausch.«

Sie wanderten an dem mit Wein bewachsenen Turm, an Ateliers und Bunkereingängen vorbei, am Haus für Musik, an der Tafelrunde, den Tilapia-Skulpturen, durchstreiften den Klostergarten, tauschten Eindrücke und biografische Details aus. Sie fragte, für welche Zeitungen er gearbeitet habe. Neben seinem epochalen Roman.

»Epochenroman«, korrigierte er. Lächelte. »Gerne epochal, ja.«

»Wovon handelt er?«

»Von einem Protagonisten auf der Suche nach sich selbst.«

»Hat er mit dir zu tun?«

»Natürlich. Aber selbstverständlich ist es kein autobiografischer Roman.«

»Und? Findet er sich?«

Er lächelte. »Der Roman ist ja nicht fertig. Aber das wäre arg platt. Er wirft Fragen auf. Antworten muss der Leser finden.«

»Fragen wozu?«

»Gesellschaftliche. Er erzählt von der zweiten Hälfte des letzten Jahrhunderts. Der selektiven Permeabilität der sozialen Systeme. Sprich: Wer aus der Arbeiterklasse kommt, hat keine Chance.«

»Deine Erfahrung?«

»Klar. Abitur auf dem zweiten Bildungsweg. Trotz Bestnoten keine Aufstiegschancen. Mobbing. Jobverlust.«

»Als Journalist?«

»Ja.«

»Ah.« Kurze Pause. »Und jetzt lebst du vom Arbeitslosengeld?«

»Ich – äh, nicht ganz.«

»Was heißt das?«

»Das gibt es nur ein Jahr. Ich bin Lebenskünstler.«

»Ah.«

»Und du?

»Ich lebe für die Kunst.«

»Und wovon?«

Achselzucken. »Anderes Elternhaus.«

Sie erreichten eine Installation von ehemaligen Stahlkochbehältern, riesige rostige Ungetüme. Auf einem stand: »Stahlkochen ist Kunst – Ja«.

»Guck«, sagte er. »Wenn das Kunst ist, ist Schreiben es erst recht.«

Sie lächelte. »Josephs Postulat: Jeder Mensch ist ein Künstler.«

»Jesses Maria. Steht das in der Bibel?«

»Joseph Beuys«, korrigierte sie. »Den wirst du aber kennen, oder? In Krefeld geboren, in Kleve aufgewachsen, Professor an der Düsseldorfer Kunstakademie. In allen hiesigen bedeutenden Kunstsammlungen vertreten: in Düsseldorf, Schloss Moyland, dem Museum Abteiberg, dem Duisburger Lehmbruck-Museum, dem Krefelder Kaiser-Wilhelm-Museum, dem Museum Kurhaus Kleve …«

Sie waren am Eingang angelangt.

»Ist ja gut«, sagte er. »Ich kenne ihn. Und seinen Werdegang, der von vielen Mäzenen gefördert wurde. Waren da nicht auch Nazis unter seinen Unterstützern?«

Constanze kramte in ihrer Handtasche. »Mein Smartphone vibriert. Verzeih bitte.«

Sie entsperrte es, tippte darauf herum, runzelte die

Stirn. »Oh je. Ich muss«, sagte sie. »Tut mir wirklich leid. Bei mir hat sich gerade ein Termin ergeben.«

Er grinste. »Na, dann wünsche ich dir alles Gute.«

»Danke, Ansgar.«

*

Liebe Constanze,

verzeih bitte, dass ich mich am Dienstag nicht vergewissert habe, sondern dich ohne ein weiteres Wort habe gehen lassen. Ich selbst hatte ja den Vorschlag gemacht, einen überraschenden Termin als Chiffre zu nutzen, um sich zu verabschieden. Aber woher kann ich wissen, ob deiner nur vorgeschoben war? Nun komme ich mir vor wie der Gralsritter Parzival, der, als er den Heiligen Kelch endlich sehen darf, die Chance seines Lebens verpasst, weil er sich nicht traut, den Gastgeber und Gralshüter, den schwer kranken Anfortas, nach dem Grund für dessen Leiden zu fragen. Seit Dienstag grübele ich darüber nach, welche unerwartete Nachricht dich abberufen haben mochte. Bitte verzeih meine vermeintlich mangelnde Empathie, als die du unseren knappen Abschied verstanden haben mochtest. In Wirklichkeit handelte es sich doch nur um Unbeholfenheit, den Ausdruck meiner Scheu, indiskret zu erscheinen. Du wirktest indisponiert. Ich hoffe sehr, dass nicht ich dazu beigetragen habe?

Das eine kann und muss ich sagen: Du bist eine bewundernswürdige Frau. Ein Solitär. Was ich eingangs, als wir uns kennenlernten, schrieb: Hier eine derartige Seelenverwandte entdecken zu dürfen – damit war ganz gewiss nicht zu rechnen. Vielleicht kann das ein wenig meine Zurückhaltung erklären, die doch nur für die innere Zügelung steht, die ich mir selbst auferlegte, weil ich den Schock über dieses vollkommen unerwartete Glück so schnell nicht verdauen konnte.

Liebe, teure Constanze, ich will es also wagen, das Schicksal ein zweites Mal herauszufordern – ganz wie der Ritter Parzival, der erst einen Reifungsprozess durchlaufen muss, ehe er ein zweites Mal bei Anfortas vorgelassen wird und ihm die erlösende Frage stellen darf: »Was tut dir weh?« So also trete ich mit diesem Anschreiben vor dich hin und frage: »Welche dringliche Angelegenheit, welches Problem, welche Sorge ist am Dienstag in unsere Begegnung, unser gerade beginnendes trautes Miteinander eingebrochen und hat uns so abrupt auseinandergerissen? Gerne biete ich dir ein offenes Ohr, wenn du dich mir anvertrauen magst.«

Gewiss: Sollte sich alles um ein Missverständnis handeln und solltest du dich keiner weiteren Kommunikation mit mir stellen wollen, so muss ich das hinnehmen. Wisse dennoch: Meine Gedanken, mein Herz sind bei dir und ich wünsche dir nicht weniger als das Allerbeste.

Ansgar

*

Lieber Ansgar,
deine Demut zeugt von Größe. Aufeinander zugehen fordert, aufeinander zuzugehen. Genau darum geht es doch letztlich in diesem Forum der suchenden Seelen, nicht wahr? Was du gleich eingangs so wunderbar auf den Punkt brachtest und worin du unstreitig recht hast: Da, wo wir stehen, ist die Luft dünn. Erschwerend kommt hinzu: Wir beide sind nicht mehr die Jüngsten, haben ein langes Leben voller Erfahrungen und Enttäuschungen hinter uns, das für eine gewisse Dünnhäutigkeit sorgen mag. Aber eben auch für Reife, wenn nicht gar Weisheit, sodass wir in der Lage sein sollten, mit unseren Verletzungen umzugehen, die Geschichte als Humus zu betrachten, aus dem Neues hervorgeht und in dem Neues gedeiht. Wenn wir es nur zulassen.
Damit zu mir: Du wirst mich als in gewisser Weise unnahbar kennengelernt haben. Die Nähe des Namens, den meine Eltern mir gegeben haben, Constanze, zu Contenance, einer Haltung, die mir von klein auf – ja, ich muss sagen: eingebläut wurde, ist kein Zufall. Ich muss allerdings darum bitten, dass du das Bild des »Einbläuens« nicht falsch verstehst. Wenn ich richtig vermute, wirst du als Arbeiterkind einen nicht immer zimperlichen Umgang in deinem Elternhaus kennengelernt haben. In meinen Kreisen herrschte ein anderes Klima. Da ging es um das Hineinfinden in ebendiese. Etwas, was ich dir bisher nicht gestanden habe – ja, ich hatte ebenfalls Sorge. Du magst es

mangelndes Vertrauen nennen: Mit »eingebläut« meine ich: Ich gehöre dem Hochadel an, und mir wurde mein blaues Blut stets als Verpflichtung vorgehalten. Was die wenigsten Menschen wissen: Je blauer, umso seltener wirst du eins unserer Mitglieder in den Schundblättern der Arztpraxen wiederfinden, die unsereinem gemessen am Bevölkerungsanteil vollkommen unverhältnismäßige Aufmerksamkeit widmen, sich dabei aber auf wenige Familien konzentrieren, die sie einem ständigen Wechselspiel von Überhöhung und Diskreditierung aussetzen. Ja, auch das ist eine biografische Hypothek, die belastet und – in meinem Fall – vereinsamen lässt. Genauso wie der ererbte Reichtum. Wie oft macht man die Erfahrung, dass Menschen nur aus diesem Grund jemandes Nähe suchen. Für mich der Anlass, in einem anonymen Portal nach einem adäquaten Seelenverwandten, geistiger Nähe, einem affinen Herzen Ausschau zu halten.

Wenn ich mich mit diesem Geständnis bereits bemüht habe, deinem Vertrauensvorschuss zu begegnen, gehe ich gleich einen Schritt weiter und gebe zu, dass mich dein Kommentar zu Joseph Beuys tatsächlich gekränkt hat. Ich halte Beuys für einen der größten, wenn nicht *den* größten Künstler der Moderne: Wegweiser, Philosoph, Genie. Du hast natürlich recht: Die Rolle der Mäzene ist niemals zu unterschätzen, was den Erfolg eines Künstlers betrifft. Beuys' Genialität bleibt allerdings voll-

kommen unberührt davon. Vielleicht habe ich aber aus deinen Worten eine Kritik herausgelesen, die gar nicht beabsichtigt war?
Ich bin in der Literatur nicht so bewandert, und vielleicht habe ich diese Kunstform, in der du zu Hause bist, genauso unbeabsichtigt in deinen Augen diskreditiert, indem ich sie gewissermaßen zur Wasserträgerin degradierte, zur Basis für alle Kunstformen erklärte. Verzeih bitte, wenn es so ankam.
Im Übrigen wäre es mir eine große Ehre, Auszüge deines Manuskripts lesen zu dürfen. Mir ist bewusst, das wäre ein großer Vertrauensbeweis, dessen ich mich vielleicht erst noch würdig erweisen muss. Auch ohne es zu kennen, weiß ich bereits: Du bist ein Meister des Worts.
Eine Bitte habe ich allerdings, die dir vielleicht weniger schwerfallen könnte, mir zu erfüllen: Lass mich dir Joseph Beuys näherbringen. Wenn wir einander ein nächstes Mal begegnen sollten, dann freue ich mich sehr, dich für einen der folgenden Orte zu begeistern:

- Das Wasserschloss Moyland in Bedburg-Hau mit seiner weltweit größten Sammlung von Beuys-Exponaten, insbesondere aus seiner frühen Schaffenszeit, außerdem dem wunderschönen Skulpturenpark.
- Die Kunstsammlung Düsseldorf mit wenigen, aber nicht minder bedeutenden Werken, die für Beuys' erweiterten Kunstbegriff, seine ökologisch-politische Aktionskunst stehen, etwa die Installation »Das Ende des 20. Jahrhunderts«. Die Idee,

7.000 Eichen anzupflanzen – anlässlich der Kasseler Documenta 1982 und mit Basalt-Mahnmalen markiert –, fand weltweit Nachahmung und sollte unter dem Motto »Verwaldung statt Verwaltung« den Umgang der Menschen mit der Natur bewusst machen. In Düsseldorf, Köln und New York haben daraufhin einzelne Sponsoren Bäume finanziert – die weitere Umsetzung scheiterte am Geld und politischen Willen.

- Das Museum Abteiberg in Mönchengladbach mit einigen feinen, ebenfalls nicht unbedeutenden Werken, gleichzeitig als historischer Ort: Beuys war bei der Eröffnung des Hauses 1982 zugegen, als zeitgleich junge Menschen vor dem Museum für den Erhalt ihres benachbarten Jugendzentrums »Zoar« demonstrierten. Beuys unterbrach spontan das Festprotokoll, lief nach draußen und sprühte mit grüner Farbe »Haus Zoar muss bleiben – Joseph Beuys« auf eine Mauer. Diese Mauer würde ich dir gerne zeigen, weil sie für den Stürmer und Dränger Beuys steht, der selbst an der Spitze des Erfolgs noch Kunstwerke schuf, die kein Mäzen je honorierte und auch sonst niemand zu schätzen wusste: Der Schriftzug wurde später übertüncht, das Jugendheim abgerissen. Vielleicht kann dich das ein wenig ermutigen, lieber Ansgar: Geniale Kunst bleibt genial, auch wenn sie – wie Beuys ja immer wieder erleben musste – als »kann weg« missverstanden wurde. 1982 hat eine Putzfrau seine in der Düsseldorfer Kunstakademie installierte »Fettecke« entfernt. Oder nimm seine ursprünglich ebenfalls in der Kunstakademie ausgestellte Badewanne, gefüllt mit Heftpflaster, Mullbinden, Fett und Kupferdraht, die im Depot des Museums Morsbroich zum Gläserspülen zweckentfremdet und damit unwiederbringlich zerstört wurde. Was ich damit sagen will: Wahre Kunst ist, Kunst als solche zu erkennen. Tatsächlich kann alles Kunst sein. Das deutlich gemacht zu haben, ist eben das Geniale an Beuys.

Was meinst du? Magst du mir eine Chance geben? Nächsten Dienstag, gleiche Zeit? Am Ort deiner Wahl?

Ich freue mich sehr auf deine geneigte Antwort.

Constanze

*

Die Frau, die im Entreebereich des Museums Abteiberg in dem aktuellen Ausstellungskatalog blätterte, trug einen beigefarbenen Hosenanzug von jenem perfekten Schnitt, der einerseits die Figur unterstreicht, andererseits Beinfreiheit lässt. Das Jackett hatte sie über die Schulter geworfen, den Zeigefinger der linken Hand in die Aufhänge-Öse gehakt.

Der Mann, der sich ihr vom Eingang her zügig näherte, trug denselben braunen Cordanzug, die Slipper und Brille wie in Neuss, hatte nur das Hemd gewechselt, reinweiß statt gestreift, außerdem verlieh ihm ein Dreitagebart etwas Bohèmehaftes. Als er keine fünf Meter mehr entfernt war, rief er halblaut: »Constanze!«

Die Angesprochene wandte sich um und ging einen schnellen Schritt auf ihn zu, sodass sie nahezu zusammenstießen, beide bremsten aber den Schwung rechtzeitig ab und lächelten einander an.

»Ansgar!«

Simultan blickten sie auf ihre erhobenen rechten Hände, dann wieder in das Gesicht ihres Gegenübers, um ebenso übereinstimmend die Hände an Oberarme beziehungsweise Hüften des anderen zu legen und die Köpfe zu einem kurzen Luftküsschen aneinander vorbeizuführen. Sie lachten. Dann fasste Ansgar Constanze am Ellenbogen und dirigierte sie von der Kasse weg. »Diesmal bezahle ich.«

Sie zog aus der Hüfttasche ihrer Hose zwei Karten, die sie ihm unter die Nase hielt. »Ich war schneller.«

»Das ist mir peinlich«, wehrte er ab.

»Muss es überhaupt nicht. Ich habe ohnehin eine Jahreskarte als Fördermitglied, aber ich unterstütze das Museum gern.« Sie lächelte. »Dich auch.«

Sie begaben sich in die Ausstellungsräume im Basement. Entdeckten drei Objekte von Beuys, vor denen sie lange verweilten.

»Die Eröffnung. The Inauguration«, las Ansgar. »Ist das nicht die Einführung in ein Amt?«

Constanze legte den Finger auf die Lippen. Flüsterte: »Ja.«

»Was hat ein weißer Farbtopf, aus dem eine Schnur in die Höhe gespannt ist, damit zu tun?«, raunte er.

»Pst. Denk dir deinen Teil«, gab sie zurück.

Im nächsten Raum stand eine Vitrine. Darin sah man

an Nägeln aufgehängt einen leeren Rucksack und eine Weste. Auf dem Boden der Vitrine zwei mit Großbuchstaben bedruckte Zettel, auf denen »ELEMENT 1« und »ELEMENT 2« stand. Links davon zwei Luftpumpen, zwei wurstähnliche Ton- oder Steingebilde, eine silberne Blechdose, an die etwas geknotet worden war, das der Ausstülpung nach eine Schweinsblase sein mochte, außerdem ein Stock, weiter rechts ein Holzplättchen, ein Keil und ein schmutziger, beschädigter Porzellanteller.

»Ah ja«, sagte Ansgar, nachdem er lange darauf gestarrt hatte. Er begutachtete das Schild an der Wand hinter der Vitrine. »Vitrine. Showcase«, las er. Stupste Constanze an. »Was will der Künstler uns damit sagen?«

Flüsternd entgegnete sie: »Er kombiniert persönliche Gegenstände wie den Rucksack oder seine Anglerweste mit Gegenständen von symbolischer oder spiritueller Bedeutung. Das können Naturmaterialien sein, Grundlagen des Lebens, ebenso Teile von Tierkadavern, Symbole des Vergänglichen, denen er gleichzeitig magische Kräfte zuschreibt. Die setzt er mit einfachen Alltagsgegenständen, Artefakten in ein Spannungsverhältnis.«

Er grinste. »Wenn ich über die Bewegung beim Luftpumpen und diese krummen Gurken oder Bananen und Blasen nachdenke und da Spannung aufkommen lasse«, raunte er dicht an ihrem Ohr, »dann bin ich also dem Ursprung des Lebens auf der Spur? Und darf mir meinen Teil dazu denken?«

Sie wich zurück. Eine Andeutung von Rot trat auf ihre Wangen. »Letzten Endes ist es natürlich dem Betrachter überlassen, ob er sich ganzheitlich-spirituell oder rein körperlich angesprochen fühlt«, sagte sie scharf. »Selbstverständlich kann man alles auf das Physische reduzieren. Aber dazu müsste man schon seinen Verstand abschalten. Oder keinen haben.«

An einem Haken hing ein Bügel mit einem Filzanzug.

»Filzanzug. Felt Suit«, las Ansgar. Fragte: »Liebe Constanze, wenn ich jetzt diesen Anzug anzöge und stattdessen meinen Cordanzug an den Haken hinge, wäre das auch ein Kunstwerk und würdest du mich so attraktiver finden?«

»Das ist nicht irgendein Anzug«, zischte sie. »Er steht für eine Nahtodsituation. Und für menschliches Miteinander – elementare Erfahrungen, mit denen Beuys einen Flugzeugabsturz auf der Krim im Zweiten Weltkrieg verarbeitete. Sein Pilot starb, er selbst überlebte schwer verletzt und wurde von nomadisierenden Krimtataren acht Tage lang aufopfernd gepflegt – mit den Mitteln, die ihnen zur Verfügung standen: Sie salbten seine Wunden mit Fett und wickelten ihn in Filz, um ihn vor dem Kältetod zu bewahren. Dafür steht der Filzanzug.« Ihre Stimme war während des Sprechens lauter geworden.

»Sorry«, entgegnete Ansgar. »Ich habe mich in der Zwischenzeit ein bisschen eingelesen. Diese Story mit den Einheimischen, die ihn gepflegt haben sollen, ist ein Narrativ, das Beuys erfunden hat, um seine Biografie glanzvoller zu gestalten und zur Legendenbildung um seine Person beizutragen. Er wurde noch am Tag des Absturzes von den Deutschen aufgesammelt und ins Lazarett gebracht.«

Constanze stand wie erstarrt. Die Augen auf den Filzanzug geheftet, atmete sie einige Male tief ein und aus.

Dann drehte sie sich um, verließ den Raum und stapfte die Treppe hinauf.

»Constanze!«, rief Ansgar ihr hinterher. »Verzeih bitte! Ich hab das nicht so gemeint!«

*

Liebe Constanze,
du wunderbare, göttliche Mäzenin, deren Grenzen ich mit meinen Mätzchen so weit überschritten habe, dass du dich abgrenzen musstest. Zu Recht wiesest du mich mit deinem Abgang zurecht, konnte ich doch nicht bewerkstelligen, mein loses Mundwerk abzustellen. Ich, den mein Ahne – wie du ahntest – mit Kleiderbügeln blau geprügelt hatte, wenn ich blaumachte und dem Unterricht fernblieb. Er schlug mich, wenn er von der Kneipe kam – blau, genau. Während du, blaublütig, blauäugig in einer ganz eigenen blauen Welt aufwuchsest, andere Auswüchse erlebtest, gewiss.
Mein Gewissen ist schwarz wie die Nacht. Kein bisschen blau versichere ich, dass ich verstanden habe, dass das Aussetzen meines Verstands dir keine Wahl ließ, als dich abzusetzen – das Aus für uns?
Du siehst, Constanze, dass ich keine Wortassoziation auslasse, um unsere Asso- wie Dissoziation in Worte zu fassen, du Solitär unter den NiveauPartner.de-Singles. Das konstante Niveau deiner Contenance, Constanze, konsterniert mich kontinuier-

lich. Dabei war ich so voller Hoffnung. Für mich. Für mein Leben. Für mein Projekt. Und nun? Alles Projektionen?
Ich wünschte so sehr, du gäbst mir eine weitere Chance, mindestens damit ich dir den erbetenen Vertrauensbeweis aushändige: mein Manuskript, das du mit Adleraugen prüfen mögest, um zu entscheiden: das Werk eines Genies oder Wahnsinnigen?
Wenn ich diesmal zwecks Übergabe eine Location vorschlagen darf? Dann bitte am Parkplatz des Museums Insel Hombroich, das ich zu gerne mit dir noch besucht hätte – vielleicht gelingt es ja noch. Was meinst du? Nächster Dienstag, gleiche Zeit?
Zerknirscht grüßend
Ansgar

*

Lieber Ansgar,
du schiltst mich blauäugig. Das war ich gewiss. Und kann mich doch glücklich schätzen, mit einem blauen Auge davongekommen zu sein. Machen wir uns nichts vor: Wir stammen von verschiedenen Sternen. Du hast dich hochgearbeitet auf ein Niveau, auf dem du gewiss mit vielen mithalten kannst. Für eine Partnerschaft braucht es aber mehr, als einigermaßen unfallfreie Satzkonstruktionen zu verfertigen. Es braucht Haltung, die dich davor bewahrt, hitzköpfig in jeden sich bietenden Fettnapf zu springen, andere zu verletzen

und zu enttäuschen. Daher, um mich kurzzufassen: Ich bin bereit, mich mit dir am Dienstag noch einmal zu treffen, um dem Künstler in dir eine Chance zu geben, verspreche, ich werde mir dein Manuskript anschauen, auch wenn ich mir wenig davon verspreche. Wenn ich genug gelesen habe, werde ich es dich wissen lassen. Von weiteren Treffen im Anschluss bitte ich aber Abstand zu nehmen. Zumal ich mich in der nächsten Woche nun mit einem NiveauPartner.de-Mitglied zu einem Besuch der Skulpturensammlung Viersen verabredet habe. Du wirst es nicht glauben, es ist jemand, den ich vor langer Zeit bereits auf einer Wohltätigkeitsgala der Fürstin von Arnim kennengelernt habe, ein mittlerweile verwitweter und emeritierter Kunstprofessor. Die Welt ist klein, zumal in unseren Kreisen.
Dir wünsche ich von Herzen, dass du ebenfalls etwas Adäquates findest.
Bis Dienstag also
Constanze

*

Der Mann trug Cordhose und eine Joppe. Über die Halbglatze hatte er eine Basecap gestülpt, den Schirm in den Nacken gedreht. Obwohl die Sonne doch gerade erst aufgegangen war. Er nahm den Übergang am Berger Weg und stapfte am Bahndamm entlang in Richtung der Schwarzbunten, die sich am Saum des Waldes um die Tränke versammelt hatten. Da sie ihm die knochigen Hinterteile zuwandten, konnte er die alte Email-Wanne nicht sehen. »Ho!«, rief er und klopfte Lisa freundlich aufs Gesäß, damit sie Platz machte. Sie wich zur Seite, und dann sah er, was die Kühe angelockt hatte: In der Wanne lag eine nackte Frau. Ihr Blick ging gen Himmel, ihre graubraune Mähne war um den Hals und über die Brüste drapiert, der Bauch hob sich weiß dagegen ab. Er war mit blauen Buchstaben bemalt. »KEINE KUNST – KANN WEG« hatte jemand in Großbuchstaben quer darübergeschrieben. In ihrem Schoß stand ein großes blaues Tintenfass, in dem ein Pinsel steckte.

»He, schöne Frau!«, rief der Mann. »Was gibt das hier?«

Sie reagierte nicht. Er löste den Blick von dem nackten Leib und sah ihr ins Gesicht. Sie starrte immer noch in den Himmel. Der Mund stand halb offen. Eine Schmeißfliege ließ sich auf der Oberlippe nieder. Die Frau hatte etwas im Mund. Ein Stück Butter oder Bratfett? Er beugte sich über sie und strich die Haare beiseite. Darunter wurde eine Kupferdrahtschlinge sichtbar, die sich tief in den Hals geschnitten hatte.

Das Rattern des vorbeifahrenden Zugs übertönte den Schrei des Mannes.

MARIA ZWO

Als Maria zwo für ein erstes Probewochenende zu Besuch kam, zuckte Mamas Braue beim Öffnen der Tür in die Höhe und löste sich erst, als die Tür hinter ihr zufiel, aus dieser Position. Warum meine Eltern sie trotzdem adoptierten? Weil meine Mutter nichts unversucht ließ, ein verirrtes Schäfchen auf den Pfad der Tugend zu führen. Auch auf die Gefahr hin, ihr eigen Fleisch und Blut bei diesem Versuch in Versuchung zu bringen, von eben jenem fortgelockt zu werden. Also mich. Maria eins, kurz Maria. Statt der ›Zwo‹, die nach einer unschönen Rangordnung klang, machten meine Eltern mehrere Versuche, der zweiten Maria im Hause einen Namen zu geben, der sie nicht diskriminierte. ›Marie‹, ›Mariechen‹, ›Mariele‹, ›Mareike‹ – lauter Verniedlichungen, die das Phänomen Maria zwo nicht fassten, weshalb es letzten Endes bei dem Beinamen blieb. Maria zwo war laut, lustig und lieb. Nie böse. Das machte sie umso subversiver, auch wenn sie mich in meinem Glauben nie erschüttern konnte.

Wir teilten alles. Kinderzimmer, Schulweg, Klasse, Freunde. Also platonische. Andere kamen meinen Eltern nicht ins Haus. Bei einer Waise, Tochter einer Frau, die – wie meine Mutter es ausdrückte – ihren Leib verkauft hatte, schien ihnen die damals ohnehin übliche Tabuisierung des Körperlichen der gebotene Weg, dem etwas entgegenzusetzen. Maria zwo war bis zum Alter von acht Jahren offensichtlich schon zu viel Verderblichem ausgesetzt gewesen, dass sie nicht immer wieder Fragen gestellt hätte. Die Antworten blieben unbefriedigend. Wie konnte ein zierliches Tier wie ein Klapperstorch einen Säugling von mehreren Kilo mit seinem Schnabel halten? Die Grundschullehrerin verwies an die Eltern. Das Pingpong zwischen Schule, Elternhaus und Katechetengruppe fand sein Ende mit dem Biologieunterricht in der Quinta und pulverisierte alle bis dato stattgefundenen Bemühungen, uns über die Entstehung des Lebens im Unklaren zu lassen, um unsere Seelen dem Geistigen zu erhalten. Doch, auch ich fragte mich damals, ob es das wert gewesen war. Der Grat zwischen Schutz und Schonungslosigkeit ist schmal.

Meiner Mutter hatte Maria kurz nach dem Einzug ihre Bewunderung versichert, dass es ihr gelungen sei, einen derart reichen Mann an Land zu ziehen, dass sie keinen weiteren Besucher in ihr Schlafzimmer führen müsse. Was immerhin zeigte, dass Maria zwos Mutter so viel Anstand besessen haben musste, den eigenen Lebensunterhalt bildlich zu verbrämen. Die Tatsache, dass einer der Schlafzimmerbesucher im Überschwang der Gefühle – in der Gerichtsakte hieß es »Lust am Quälen« – dem Leben der Mutter ein Ende bereitet hatte, wurde als »Heimgang« bezeichnet, was Maria zwo mit den Worten kommentierte: »Stimmt, da bin ich ins Heim gekommen.«

Maria zwo liebte ihr neues Zuhause. Sie liebte auch die Gottesdienstbesuche – Weihrauch, hmm, viel besser als Zigarre! –, auch wenn sie der Geschmack der Oblaten enttäuschte: »Als Makrönchen mag ich sie lieber.« Die Rolle der Maria beschäftigte sie sehr. Im Rahmen meines späteren Theologiestudiums versuchte ich sie davon zu überzeugen, dass die Muttergottes – unsere Namenscousine – von Gott erhöht wurde, indem er ihr die jungfräuliche Empfängnis ermöglichte. »Hat er sich damit nicht eher erniedrigt?«, gab sie zu bedenken. »Wenn er doch etwas Besseres als wir Menschen ist und trotzdem meint, er braucht einen Menschensohn, damit wir begreifen, dass er übermenschlich ist?« Und sehr pragmatisch: »Mal ehrlich: Kinderkriegen ist kein Spaß. Wenn der Geburtskanal nie vorher gedehnt wurde, macht es das nicht gerade leichter.« Sie musste es wissen als gelernte Hebamme. Vermutlich war der Zug bei ihr einfach abgefahren, die frühkindliche Prägung zu stark. Sie konnte den ganzen »Schmonzes«, wie sie es augenzwinkernd nannte, nie wirklich ernst nehmen. Aber liebte ihn umso mehr. Wo ich mich mit Zweifeln, Pflicht und Kasteiungen herumschlug, genoss sie die Segnungen der Kirche, die ihr zuteilwurden, mit beneidenswerter Unbefangenheit.

Wir blieben einander stets eng verbunden, obwohl mein Lebensweg uns lange voneinander entfernte. Räumlich zumindest. Mein Ziel, mich vollkommen Gott zu widmen, war in der noch jungen Bundesrepublik – auch hier am christlich geprägten Niederrhein – nicht ganz einfach. Immerhin sind einige der in der napoleonischen Zeit säkularisierten Klöster erhalten geblieben, dienen heute jedoch oft nur mehr als romantische Kulisse für gastronomische Einrichtungen wie das Zisterzienserinnenkloster Gräfenthal in Goch oder zumindest spirituellen Zwecken wie das Zisterzienserkloster Kamp in

Kamp-Lintfort. Manche der historischen Anlagen sind als Priorat oder – mit mindestens zwölf Mönchen – als Abtei erhalten oder wieder geweiht worden: Im Duisburger Prämonstratenserkloster Hamborn, ein Orden, der auf den heiligen Norbert von Xanten zurückgeht, leben heute fast 30 Chorherren, die rund um die Abtei seelsorgerischen und lehrenden Aufgaben nachkommen. Das Zisterzienserkloster Langwaden in Grevenbroich ist ein Priorat aus Patres und Fratres, Mönchen mit und ohne Priesterweihe. Im Jüchener Nikolauskloster wohnen noch fünf von aktuell sieben Oblatenmissionaren, ebenfalls ein Männerorden. Die sogenannten Oblaten der Makellosen Jungfrau Maria, liebevoll abgekürzt OMI, die Oblati Mariae Immaculatae, hatten es mir namentlich besonders angetan. Die ursprüngliche Prämonstratenserabtei Knechtsteden in Dormagen wird heute von vier Karmeliter-Patres gehalten und entsendet Missionare und Missionarinnen in alle Welt: Bolivien, Ghana, Kamerun, Kenia, Südafrika und Tansania. Ich schwankte nach dem Studium lange zwischen dem Wunsch, meinen Glauben in die Welt zu tragen, und dem Bedürfnis, ihn zunächst weiter zu festigen. Sah mir das Klarissenkloster in Kevelaer und das der Salesianerinnen in Uedem an, sprach auch bei den Christus Königs-Missionsschwestern in Sonsbeck vor, ehe ich das Benediktinerinnenkloster Mariendonk in Grefrath um Aufnahme bat. Es war zu Beginn des 20. Jahrhunderts gegründet und nach dem Zweiten Weltkrieg zur Abtei geweiht worden. Nach einer mehr als zweijährigen Novizinnenzeit legte ich das Profess ab, entschied mich dennoch nicht für das Klosterleben, sondern für die Steyler Mission, direkt hinter der niederländischen Grenze, mitbegründet von der aus Issum stammenden Hendrina Stenmanns, später Schwester Josefa, 2008 seliggesprochen. Ich wurde nach Polen entsandt, dann nach Südamerika und kehrte 15 Jahre später in mein Elternhaus zurück, um meinen Vater zu pflegen. Meine Mutter war kurz zuvor verstorben, Maria zwo der einzige Mensch, dem ich von meinem Abort erzählen konnte. Von Trauer, Verzweiflung und Selbstvorwürfen, als der Fötus mich freiwillig verlassen hatte, nachdem sein Vater, ein durchreisender Monsignore, mir mit Gewalt zu Leibe gerückt war, um mich anschließend zu erpressen, dass ich das Kind abtreibe. »Monsignore? Monster!«, fluchte Maria zwo. »Erst die jungfräuliche Maria nageln, dann zum Abort zwingen – wie abartig! Wenn der mir zwischen die Finger käme, würde er sein blaues Wunder erleben!«

Ein Leben als Nonne war mir unmöglich geworden. Nach dem Tod meines Vaters lebte ich zurückgezogen in dem Gelderner Haus und unterrichtete am Kempener Gymnasium Thomaeum Religion. Der tägliche Umgang mit jungen Menschen erdete mich gleichermaßen, wie er die Wunde frisch hielt. Daher war ich dankbar, als ich den Schuldienst mit 60 Jahren vorzeitig quittieren und mich einem nahezu klösterlichen Leben in Einsamkeit widmen konnte: Begegnung mit Gottes Wort, beten und schweigen, ganz nach den benediktinischen Regeln: Armut, Gehorsam, Demut und Beständigkeit.

Maria zwo war während des Siechtum unseres Vaters oft an meiner Seite und besuchte mich auch anschließend von Zeit zu Zeit. Ihr Lebensweg war dem Niederrhein verhaftet geblieben, aber viel – wie sollte ich es nennen? – aufregender als der meine gewesen, wie es mir vorkam: Die ständige Konfrontation mit Schmerzen, neuem Leben – auch Tod –, Leid und Glückseligkeit zu ertragen, schien mir bewundernswert, hätte jedoch meinem Naturell nicht entsprochen. Meine Schwester war kein Kind von Traurigkeit gewesen, hatte einige mehrjährige Beziehungen und eine 20-jährige Ehe mit einem zeugungsunfähigen Mann hinter sich. »Ich habe so viele Kinder zur Welt gebracht«, versicherte sie, »dass ich meinen Job längst erfüllt habe.« Immer war sie daneben ehrenamtlich – nicht konfessionell – engagiert, organisierte Ferienfreizeiten für sozial benachteiligte Jugendliche, machte privat Städtetouren, war in der Natur unterwegs, kraxelte in den Bergen, fuhr Rad und wanderte, mit Gruppen, aber auch allein.

Eine Zeitlang ging es mir schlecht. Ich musste mir den Unterleib ausräumen lassen und war lange rekonvaleszent. Maria zwo, die sich zwischenzeitlich zur Ruhe gesetzt hatte, stand mir bei, und schließlich beschlossen wir, in dem gemeinsamen Elternhaus wieder zusammenzuziehen. Zimmer waren reichlich vorhanden. Unser beider Bezüge karg genug. Wir einander hinreichend vertraut, um die Bedürfnisse und Schrullen der anderen einzuschätzen, und lebenserfahren genug, sie zu ertragen.

Ich erzählte Maria zwo von einem geplanten Ausflug nach Meerbusch-Büderich, wo ich in der Kapelle »Maria in der Not« eine Kerze aufstellen wollte, weil die schmerzreiche Mutter mir doch aus der Not geholfen hatte. Maria zwo klappte ihr Smartphone auf, holte den Zielort aufs Display und überredete mich zu einer gemeinsamen Tippeltour rund um Büderich, von der Gnadenkapelle Niederdonk, wo wir gleich zwei Kerzen anzündeten, zur Wasserburg Dyckhof mit dem umgebenden Kreuzweg, durch das Bürgerwäldchen, am Haus Meer vorbei bis zum Alten Kirchturm, von wo aus wir per Bus Krefeld und per Bahn Geldern erreichten. Erschöpft, aber glücklich.

Ich war – wie Maria zwo es nannte – angefixt. Wir begannen, Wanderungen zu planen. Zu heiligen Orten, die mir wichtig waren. Unsere erste größere Pilgertour in der unmittelbaren Umgebung starteten wir in Goch. Um einige Stationen des Jakobswegs in aller Ruhe zu erkunden, hatten wir eine Übernachtung in Kevelaer gebucht, ehe wir am zweiten Tag weiterwandern und von Straelen aus den Heimweg antreten wollten.

Goch, die Arnold-Janssen-Stadt, lag mir sehr am Herzen. Ich war Schweigen gewöhnt. Aber es tat gut, Maria zwo von Janssen, dem Gründer der Steyler Mission, zu erzählen, der aus Goch stammte und 2003 heiliggesprochen worden war, wodurch der Ort den Status einer Wallfahrtsstätte erlangt hatte. Mag sein, dass ich ein wenig ins Schwärmen geriet.

»Moment«, sagte Maria zwo. »Hast du nicht erzählt, dass eine Frau deinen Missionsclub gegründet hätte?«

»Hendrina Stenmanns, unsere Mutter Josepha, richtig. Die Steyler Missionare gab es jedoch schon länger. Sie sind der siebtgrößte katholische Männerorden. Hendrina Stenmanns hatte als Küchenhilfe dort gearbeitet und wurde von

Arnold Janssen auserwählt, einen Frauenorden zu gründen, die ›Dienerinnen des Heiligen Geistes‹, die mich entsandt haben. Später kamen noch die ›Dienerinnen des Heiligen Geistes von der ewigen Anbetung‹ dazu.

Die Art, wie Maria zwo die Augenbraue hochzog, erinnerte mich an etwas. »Ein Küchenmädchen«, sagte sie. »Auserwählt vom heiligen Arnold. Dienerinnen. So, so. Immerhin für die Seligkeit hat's gereicht. Heißen die Mönche bei euch eigentlich auch alle ›Diener‹?«

»Sie gehören der ›Gesellschaft des Göttlichen Wortes‹ an«, sagte ich. Es klang irgendwie falsch. »Natürlich dienen sie Gott.«

Nachdem wir uns die Arnold-Janssen-Taufkirche St. Maria Magdalena angesehen hatten, warfen wir einen Blick auf das imposante St. Johannes-Konvent, ein ehemaliges Beginenhaus, das nach der Säkularisation durch eine Kaufmannstochter den Clemensschwestern übereignet worden war, die darin das Wilhelm-Anton-Hospital betrieben.

»Witzig«, meinte Maria zwo. »Zwei Frauenorden mit Männernamen, eine Stifterin – und das Krankenhaus heißt nach einem Mann. Ihr übt euch gern in Demut, kann das sein?«

Ich ließ mich nicht provozieren. Wir pilgerten weiter zum Arnold-Janssen-Geburtshaus in der Frauenstraße, fortgeführt als Arnold-Janssen-Straße, dann zur Arnold-Janssen-Kirche mit dem Stelenkranz, der die 16 weltweiten Ordensgemeinschaften repräsentierte.

»Puh.« Maria zwo klappte ihr Smartphone auf. »Jetzt ist aber mal gut mit Stein gewordener Verehrung. Ab in

Richtung Weeze! Wir werden noch fast zwei Stunden brauchen, dafür wird's ab jetzt grün.«

Ich war ganz dankbar, dass sie schweigend weiterwanderte und ich anderthalb Stunden später in der St. Cyriakuskirche in Weeze ungestört vor den beiden Jakobus-Figuren, der »lieblichen Madonna«, dem heiligen Cyriakus und dem »Gottvater« Andacht halten konnte. Maria zwo inspizierte derweil die Auslagen am Opferstock und blätterte im Gemeindebrief.

»Wusstest du«, fragte sie, als wir unseren Weg wieder aufnahmen, »dass die Kirche sechs Glocken hat? Drei benannt nach Männern und drei nach Frauen, und eine davon heißt – na?«

»Maria?« Ich hatte es nicht gewusst. Fühlte so etwas wie Erleichterung, dass sie auf eine Parität gestoßen war, an der es mit einiger Sicherheit nichts zu kritteln gab.

»Spannende Inschriften. Also wozu sie mit ihrem Läuten aufrufen oder was sie ansagen. Cyriakus verkündet die Liebe als Band der Vollkommenheit. Josef versteht sich als Beschützer von Kind und Mutter und Johannes als Wegbereiter beziehungsweise Stimme des Herrn in der Wüste.«

»Und Maria?«

»Maria ruft zu Gehorsam auf, Apollonia zu Durchhaltevermögen und Katharina zu Ehrfurcht. Merkste was?«

Lag es an meiner Erziehung zu Gehorsamkeit, Durchhaltevermögen und Ehrfurcht, dass ich nicht darauf einging?

Wir erreichten Kevelaer am Nachmittag über die Amsterdamer Straße, checkten im »Goldenen Löwen« ein, ließen die orthodoxe Johanneskapelle links liegen und eilten zur Gnadenkapelle, vor der Maria zwo sich auf einer der Bänke niederließ und den Rest ihres Proviants vertilgte. »Geh du mal.«

Als ich mich nach einer erquickenden Einkehr neben ihr niederließ und etwas trank, meinte sie: »Ich hab ein bisschen gegoogelt über die Kapelle. Kriege das nicht ganz mit dem zusammen, was da steht.«

»Wo?«

»Da, in Goldbuchstaben.«

An der Seitenwand der Kapelle prangte die Inschrift: »Einen Gnadenort mit einem Gnadenbilde wollte der gütige Gott vor 250 Jahren einer von der Geißel des Krieges und der Pest schwer heimgesuchten Gegend schenken. Auf wunderbare geheimnisvolle Mahnung hin, die an einen armen, aber frommen Handelsmann namens Heinrich Busmann erging, als er vor einem sogenannten Hagelkreuz auf öder Heide betete, wurde dort, wo jetzt die Gnadenkapelle von Kevelaer steht, ein kleines Heiligenhäuschen erbaut und in dasselbe ein Bild gebracht, das ebenfalls in geheimnissvollem Gesichte bezeichnet war!«

»Also, das Hagelkreuz ist klar: Es ging um Schutz vor Unwetter. Das ›geheimnissvolle Gesicht‹ steht dafür, dass jemand etwas Geheimnisvolles gesehen hat«, meinte Maria zwo.

»Na, und das passt da nicht zusammen?«

»Mechel fehlt.«

»Was ist Mechel?«

»Busmanns Frau. Der gute Busmann soll dreimal von einer Stimme – die er für die der Mutter Maria hielt –

aufgefordert worden sein, ihr ein Heiligenhäuschen zu bauen, ehe er es endlich glaubte. Er begann mit seiner zehn Jahre älteren Frau Mechel Schrouse, einer Krämerin, Geld beiseitezulegen. Monate später hatte Mechel das ›geheimnissvolle Gesicht‹, das heißt, ihr erschien in strahlendem Licht das Heiligenhäuschen samt einem Marienbild, das ihr zuvor einmal zum Kauf angeboten worden war. Sie trieb es auf, und es fand später seinen Platz in der Kapelle, die daraufhin gebaut wurde. Mechels Erscheinung wurde übrigens von den Nachbarn bestätigt, die das Licht beobachtet hatten. Im Kern: Mechels Vision, nicht Heinrichs Audition ist der Dreh- und Angelpunkt für den Bau der Kapelle. Sie wird aber nicht erwähnt. Nirgends. Die Straße rechts runter steht ein Busemann in Bronze. Keine Mechel weit und breit.«

»Das darf man nicht so eng sehen. Das ist der damaligen Zeit geschuldet.«

Wieder die hochgezogene Braue. »Ach. Heute ist das anders? Heute sind Männer und Frauen in der katholischen Kirche gleichberechtigt? Können Frauen Sakramente austeilen und Päpstin werden? Ich fürchte, in dem Punkt waren die im Mittelalter schon weiter. Zum Thema Missbrauch schweigen wir lieber.«

Das saß. Dem hatte ich nun wirklich nichts entgegenzusetzen.

Ich verbrachte viel Zeit in der Marienbasilika und der Kerzenkapelle, um zur Ruhe zu finden. Maria zwo klapperte derweil Devotionalienläden ab, erstand Honigkuchen und Printen als Wegzehrung für den nächsten Tag, ehe wir uns vor dem Forum Pax Christi wiedertrafen und bei einem Abendspaziergang zum Solegarten St. Jakob salzig-erfrischende Luft an den Gradierwerken schnupperten und anschließend zum Essen und zur Nacht im »Löwen« einkehrten.

Am nächsten Tag erwartete uns ein strammes Programm: Wir kamen nach einstündiger Wanderung in Twisteden an, besuchten dort nacheinander die Alte St. Quirinus-Kirche am Friedhof und die neue im Zentrum und gingen zügig weiter, weil die beiden größeren Etappen noch vor uns lagen. Wir sprachen nicht viel. Aber es arbeitete in mir. Nicht, dass das Gedanken waren, die mir noch nie gekommen wären. In der Schule hatte ich mich natürlich immer wieder mit der Skepsis und den kritischen Fragen der Jugendlichen auseinandersetzen müssen. Aber da hatte ich einen Auftrag. Glauben zu vermitteln. Ich war Teil des Systems gewesen. In meiner häuslichen Zurückgezogenheit beschäftigte ich mich mit Schriften und Kontemplation. Mein ganzes Leben war ich auf der Suche nach Gott gewesen. Nie dem Zweifel, sondern stets dem nachgegangen, was ihn ausräumen konnte. Maria zwos nüchternen und dennoch wohlwollenden Umgang mit Glaubensfragen kannte ich von klein auf. Dass sie aber den Finger auf Dinge legte, die mir zu schaffen gemacht hatten, zuletzt so sehr, dass ich den Orden verlassen hatte, schmerzte. Meine ungute Erfahrung hatte ich vor allem mir angelastet. Meiner mangelnden Widerstandskraft, die mich zum Opfer des irregeleiteten Monsignore Pirmin hatte werden lassen. Meine Erleichterung über den Abort bereitete mir wiederkehrende Albträume. Ich hatte gleich doppelt gefehlt. War keinen Deut besser als der Mann, der ohne Zweifel gesündigt hatte. Aber warum hatte ich mich überhaupt in eine Situation begeben, in der so etwas passieren konnte? Welche Signale hatte ich ausgesendet, dass er sicher sein konnte, ein leichtes Spiel mit mir zu haben?

»Bist du eigentlich schon einmal vergewaltigt worden?«

Die Frage war mir herausgerutscht, ehe ich sie recht zu Ende gedacht hatte. Irgendwo zwischen Twisteden und Walbeck.

Maria zwos Kopf fuhr herum. »Wie kommst du denn darauf?«

Ich schwieg. Sie schwieg.

Eine Weile darauf blieb sie abrupt stehen und nahm mich in den Arm. »Eine Maria lässt sich nicht unterkriegen«, sagte sie. »Die hat viel Schlimmeres ertragen müssen.«

Ich nickte.

In Walbeck besuchten wir St. Nikolaus, die St. Lucia-Kapelle und bestaunten die über 600 Jahre alte Linde neben der Kirche. »Der Blitz traf in mein Mark, es blutete mein Stamm, doch blieb das Herz so stark, daß neuer Mut mir kam«, verkündete ein Schild. »Den Frieden ich empfehle, bin selber wund und alt. Verbannt aus Herz und Seele den Haß und die Gewalt.« Ja, es war hohe Zeit, endlich Frieden zu schließen mit allem.

Weiter ging es Richtung Straelen, der Obst-, Gemüse- und Blumenstadt, in der seit 1978 das Europäische Übersetzer-Kollegium beheimatet war und dessen weltweit erste und größte Spezialbibliothek für Literatur- und Sachbuchübersetzer ich sehr zu schätzen wusste. Wir waren aber lange genug unterwegs, dass wir geradewegs St. Peter und Paul im Stadtzentrum anstrebten. Warm empfing uns die Kirche mit wunderschön beschlagenen rosafarbenen Türen, reichem Schnitzwerk des Gestühls und einem golden hinterlegten niederländischen Schnitzaltar, der das Leben Marias darstellte. Oder war ich es selbst, die auf diesem Weg, der uns streckenweise durcheinandergewirbelt hatte, wieder zu innerem Frieden gefunden hatte?

Wir gönnten uns den Bus nach Hause. Ich hatte mir Blasen gelaufen und sah keinen rechten Grund mehr, mich zu kasteien.

Als wir zu unserer nächsten Tour aufbrachen, hatten wir nur ein Detail fest geplant: eine Übernachtung in der Pilgerherberge Arche Willibrord in Emmerich. Spartanisch-zünftig, aber wunderbar, direkt an der Rheinpromenade gelegen. Ging es doch darum, dass wir am ersten Tag in Ruhe Emmerich erkunden wollten, ehe wir loszogen – eine andere Pilgerroute. Die diesmal in Kevelaer enden sollte.

Der geschenkte Tag ermöglichte uns nicht nur eine ausführliche Besichtigung der Martinikirche samt Heiltumskammer, sondern einen nachmittäglichen und frühabendlichen Bummel über die Promenade und durch die Stadt, mit Blick auf Rhein, Brücke und die Auen auf der anderen Seite, vorbei an dem Poortekerl, der Figur des Hafenarbeiters mit dem Tau über den Knien, an blühenden Rosenrabatten, Kran-, Christoffeltor, und Pegelhaus, der Galerie »Haus im Park« im historischen Teehaus und dem Hafen bis zu St. Aldegundis, deren Madonna im Strahlenkranz selbst Maria zwo ein »Hui!« abnötigte. Abschließend erkundeten wir die Christuskirche und schlenderten am Rathaus und Rheinmuseum vorbei, um uns schließlich am Rheinufer im »Onder de Poort« zu einem abendlichen Imbiss einzufinden.

Der Kellner hatte unsere Bestellung entgegengenommen. Wir prosteten uns mit einer Schorle zu. Ich saß mit dem Rücken zum Nachbartisch, von dem mich unvermittelt jemand antippte. »Schwester Magdalena?«

Für einen Moment stand die Welt still.

Maria zwo, die dem Mann überrascht den Kopf zugewandt hatte, gefror mit Blick auf meinen Gesichtsausdruck das Lächeln auf den Lippen.

Es half nichts. Der Monsignore hatte sich bereits erhoben, um sich auf dem freien Stuhl an unserem Tisch niederzulassen. »Was für eine Überraschung!«

»Meine Schwester Maria zwo«, sagte ich. »Maria zwo, das ist Monsignore Pirmin Silva.«

Sie zögerte. Dann nickte sie kurz und wandte sich wieder mir zu: »Wollen wir nicht doch lieber in die Herberge gehen? Du siehst so aus, als hättest du dich heute ein wenig überanstrengt.«

»Du siehst aus wie das blühende Leben!«, widersprach der Monsignore. »Und ich freue mich, deine liebe Schwester kennenlernen zu dürfen.«

Ja. Ich hatte es fast verdrängt. Seine Freundlichkeit hatte stets haarscharf die Grenze zum Flirt überschritten. Meine innere Abwehr wandelte sich in Wut. Dieser Mann gehörte nicht hierher, nicht in mein Leben. Die Wut verhinderte, dass ich aufstand und ging. Ich war schon einmal geflohen. Jetzt war es Zeit, dass ich mich behauptete. Er hatte mir nichts mehr zu sagen. Das hier war mein Revier. Ich riss mich zusammen und fragte: »Wie kommt es? Was hat dich hierher verschlagen, Bruder Pirmin?«

Es stellte sich heraus, dass er auf dem Pilgerweg nach Kevelaer war. Einem der bedeutendsten und größten Wallfahrtsorte Europas, schwärmte er, den er noch hatte erleben wollen. Ich fragte nicht nach, und auch Maria zwo unterließ es, obwohl ich mir, ohne hinzusehen, sicher war, dass sie sich dafür auf die Zunge beißen musste. Aus seinem Alter hatte er vor 30 Jahren bereits ein Geheimnis gemacht. Dass er mindestens eine Dekade älter sein musste als ich, stand fest. Er hatte sich aber gut gehalten. Wie viele südamerikanische Männer. In seinem Fall mit halb deutschen Wurzeln. Mit Sicherheit hatte die vertraute Sprache in der Fremde dazu beigetragen, dass er so schnell Nähe zu mir hatte aufbauen können.

Bis unser Essen kam, tauschten wir einiges aus – über meinen damaligen und späteren Einsatzort, seinen und meinen Werdegang. Dabei war kaum zu übersehen, dass es ihn im Grunde genauso wenig interessierte wie mich. Belangloses Abfragen von Informationen zur Überbrückung von – was? War ihm die Begegnung peinlich? Hatte ihn kaltgelassen, was damals passiert war? Ich spürte nichts als Fassade. Erst nach einer Weile kam mir der Gedanke, dass er Maria zwo vermutlich für eine Nonne hielt. Der Begriff ›Schwester‹ war in unserem Kontext sicherlich missverständlich. Keine von uns trug Habit. Er hatte nicht danach gefragt. Auch nicht, warum ich nicht mehr im Orden lebte. Dass ich zuletzt Religion unterrichtet hatte, ließ ja keinen Zweifel, dass ich weiter meinem Auftrag nachgekommen war. Nun war ich auf Pilgerschaft. Warum hätte ich mich – genauso wie Maria zwo – äußerlich als Schwester erkennbar machen sollen? Vielleicht umging er die Frage nach unserer Ordenszugehörigkeit ja, um sich daraus ergebende Fragen nach meinen Motiven auszusparen. Oder es war ihm eben schlicht egal. Wollte ich denn wissen, was er seitdem alles getrieben – und wie vielen Frauen er Ähnliches angetan haben mochte wie mir? Auf gar keinen Fall!

Unser Essen wurde serviert – er hatte nach uns bestellt. Man wünschte »Guten Appetit!« und wir ersparten uns weiteren Smalltalk. Als der Monsignore sich kurz darauf zum Händewaschen, wie er es nannte, entfernte, beugte Maria zwo sich vor. »Dem zeigen wir's«, zischte sie. Sie legte einen Fuß auf ihren Oberschenkel und pfriemelte an ihrer Sohle herum. Ich fixierte die Ecke, in der er verschwunden war, und spürte merkwürdige Gelüste in mir aufsteigen. Schade, dass er wohl kaum in ein Klobecken fallen würde. Abziehen und gut! Ich erlegte mir im Geiste einige Rosenkränze auf. Da kehrte er bereits zurück. Zeitgleich näherte sich der Ober mit einem Teller Schnitzel, Pommes und Salat. Der Monsignore nahm lächelnd Platz, um im nächsten Moment in die Höhe zu schnellen, so heftig, dass der Kellner nicht rechtzeitig ausweichen konnte. Der gesamte Tellerinhalt verteilte sich auf dem Monsignore.

Wie sich herausstellte, hatte auf seinem Sitz eine Heftzwecke gelegen. Ob sie ihm selbst aus dem Rock gefallen oder wie sie sonst dorthin gelangt war, ließ sich nicht ermitteln.

»Die blöden Dinger findet man überall«, meinte Maria zwo mitfühlend. »Ich entdecke immer wieder welche in meinen Sohlen.«

Wir beendeten die Mahlzeit zügig, während unser Tischnachbar auf seine neue Portion wartete, und verabschiedeten uns. Zu unserem Leidwesen hörten wir später am Abend Pirmins Stimme von dem Gemeinschaftsraum unserer Unterkunft herüberschallen, wo er offensichtlich Bekanntschaft mit anderen Gästen machte.

Anderntags standen wir in aller Herrgottsfrühe auf und – stießen im Flur auf unseren Tischgenossen vom Vorabend.

»Was für eine Überraschung! Alle unter einem Dach!« Wieder gab er sich erfreut.

Wir grüßten zurück, erklärten, wir müssten los, da wir einen kleinen Schlenker geplant hätten – nicht, dass er auf die Idee kam zu fragen, ob wir nicht zusammen pilgern wollten. »Gute Weiterreise!«, rief Maria zwo. Er versicherte, er werde auch gleich aufbrechen, wolle nur noch einen kurzen Blick auf die Emmericher Kirchen werfen, und winkte uns freundlich hinterher.

Während wir die Brücke überquerten, überlegten wir, wie wir die Route variieren könnten, um auf Nummer sicher zu gehen, dass er uns nicht einholen würde. Ich schlug Kleve vor. Etwas ab von der Strecke. Aber absolut sehenswert. Fast zweieinhalb Stunden Fußmarsch. Egal. Je weiter, umso besser.

Die St. Mariä Himmelfahrtskirche mit ihrer klaren Struktur, dem Altar, der in eindrucksvollen Holzschnitzarbeiten vom Leben der Gottesmutter berichtete, half mir, mich zu sammeln. Obwohl Maria zwo sich über die seitlich in Wandvertiefungen ausgestellte Skulpturengruppe von Jesus und seinen Jüngern mokierte. »Einer ist euer Meister«, las sie flüsternd die Inschrift über und unter der Christusfigur. »Ihr alle aber seid Brüder.« Sie kicherte und ergänzte: »Und hinter Gittern!«

»Zum Schutz vor Vandalismus«, warf ich ein. Aber sie hatte schon recht. Die hinter schmiedeeisernen Lanzetten gesicherten Apostel hatten etwas Befremdliches. Wer wurde hier wovor geschützt?

In einem der Fenster, einer Noah-Darstellung, entdeckte sie ein Hakenkreuz über einer händeringenden weißen Figurengruppe und einem schwarzen Soldaten mit Gewehr, Verweis auf ein aktuelleres Überleben einer menschengemachten Katastrophe. Steckte nicht hinter jedem Verbrechen Gott, der es geschehen ließ? Zuließ, dass so viele Unschuldige leiden mussten? Bestraft wurden – wofür?

Vor der Kirche die riesige Mataré-Skulptur des hingestreckten Soldaten, an der Fassade das »Kreuz der Versöhnung«, wenige Fußminuten hinter dem »Narrenbrunnen« die Gedenkstätte an der Stelle der ehemaligen Synagoge – wie gingen wir Menschen mit Gottes Schöpfung um? Mussten wir einander nicht entschiedener entgegentreten? Maria zwos Reißzwecken-Anschlag hatte meiner Seele gutgetan. Bewirkt hatte er bei dem Opfer mit Sicherheit nichts. Es war pure Boshaftigkeit. Wenn auch harmlos. Während wir den Weg Richtung Emmericher Eyland einschlugen, haderte ich weiter mit der Welt und mir.

Bis wir auf die Straße stießen, die wir ursprünglich hatten nehmen wollen, und zu spät eine Gestalt entdeckten, die uns zuwinkte. Der Monsignore!

Maria zwos Kichern neben mir ließ nichts Gutes ahnen. Was blieb uns anderes übrig, als den Weg gemeinsam fortzusetzen? War ein Pilgerweg nicht immer zugleich eine Prüfung, eine Bewährungsprobe?

Der ehrwürdige Bruder schwärmte von den Emmericher Kirchen, die er morgens besucht und in denen er sich lange aufgehalten hatte, sodass er sich nun – wie wir wohl auch – sputen müsse, um Kevelaer vor Anbruch der Dunkelheit zu erreichen, wenngleich die Jahreszeit uns in der Hinsicht gewogen sei.

Wir pausierten an einem Kriegerdenkmal in Form eines Wegkreuz-Häuschens, dessen Gittertüren weit offen standen und zum Gebet vor einem großen hölzernen Jesus am Kreuz einluden. Der kleine Backsteinbau war eingefasst von hohen Bäumen und Büschen. Während der Monsignore vor dem Altar in die Knie ging und andächtig verharrte, blieb ich sinnend vor den rechts und links in Reihen aufgestellten Kreuzen stehen, las Namen der im letzten Kriegsjahr Gefallenen: Emil Urek, Fahnenjunker Giso Brandt … Dachte darüber nach, was in den viel zu jungen Menschen vorgegangen sein mochte. Hätte es für sie eine Alternative gegeben?

Ich schrak hoch. Aus der Richtung des Häuschens hörte ich eine Frauenstimme, die den Namen des Monsignore rief: »Bruder Pirmin! Höre! Höre, was ich dir zu sagen habe!«

Der Angesprochene war genauso überrascht wie ich. Er richtete den Blick auf die Figur des Gekreuzigten, sein

Kopf ging suchend hin und her. Offensichtlich kam die Stimme von irgendwo dahinter.

Ich biss mir auf die Lippen. Trotz der hohen Stimmlage erschien mir der Klang vertraut.

»Herr Jesus!«, rief der Monsignore. »Wer spricht mit mir? Bist du es, gebenedeite Mutter?«

»Ich bin's!«, schallte es zurück. »Mache dich auf nach Kevelaer, Bruder! Unterwegs sollst du mehr erfahren!« Eine Art Glockenton erklang, dann trat Stille ein. Der Monsignore verharrte in der knienden Haltung vor dem Altar. Nach einer Weile bekreuzigte er sich, senkte den Kopf und schien ein Gebet zu murmeln.

Maria zwo hatte sich mir lautlos genähert. »Hast du das gehört?«, wisperte sie.

Ich knuffte sie mit dem Ellbogen, sagte aber nichts.

Der Monsignore erhob sich und wendete sich uns zu. »Habt ihr gehört, was ich gehört habe?«

Wir nickten. Ich versuchte angestrengt, den Impuls, lauthals loszulachen, in Augenaufreißen umzulenken. »Bitte, ehrwürdiger Bruder«, sagte ich. »Gib mir Gelegenheit zur Andacht.« Er zögerte, trat schließlich einen Schritt beiseite und blieb hinter mir stehen, während ich das Haupt über mein Knie beugte, bemüht, mich zu sammeln.

Wir sprachen nicht viel unterwegs. Ließen das Erlebte auf uns wirken. Der Monsignore schien nicht mehr ganz von dieser Welt zu sein. Vielfach vergewisserte er sich, dass wir ebenfalls die Stimme gehört hätten. Wenn auch nicht, was sie genau gesagt hatte. Wieder und wieder erzählte er uns den Wortlaut. Er variierte geringfügig, die Nennung seines Namens wurde jeder Ansprache hinzugefügt, auch schlich sich ein »lieber« ein. Was blieb uns anderes, als mit ihm zu staunen, uns mit ihm zu freuen? Wenn ich es recht bedachte: War ihm denn Unrecht getan worden? Die Aufforderung, etwas zu tun, was er ohnehin vorhatte, schien mir nicht verwerflich.

Ich war gespannt, wie es weitergehen würde. Was sollten wir beziehungsweise was sollte der Monsignore mehr erfahren? Während einer Imbisspause nach der Einkehr in der romanischen Pfarrkirche St. Clemens in Kalkar-Wissel begab Maria zwo sich eine Weile auf die Suche nach einer Toilette. Als sie zurückkehrte, zwinkerte sie mir zu.

Wir setzten unseren Weg fort. Am Straßenrand bückte Maria zwo sich immer wieder, um Blumen zu pflücken, die sie zu einem dicken bunten Strauß band. An einem langgezogenen Feld zwischen Altkalkar und Keppeln stießen wir auf ein Häuschen mit dem Relief einer Frau, die eine Garbe Korn im Arm hielt. Darunter stand in schwarzer Frakturschrift: »Erhebet eure Augen und betrachtet die Felder«.

»… die bereits zur Ernte reif sind! Und wer erntet, empfängt Lohn und sammelt Frucht fürs ewige Leben, dass sowohl der Säende sich freuet wie der Erntende. Denn hierin ist das Wort bewahrheitet: Ein anderer ist, der säet, und ein anderer, der erntet. Ich habe euch gesandt zu ernten, was ihr nicht gearbeitet habet; andere haben gearbeitet, und ihr seid in ihre Arbeiten eingetreten«, murmelte ich unwillkürlich, Jesu Botschaft am Jakobsbrunnen nach Johannes 4 ergänzend. Ich hatte den Wortlaut des Evangeliums kaum beendet, als Maria zwo sich über das hüfthohe Gitter, das den Innenbereich absperrte, beugte, den Blumenstrauß vor dem Bildnis ablegte und sich bekreuzigte.

Im selben Moment erscholl eine bereits bekannte Stimme aus dem Häuschen: »Bruder Pirmin, höre! Meiner treuen Dienerin Mechel Schrouse muss Gerechtigkeit widerfahren! Mechel war es, die mit meinem Bildnis den Grundstein für die Gnadenkapelle gelegt hat! Trage Sorge dafür, dass ihr ein Denkmal neben dem ihres Gatten Heinrich Busmann errichtet wird! Höre, lieber Bruder Pirmin, und gehorche!« Erneut ertönte ein Glockenton.

Noch ehe er ganz verklungen war, beugte sich Maria zwo, die neben dem Monsignore und mir gestanden hatte, vor, rief: »Das geht doch nicht mit rechten Dingen zu!«, ergriff mit beiden Händen die Blumen, die sie gerade erst dort niedergelegt hatte, platzierte sie, sich abwendend, auf dem Boden, rupfte sie auseinander, hatte plötzlich ihr Smartphone in der Hand und begann Fotos zu schießen. Von dem zerrupften Strauß, dem Häuschen, dem Relief, ging einmal um das kleine Bauwerk herum und nahm es von allen Seiten auf. »Irgendetwas stimmt hier nicht«, sagte sie mit düsterer Stimme und fummelte an ihrem Gerät, als könnte sie darin eine Erklärung finden für das, was wir gerade erlebt hatten.

Der Monsignore war auf die Knie gesunken. Er fasste sich ans Herz. »Maria! Gebenedeite!«, krächzte er. »Wieso ich? Warum ehrst du gerade mich mit diesem Auftrag?«

»Gute Frage«, flüsterte Maria zwo. Laut sagte sie: »Die Geschichte der Mechel Schrouse werden Sie kennen, Monsignore?«

Er hob abwehrend beide Hände. »Der Name sagt mir rein gar nichts, glaubt mir, liebe Schwestern! Er kann auf keinen Fall meinem überreizten Hirn entsprungen sein. Bitte erzählt von dieser Mechel! Ich habe keine Erklärung für die Offenbarung, außer dass die Mutter Gottes mich zu ihrem Diener erkoren hat. Welcher Gnade darf ich teilhaftig werden?«

Ich zögerte zu lange, unschlüssig, was zu tun sei. Er begann mir leidzutun.

»Hilf mir, Schwester«, bat Maria zwo. Sie fasste den Monsignore unter der Achsel und bedeutete mir, das Gleiche zu tun. »Was wir hier erlebt haben, bleibt unter uns, nicht wahr? Das glaubt sowieso niemand«, sagte sie.

Mit vereinten Kräften wuchteten wir den gefallenen Bruder auf die Beine.

Wollte sie den Schabernack beenden? Auch wenn ich nicht recht verstand, was sie mit ihrem Smartphone angestellt hatte, gab es doch keinen Zweifel, dass sie mit seiner Hilfe den Monsignore vereimert hatte, ohne damit zu rechnen, dass er es derart ernst nehmen würde.

Es war zu spät. Monsignore Pirmin Silva, eben noch bedenklich angeknackst, schien mit einem Male von neuen Kräften beseelt und bestand darauf, dass wir unseren Weg unverzüglich fortsetzten. »Bitte erzähle mir, Schwester Maria zwo, was es mit dieser Mechel Schrouse auf sich hat«, wiederholte er.

Maria zwo konnte nicht widerstehen. Sie erzählte Bruder Pirmin alles von dem Marienbildnis, das der Krämerin erschienen war, nachdem ihr Mann aufgefordert worden war, ein Heiligenhäuschen in Kevelaer zu errichten, zeigte ihm auf ihrem Smartphone Fotos von unserem Kevelaer-Besuch, von der Inschrift an der Gnadenkapelle, der Statue des Heinrich Busmann und entsprechende Googleseiten, auf denen er alles belegt fand.

Ich sah auf die Uhr. Es schien absehbar, dass wir die Strecke von Uedem bis Kevelaer in dem Tempo nicht mehr bei Helligkeit schaffen würden.

Der Monsignore war selig. Er bat Maria zwo, mit ihrem Smartphone telefonieren zu dürfen, kramte umständlich nach einem Notizbüchelchen, in dem er Nummern suchte, und entfernte sich ein wenig, um in Ruhe zu sprechen.

Als er sich wieder zu uns gesellte, strahlte er. Er habe alles in die Wege geleitet, versicherte er.

Was, erkundigten wir uns.

Er habe den Kevelaer Pfarrer und Wallfahrtsdirektor konsultiert und offene Türen eingerannt. Außerdem seinen Bruder wegen einer größeren Erbschaft angewiesen …

Maria zwo fingerte hektisch nach ihrem Smartphone, entsperrte es. »Monsignore, Sie haben tatsächlich nicht nur in Kevelaer, sondern auch in Südamerika angerufen?«, fragte sie.

»Bitte, liebe Schwester, mach dir keine Gedanken wegen der Kosten für die Telefonate, ich werde alles erstatten.«

»Oh, nein, darum geht es gar nicht …«

Ich schubste sie an. »Lieber Monsignore Pirmin«, sagte ich. »Ich denke, das ist ein gutes Werk. Im Sinne Mariä.«

Maria zwo zog eine Augenbraue hoch.

»Liebe Schwester«, sagte ich. »Wir sollten überlegen, unseren Pilgerweg abzubrechen, den Laurentius-Dom in Uedem auszulassen und in Keppeln den Bus zu nehmen. Wir wären in einer knappen Stunde in Kevelaer. Schließlich müssen wir von dort ja noch nach Geldern.«

Leider biss der Monsignore, wiewohl gar nicht angesprochen, sofort an. »Eine wunderbare Idee!«, rief er.

Am späten Nachmittag waren wir im Keppelner Ortszentrum. Die Pfarrkirche St. Jodokus lag nur wenige Meter von der Bushaltestelle entfernt.

»Wollen wir die halbe Stunde Wartezeit nutzen?«, fragte ich.

Auf dem Kirchplatz stand ein Heiligenhäuschen, diesmal mit einem weißen Pieta-Relief. Eine Maria mit Heiligenschein beugte sich über den Heiland.

Der Monsignore fiel verzückt vor dem Gitter, das den Zugang verwehrte, auf die Knie. »Maria!«, rief er. »Gottesgebärerin, Gnadenjungfrau, Mater Dolorosa!«

Maria zwo zückte ihr Smartphone. Sie hielt es hoch, als wollte sie ein Foto von dem knienden Geistlichen vor der trauernden Madonna machen. Dann blitzte etwas auf. Das weiße Figurenensemble im Halbdämmer des Häuschens begann zu strahlen, Mutter und Sohn schienen sich zu beleben, fast ging ein Leuchten von ihnen aus. Monsignore Pirmin warf die Arme in die Höhe. »Virgo gloriosa!«, rief er und fiel auf einmal um.

Ich stürzte zu ihm hin. »Hol Hilfe!«, rief ich.

Maria zwo schaltete das Licht aus und lief zum Pastorat.

Sie kehrte mit dem Pfarrer zurück. Ich hatte den Kopf des ehrwürdigen Bruders auf meine Knie gebettet. Zu dritt beugten wir uns über ihn. Seine Augen waren weit geöffnet. Er strahlte. Krächzte: »Die Mutter Gottes ist mir erschienen.«

Er suchte den Blick des Seelsorgers, der Maria zwo zuraunte: »Rufen Sie den Notarzt!«

»Ich brauche keinen Arzt«, versicherte der Monsignore mit schwacher Stimme und insistierte: »Zweimal hat sie zu mir gesprochen. Mir den Auftrag erteilt, der Mechel Schrouse den Platz an der Seite ihres Mannes Heinrich Busmann zu geben, der ihr gebührt. Weil Mechel es war, die die Vision des Marienbildnisses in der Gnadenkapelle hatte. Sie soll verehrt werden in Kevelaer, hat die Himmelskönigin mir gesagt. Du musst das bezeugen, Bruder!«

Im Hintergrund hörte ich Maria zwo telefonieren. Der Pfarrer blickte mich ratlos an. »Was soll ich bezeugen? Dass er das gesagt hat?«

Ich räusperte mich. »Er hatte tatsächlich heute auf dem Pilgerweg zwischen Emmerich und Keppeln zweimal eine Audition und gerade eben eine Vision«, sagte ich.

»Danke, liebe Schwester Magdalena. Der Himmel wird es dir lohnen«, hauchte Bruder Pirmin. Es waren seine letzten Worte.

Der kurz darauf eintreffende Notarzt konnte nur noch seinen Tod feststellen.

Seitdem rätsele ich, was mich geritten hat. Schuldgefühle? Barmherzigkeit? Oder wollte ich den Schabernack einfach auf die Spitze treiben?

Der Bischof hat mich aufgefordert, Zeugnis von den Ereignissen abzulegen. Nach reiflicher Überlegung werde ich aufschreiben, was er hören will. Und was dem letzten Willen des Monsignore entspricht. Der Kevelaerer Wallfahrtsrektor hat das Gespräch mit ihm bereits beeidigt. Der Pfarrer von St. Jodokus ebenfalls. Pirmin Silvas Bruder hat die erforderlichen Mittel für ein Denkmal für

Mechel Schrouse zur Verfügung gestellt. Damit sie späte Gerechtigkeit erfährt. Im Namen der Maria.

Meine Schwester wird es bezeugen.

Dies hier ist das Kapitel 0. Das der Bischof nie zu lesen bekommen wird.

Maria zwo null.

SHORTNESS OF BREATH

Sie hatte mich per E-Mail kontaktiert und einen Termin ausgemacht. Zu einem Gespräch. Meine Klienten teilen mir selten vorab mit, worum es geht. Das liegt in der Natur der Dinge. Sie googeln »Ermittlungen, diskret«, und obwohl es wesentlich umfangreichere und aussagekräftigere Seiten als meine gibt, wählen sie gerade mich, weil sie die Tatsache, dass da fast nichts außer einer E-Mail-Adresse steht, für einen Indikator meiner Diskretion halten.

Ihr Erschrecken beim Eintreten war unübersehbar. »Eine Frau!«, sagte sie statt einer Begrüßung, nachdem ihr Blick suchend nach rechts und links und zurück über ihre Schulter geirrt war. Kein Vorzimmer mit Tür zum Detektivbüro. Auch das bin ich gewöhnt. Ich bin keiner der Helden, die mit hochgelegten übereinandergeschlagenen Beinen in einem heruntergekommenen Hinterhaus am Schreibtisch sitzen, halb geschlossene Augen und Fluppe im Mundwinkel. Bei mir wird man in einem hellen Wohnraum empfangen. Mit Sofa, Sesseln und Blick auf einen Balkon, dessen Geländer mit überbordenden Geranienkästen behängt sind. Auf dem Couchtischchen dampft frischer Pfefferminztee auf einem Stövchen, und ich sehe aus wie Tante Käthe kurz vor dem Hausputz. Darauf lege ich großen Wert: dass ich wie *vor*, nicht *nach* dem Hausputz aussehe. Diese kaputten Typen, die in einschlägigen

Filmen den Eindruck erwecken, man müsse sie zum Jagen tragen, mögen für den Überraschungseffekt gut sein, wenn sie dann doch den Hintern hochkriegen – und zwar nicht um den der Klientin willen. Für ein konstruktives Miteinander und das Fordern eines angemessenen Honorars sind solche Vorbilder ungeeignet. Zumal: Auffälliger als mit Trenchcoat und heruntergezogener Hutkrempe kann man gar nicht observieren. Mir hingegen vertraut man. Und traut mir nichts zu. Also in dem Punkt, in dem genau das gewünscht ist.

Man muss dazu sagen, dass sie genauso wenig dem Typ Frau entsprach, der in einem Film noir Detektivbüros frequentiert. Auch wenn sie sich gut gehalten hatte, musste sie weit jenseits der Wechseljahre sein. Weißer Dutt, schlanke Gestalt, dezentes Make-up, Hahnentritt-Kostüm – Kaschmir? – und elegante Lederslipper verrieten einen sozialen Hintergrund, mit dem ein Ottersumer Landei wie ich nicht mithalten konnte. Aber gut, wen will man für das Nest, dem man entschlüpft, verantwortlich machen?

»Genau, eine Frau«, sagte ich. »Wir sind hier unter uns.« Bot ihr eine Tasse an. Schenkte ihr ein, als sie nickte, fragte: »Zucker? Milch?« Deutete auf Kännchen und Döschen, hielt, als sie wiederum nickte, ein Löffelchen hoch: »Geschüttelt oder gerührt?«

Immerhin, ein Lächeln. »Gut, gut«, sagte sie. Versenkte mit dem Löffelchen einen Hauch Zucker in ihrer Tasse, rührte, nippte, seufzte und sah mir direkt in die Augen. »Ich habe ein Problem.«

Warum sonst hätte sie mich kontaktieren sollen? Ich

hörte mir geduldig an, was sie zu erzählen hatte. Stellte gelegentlich Fragen. Versuchte zu verstehen, worum es ihr eigentlich ging. Stand zwischendrin auf, um den Wasserkocher zu bedienen. Trank fünf Tassen Tee und schenkte ihr zweimal nach.

Der Fall war brandaktuell und spektakulär. Es ging um den Krawattenmörder, der seit drei Wochen die Region terrorisierte. Am helllichten Tage hatte er nun schon zum dritten Mal zugeschlagen. Der erste Versuch an einem Montagmorgen, dem 20. Januar, hatte einen Mann in Viersen getroffen. Maximilian Peters, 80 Jahre, emeritierter Rechtsanwalt. Vollkommen unbescholten. Aber bei Rechtsanwälten weiß man ja nie. Was den Mordanschlag so spektakulär machte: die Methode, mittels derer man versucht hatte, ihn ins Jenseits zu befördern. Peters' Haushälterin hatte die Parterrewohnung gegen 9 Uhr morgens betreten und merkwürdige Geräusche aus dem Schlafzimmer vernommen. Ihr Arbeitgeber lag auf dem Boden, blau angelaufen, die Hände in die viel zu eng gezogene Halsschlinge seiner Krawatte verkrampft. Der Knoten war so straff, dass die Haushälterin eine Schere zu Hilfe nehmen musste, um den alten Mann zu befreien. Vom Telefon im Wohnzimmer aus rief sie den Notarzt an. Als sie die offene Tür zur Terrasse sah, außerdem gleich die Polizei. Herr Peters war kaum in der Lage zu sprechen und konnte auch im Folgenden keine sachdienlichen Hinweise auf einen eventuellen Mordanschlag geben. Er habe nichts in seinem Rücken wahrgenommen, sagte er später aus, doch plötzlich habe ihn ein schmerzhafter Ruck an seiner Krawatte taumeln lassen. Daraufhin sei er vornüber auf die Knie gestürzt, während der Zug um seinen Hals immer schlimmer wurde, ihm sei schwarz vor Augen geworden. Das Ruckeln der Schere im Nacken habe ihn vermuten lassen, dass ihm nun endgültig der Garaus gemacht werden sollte. Das Letzte, woran er sich erinnerte, bevor die Sirene des Notarztwagens ihn aus einer erneuten Bewusstlosigkeit riss, war die Haushälterin, die seinen Namen rief. Das wirklich Sensationelle an dem Fall war allerdings nicht, dass keinerlei Spuren eines Eindringlings und Angreifers festzustellen waren oder dass nichts entwendet worden war. Es vergingen Tage, ehe die Kriminaltechnik von der Hochschule Niederrhein, Fachbereich Textil- und Bekleidungstechnik, den eingeholten gutachterlichen Rat erhielt: An der Krawatte wurde eine vollkommen neue Art miniaturisierten Computers festgestellt. Sensoren, die direkt in das Futter der Krawatte eingearbeitet waren, hatten eine massive Kontraktion des Gewebes initiiert.

Die Möglichkeiten der Schutz- und Funktionskleidung waren am Innovationsstandort Niederrhein, vorneweg in der Mönchengladbacher Fakultät, in den letzten Jahren weit vorangetrieben worden. Man konnte sich längst per Textil orten lassen, Musik hören und telefonieren. Dass man das technisch Machbare auf derart teuflische Weise ausreizen konnte, schockierte selbst gestandene Hochschulprofessoren. Nachvollziehbar, dass man der Öffentlichkeit Details dieser Konstruktion zu ersparen versuchte, woraufhin das Gerücht von einer »ferngesteuerten Drahtschlinge« in dem Stoff die Runde machte. Die Ermittlung konzentrierte sich darauf, festzustellen, wie die Krawatte in Peters' Besitz gelangt war. Nach seiner eigenen Aussage handelte es sich um ein Geschenk zu seinem eine Woche zurückliegenden 80. Geburtstag. Von wem, wusste er nicht zu sagen. Es hatte eine große Feier in Schloss Neersen in Willich gegeben. Alles, was Rang und Namen hatte, war zugegen gewesen, der Geschenketisch vollkommen überladen. Am Ende des Tages schien, sofern kein Kärtchen in der Verpackung steckte, kaum mehr nachvollziehbar, wer dort was abgelegt hatte.

Die Polizei war noch vollauf damit beschäftigt, sämtliche Gäste zu ermitteln und zu befragen, ebenso die Gastronomiemitarbeiter und andere Personen, die möglicherweise Zugang zu der Location gehabt hatten, als die nächste Bombe in die Beschaulichkeit des Jahresanfangs krachte: Der 86-jährige Edgar Kuhn, Senior der Krefelder »Kent«-Krawatten-Industriellen-Familie Kuhn, war mit einem Produkt aus eigener Fabrikation, das der unbekannte Täter einem entsprechenden Tuning unterzogen haben musste, erwürgt worden. Wieder fand der Angriff im eigenen Hause statt. Das Opfer wurde nachmittags von der Tochter aufgefunden, die täglich nach ihrem Vater sah, so auch an diesem Freitag, 31. Januar. Wie es dazu kommen konnte, dass die mörderische Krawatte in seinen Besitz gelangt war, ließ sich nicht klären. Er selbst konnte keine Auskunft mehr geben, seine Frau war schon lange tot. Da die Schränke des Alten mehrere hundert Krawatten bargen, gab es viel zu untersuchen, aber nichts weiter festzustellen. Zumindest bis die Nachricht vom nächsten Krawattenmord die Drähte heiß laufen ließ. Hubert Kolling aus Viersen, 79 Jahre alt, am

Montag des 2. März von einer Nachbarin entdeckt, bei der der Mitarbeiter einer Essen-auf-Rädern-Kette seine Alubehälter abgeben wollte, als ihm Kolling nicht öffnete. Die Dame verfügte über einen Schlüssel für den Notfall. Der von dem Caterer alarmierte Notarzt konnte sie immerhin wiederbeleben. Nicht aber Hubert Kolling.

Männlich, alt, Krawattenträger, das waren die verbindenden Merkmale der Opfer. Mehr hatte die Polizei bis zu dem Zeitpunkt, als meine Klientin mich aufsuchte, nicht feststellen können. Zumindest war die Öffentlichkeit über keine weiteren Befunde informiert worden. Was die Gerüchteküche zum Brodeln brachte.

Wollte jemand der Krawattenindustrie schaden? Seit dem 19. Jahrhundert einer der wichtigsten Textilindustriezweige vor Ort. Mit der Einwanderung verfolgter niederländischer Mennoniten ins ehemalige »Krähenfeld« im 17. Jahrhundert hatte sich Krefeld zu einer der bedeutendsten Textilstädte Europas entwickelt. Der Einfluss der Tuchfabrikanten reichte vom Orient – dem Seidenproduzenten China – bis in die Neue Welt: Der Weseler Kaufmann Peter Minuit erwarb 1626 für Waren im Wert von 60 Gulden die Halbinsel Manhattan, das spätere New York. 1643 gründeten Krefelder Mennoniten und Quäker das amerikanische »Germantown«, einen Vorort von Philadelphia. Die Seiden- und Krawattenstadt Krefeld galt 1890 als wohlhabendste Stadt im Deutschen Reich, Mönchengladbach als das »rheinische Manchester«. Die Weberfamilie von der Leyen, die Seidenfabrikanten von Diergardt, die Mevissens in Dülken, die Viersener Textilfabrikanten Königs & Bücklers prägten die Region.

Auch wenn heute die Produktion und damit zehntausende Arbeitsplätze fast vollständig in andere Länder ausgelagert wurden, haben sich in Krefeld renommierte Krawattenhersteller gehalten. Der Niederrhein ist nach wie vor weltweit führend in Sachen Textillogistik, -design und -technik. Der Gedanke, dass der Täter dieses Alleinstellungsmerkmal angreifen wollte, eröffnete ein globales Feld an Strippenziehern, das von China über alle Billiglohnländer bis in die Zweite Welt reichte.

»Was genau ist Ihr Motiv, den Krawattenmörder dingfest zu machen?«, fragte ich. Natürlich recherchiere ich als Erstes, wenn ich Anfragen bekomme, den Hintergrund meiner potenziellen Klienten. Zu Katlin Merten hatte ich außer biografischen Daten wenig feststellen können: 45er-Jahrgang, gebürtig in Nijmegen, Witwe, eine Tochter, die geschieden und im Alter von 41 Jahren durch einen Autounfall ums Leben gekommen war, eine Enkelin, Samira, studierte noch und lebte im Krefelder Haus der Großmutter. Nichts, was auf einen Zusammenhang mit den Krawattenmorden hindeutete.

»Ich fürchte, dass die Anschläge als Racheakte verstanden werden können«, sagte Katlin Merten. »Alle drei Opfer stammen aus Familien, die zur Zeit des Nationalsozialismus in Geschäfte mit Juden involviert waren.«

»Und was haben Sie damit zu schaffen? Warum gehen Sie damit nicht zur Polizei?«, insistierte ich.

»Mein Vater war Jude.« Sie strich über ihren Rock, als wollte sie unsichtbare Krümel wegwischen. »Manfred Herzog. Sein Vater besaß eine Krawattenfabrik in der Weggenhofstraße. Er selbst, also Manfred, kam im

April 1945 bei den Gefechten der Alliierten in den Niederlanden ums Leben. Er hatte im 4. Bataillon, dem ›Welch Regiment‹, gedient. Seine Schwester und er waren 1939 als Teenager mithilfe von Kindertransporten nach England entkommen und hatten zuletzt in Birmingham gelebt. Mit dem Kriegsausbruch wurden die deutschen Flüchtlinge interniert. Wer dem entgehen wollte, meldete sich zur Armee. Ich habe meinen Vater nie kennengelernt. Aber meine Mutter hat mir sein Grab auf dem Soldatenfriedhof Groesbeek gezeigt.« Sie räusperte sich. »Also nicht, dass Sie denken … Meine Mutter war Protestantin. Damals war Krieg. Wenn man den Tod vor Augen hat … Aber immerhin. Er ist mein Vater.«

Ich war mir nicht sicher, ob sie damit auf eine Vergewaltigung anspielte oder das unmoralische Verhalten der Mutter rechtfertigen wollte. Tat es etwas zur Sache? Der entscheidende Punkt war: Möglicherweise war da etwas aufzuarbeiten gewesen.

Wieder räusperte sie sich. »Wissen Sie, meine Enkelin lebt bei mir. Ihre Mutter ist tot, der Vater beruflich in Ungarn. Samira strebt den Master in Wirtschaftsingenieurwesen an, Schwerpunkt ›Internet of Things‹, eine Disziplin, die die Vernetzung virtueller und physischer ›Dinge‹ erforscht.«

»Oh.« Ich schenkte uns beiden nach. Trank. Setzte die Tasse ab. »Sie meinen, sie könnte etwas damit …?«

»Auf gar keinen Fall!«

Aha. Es ging um die Reinwaschung der Enkelin. »Sie sprachen von einer Verbindung zwischen den Opfern, Frau Merten«, nahm ich den Faden auf. »Um welche Art von Geschäften handelte es sich? Und was hat das mit der Familie Ihres Vaters zu tun?«

»Der Großvater von Maximilian Peters hatte als Bankdirektor im Ruhestand die Eigentumsverwaltung für einen Viersener Kaufmann, David Katzenstein, übernommen. In dessen Auftrag. Über ihn wurde ein Kaufvertrag mit einem Fritz Jost abgeschlossen, dessen Enkel Hubert Kolling zuletzt ermordet wurde. Es gibt keinen direkten Zusammenhang mit meiner Familie, außer dass die Katzensteins und Herzogs mit Textil zu tun hatten und einander mit Sicherheit kannten. David Katzenstein war immerhin Vorsteher der jüdischen Gemeinde. Nachdem er im Zuge der Pogromnacht 1938 inhaftiert worden war, verstand er, was Sache war, und wanderte nach Palästina aus, wohin seine Tochter Lieselotte, die einen Trierer Rechtsanwalt geheiratet hatte, kurz vorher emigriert war. Das Kaufhaus Katzenstein in der Viersener Hauptstraße wurde, bevor der Kaufvertrag zustande kam, vom Deutschen Reich beschlagnahmt und für 60.000 Reichsmark verkauft. An Jost, der daraus das Kaufhaus Josten machte. Welche Rolle Bankdirektor i. R. August Peters dabei genau spielte, entzieht sich meiner Kenntnis. Nachdem David Katzenstein 1948 in Tel Aviv verstorben war, kehrte seine Tochter mit ihrem Mann im selben Jahr nach Trier zurück. Katzensteins Witwe folgte zwei Jahre darauf. Es muss eine außergerichtliche Einigung zwischen ihr und der Ehefrau von Fritz Jost gegeben haben, sodass das Haus in der Hauptstraße wieder in den Besitz der Katzensteins überging. Erst vor vier Jahren hat die Familie es verkauft. Keine Ahnung, was es in dem Zusammenhang möglicherweise noch aufzuarbeiten gab. Fritz Jost war bereits 1945 bei einem dieser verheerenden Bombardements umgekommen.«

»Und was hatte Edgar Kuhn damit zu tun?«

»Nichts. Also nicht direkt. Seine Familie war nun mal – ähnlich wie Hubert Kollings Großvater – Profiteur der Entrechtung der Juden. Das liegt ja auf der Hand. Sie waren Konkurrenten. Der Krefelder Verband der Krawattenstofffabrikanten, dem Kuhn wie Herzog angehörten, trug dazu bei, dass die Firma Wilmsen & Herzog zerschlagen wurde, unmittelbar nachdem Walter Herzog im November 1938 verhaftet und in das Konzentrationslager Dachau verschleppt worden war. Immer dasselbe Schema. Die Reichspogromnacht war der Auftakt. Jüdischen Geschäftsleuten wurde die Existenzgrundlage genommen. Man zeigte ihnen, wozu man fähig war. Wer es nicht wahrhaben wollte, bezahlte früher oder später mit dem Leben. Walter Herzog war durch und durch deutsch. Trotzdem nicht auf den Kopf gefallen. Zwei Versuche auszuwandern scheiterten. Immerhin gelang es ihm, beide Kinder in England in Sicherheit zu bringen. Er und seine Frau wurden Ende 1941 nach Riga deportiert. Ende 1944 kam er in Tröglitz um. Ein Außenlager von Buchenwald, in dem die Häftlinge als Zwangsarbeiter für die BRABAG, die Braunkohle-Benzin AG, verheizt wurden. Wer auf dem Betriebsgelände starb, wurde mit dem Bauschutt entsorgt. Vielleicht kennen Sie den Roman von Imre Kertész, in dem dieser seine Erlebnisse literarisch aufgearbeitet hat?«

Ich schüttelte den Kopf.

»Ändert ja auch nichts. Manchen sagt der Name Tröglitz etwas, weil da vor vier Jahren ein für Flüchtlinge vorgesehenes Wohnhaus abgefackelt wurde. Hat sich also nicht ganz so viel geändert.« Sie wischte wieder über ihren Rock.

»Immerhin überstand Walters Frau Cäcilie Herzog das Lager. Kurzfristig kehrte sie sogar nach Krefeld zurück, in die Friedrich-Ebert-Straße. 1946 zog sie dann in die USA, später nach Kanada – mit ihrer Tochter Renate, die in Großbritannien überlebt hatte. Ich habe mehrmals versucht, Kontakt mit den beiden aufzunehmen. Ohne Erfolg.« Sie seufzte. »Verstehen kann man's ja, dass sie mit dem allen nichts mehr zu tun haben wollten.«

»Sie erwähnten Ihre Enkelin Samira. Wenn ich Sie recht verstanden habe, geht es eigentlich um sie.«

Sie sah mich mit großen Augen an.

»Was genau von alledem, was Sie mir gerade erzählt haben, ist Samira bekannt?«

Sie nahm einen Schluck von dem mittlerweile erkalteten Pfefferminztee.

»Ich denke, alles. Ich habe nie ein Geheimnis um meinen Vater gemacht. Meine Mutter hatte es mir erzählt. Ich meiner Tochter. Meine Tochter Samira. Ich denke, man sollte die Geschichte seiner Familie kennen. Es gibt Dinge, die sollten sich nicht wiederholen.«

»Natürlich.« Ich schenkte nach. »Und wie hat sie es aufgenommen?«

»Interessiert. Aber ich habe nie feststellen können, dass es sie beschäftigte oder emotional mitnahm. Unter der Scheidung ihrer Eltern vor acht Jahren, dem Wegzug ihres

Vaters, dem Tod ihrer Mutter vor sechs Jahren hat sie sehr gelitten. Das ist auch sicherlich noch nicht ausgestanden. Aber ich möchte behaupten, dass sie auf einem guten Weg ist. Sie hat einen hervorragenden Bachelor-Abschluss hingelegt. Sonst hätte sie nicht die Chance bekommen, weiterzumachen. Seit einem Jahr ist sie liiert. Sobald sie den Master hat, will sie heiraten. Ich weiß noch nicht, ob mir das gefällt, aber ich bin stolz, wie sie das alles bewältigt. Umso schlimmer fände ich, wenn diese Geschichte sie irgendwie belasten sollte. Ich meine, im Grunde ist die Überlegung vollkommen absurd. Aber ich denke, früher oder später wird die Polizei möglicherweise darauf kommen, dass es bei den Opfern eine Verbindung gibt, und vielleicht auch auf Samiras Hintergrund stoßen, also ihren Urgroßvater. Nun ja, und sie ist ja nun mal einschlägig unterwegs …«

»Mit dem ›Internet of Things‹, meinen Sie.«

Sie hob abwehrend die Hände. »Ich verstehe nichts davon. Aber wissen Sie, die Namen der Männer waren mir nun mal gleich ein Begriff. Ich habe mich in der Vergangenheit mit der Judenverfolgung in der Region aus nachvollziehbaren Gründen beschäftigt. Und als die Rede davon war, dass bei diesen Anschlägen eine neuartige Technologie im Spiel war – da fiel mir ein, was meine Enkelin über ihr Studium erzählt hatte. Ich fürchte, man wird sich alle, die mit diesem Fachgebiet zu tun haben, genau angucken.«

»Verstehe.« Ich sah auf die Uhr, stand auf und holte eine Mappe mit Unterlagen. »Der Fall interessiert mich. Ich denke, dass man anhand dessen, was Sie erzählt haben, etwas herausfinden kann, was hoffentlich zur Entlastung Ihrer Enkelin führt. Wenn Sie mich engagieren wollen, werfen Sie erst einmal einen Blick auf meine Stundensätze, und wir schließen einen Vertrag. Zunächst werde ich ein bisschen recherchieren. Über die Ergebnisse und weiteren Überlegungen halte ich Sie selbstverständlich auf dem Laufenden und werde alle weiteren Schritte mit Ihnen absprechen. Sie können an jedem Punkt unsere Zusammenarbeit kündigen, und ich stelle Ihnen meinen Aufwand bis dahin in Rechnung. Okay?«

Sie blätterte in den Unterlagen.

Ich zog einen Bogen heraus, trug etwas ein, legte ihn ihr vor. »Nehmen Sie alles mit. Wenn Sie hier unterschreiben, mache ich mir eine Kopie. Denken Sie bitte an Ihre Kontaktdaten.« Ich kreuzte die entsprechende Stelle an und hielt ihr den Kuli hin.

»Meinen Sie, da könnte auch ein Gruppe dahinterstecken?«, fragte sie.

»Natürlich«, sagte ich. »Ein bisschen klingt das, was Sie mir erzählt haben, nach einem politischen Motiv.«

»Das dürfte es doch eigentlich leichter machen, sie zu überführen. Die müssen sich ja irgendwie absprechen.«

»Sie meinen, es gäbe Abhör-Möglichkeiten? – Dazu müsste man erst einmal wissen, wen man überhaupt ins Visier nehmen soll. Denken Sie an die NSU-Morde. Da hat man viele Jahre in der falschen Richtung ermittelt.«

Während ich die Kopie anfertigte, erhob sie sich. »Sie können mich jederzeit anrufen.«

In den folgenden zwei Tagen sondierte ich die Baustellen in Viersen und Krefeld. Beide waren in den einschlägigen Archiven dokumentiert, auch mit Augenzeugenberichten. Fälle, wie sie millionenfach passierten und – oh, deutsche Gründlichkeit! – festgehalten wurden. Die Übernahme des Viersener Kaufhauses zu einem Schnäppchenpreis fand seine Entsprechung in dem Duisburger Kaufhaus Gebr. Alsberg, das zum Kaufhaus Horten, oder in dem Warenhaus Tietz in Berlin, das zu Hertie, später Karstadt wurde. Es begann nach dem Motto: »Wehrt euch! Kauft nicht bei Juden!« Nachdem in der Pogromnacht Geschäfte boykottiert, Einrichtungen zerschlagen und Waren geplündert worden waren, wurden die Opfer kriminalisiert und enteignet. Wer Glück hatte, konnte Wohn- oder Handelshaus beziehungsweise Firma zu einem Dumpingpreis verkaufen. David Katzenstein verlor alles, aber hatte immerhin Leib und Leben retten können. Sein Bruder Louis starb 1941 im Israelitischen Krankenhaus in Köln – vermutlich an Spätfolgen einer Verwundung im Ersten Weltkrieg. Katzenbergs Frau Sophie, die Tochter Lieselotte, der Schwiegersohn Jakob Voremberg und der Enkel Gerd überlebten im Exil. Über die Einigung mit Amy Jost und ihrem Sohn Franz, die zur Rückgabe des Kaufhauses führte, war leider nichts weiter dokumentiert. Lediglich, dass die Josts den Betrieb des Hauses als Mieter weiterführten, bis 1970 die Spielzeugwarenfirma Seidel, später ein Schlecker-Drogeriemarkt und schließlich die Sparda-Bank einzog. Auch über die Summe, die Gerd Voremberg 2016 beim Verkauf der Immobilie erzielte, war nichts bekannt. Auf den ersten Blick machte es jedenfalls nicht den Anschein, als hätte es in den über 70 Jahren Nachkriegszeit größere Ressentiments gegeben, die einer Aufarbeitung durch einen solchen Racheakt bedurft hätten. Das galt insbesondere für den Vermögensverwalter August Peters, der die Beschlagnahme des Katzenstein'schen Hauses zwar nicht hatte verhindern können, der aber offensichtlich bis über den Krieg hinaus ein fast freundschaftliches Vertrauensverhältnis zu der Familie pflegte.

Die Krawattenfabrikantenfamilie Herzog, die Vorfahren meiner Klientin, hatte es vergleichsweise härter getroffen, obwohl sie sehr früh schon einiges unternommen hatte, Deutschland zu verlassen. 1939 hatten die Eheleute Walter und Cäcilie nicht nur die 15-jährige Renate und den 13-jährigen Manfred in ein Internat nach England geschickt, sondern den ganzen Hausstand verpackt und zur Verschiffung nach Bremen bringen lassen. Von wo die Möbel 1940 wieder zurückkamen. Die geplante Ausreise hatte sich – aus unbekannten Gründen – zerschlagen. 1941 wurden die Eheleute in ein »Judenhaus« im Stadtgarten 13 eingewiesen. Walter Herzog unternahm im November einen zweiten und letzten erfolglosen Versuch, der Deportation zu entgehen, indem er ein Gesuch an die Geheime Staatspolizei, Leitstelle Düsseldorf, schrieb:

»Der Unterzeichnete hat die Genehmigung der Cubanischen Gesandtschaft in Berlin, nach Cuba einzuwandern, und ferner eine Passagebestätigung für Dezember 1941 ab Lissabon. Meine sämtlichen Ausreiseformalitäten (Zollabfertigung, Unbedenklichkeitsbescheinigungen u.s.w.) sind erledigt.

Ich bitte ergebenst mir und meiner Ehefrau Cäcilie Sara Herzog, geb. Grünbaum, die Ausreise genehmigen zu wollen, und zwar aus folgenden Gründen: Der Unterzeichnete hat lt. einliegender Bescheinigung der Reichsbankstelle Krefeld, im Jahre 1937 sein im Ausland befindliches Vermögen an Wertpapieren dem Deutschen Reich, im Zuge des Vierteljahresplanes freiwillig zur Verfügung gestellt, und somit einen für seine Verhältnisse nicht unbedeutenden Beitrag für die Aufrüstung der Deutschen Wehrmacht geleistet. – Die Devisen wurden aus Exportüberschüssen, wie aus einem weiter beigefügten Schreiben der ›Überwachungsstelle für Seide, Kunstseide und Zellwolle‹ an meine Firma zu ersehen ist, in einwandfreier Weise erworben. Ausserdem haben meine Ehefrau und ich den Weltkrieg 1914/18 mitgemacht, der Unterzeichnete besitzt das ›Ehrenkreuz für Kriegsteilnehmer‹ und meine Frau die ›Rote Kreuz-Medaille‹. Da eine nochmalige Ausreise für uns wohl niemals mehr finanziert werden könnte – das Geld für die Hinterlegung in Cuba und die Passage wurde von Verwandten in Uebersee unter grössten Opfern aufgebracht, und wäre bei einem etwaigen Nichtzustandekommen unserer Ausreise restlos verloren, – bitte ich ergebenst, uns die Genehmigung zur Auswanderung erteilen zu wollen. In Anbetracht der Kürze der Zeit, darf ich wohl um einen baldgefälligen Bescheid, unter Rücksendung der beiden Einlagen ergebenst bitten.

Walter Israel Herzog.«

Eine Woche darauf musste er den Verfall seines gesamten Vermögens »aufgrund der Verordnung des Herrn Reichspräsidenten zum Schutze von Volk und Staat« bestätigen. Elf Tage darauf erfolgte die Deportation in das

Ghetto der baltischen Stadt Riga. Außer Walter Herzog wurden seine Schwiegermutter Thekla Grünbaum und eine ältere Schwester, Katharina, verheiratete Wilczek, im Holocaust ermordet. Keine Hinweise zu Entschädigungszahlungen. Auf Katlin Mertens Schreiben hatten Sophie Katzenberg und ihre Tochter nicht geantwortet. Aus einem Gefühl der Verbitterung heraus? Renate Herzog, verheiratete Cahn, hatte 1990 immerhin auf die Bitte einiger Krefelder Schüler reagiert und ihre Eindrücke von der Pogromnacht geschildert. Wie passte das dazu, dass sie von ihrer Nichte nichts wissen wollte? Fragen konnte ich sie nicht mehr. Sie war 1995 in Toronto verstorben, fünf Jahre nach ihrer Mutter. Dass eine von beiden hinter dem Mord an Kuhn steckte, war also vollkommen ausgeschlossen.

Zumal ich zur Rolle des Konkurrenten Karl Kuhn nichts herausbekommen konnte, was man gegen ihn hätte verwenden können. Er hatte die Krawattenfabrikation »Kent« 1908 gegründet, die sich bis heute erfolgreich als Edelmarke am globalen Markt hielt. Seine Stimme hatte sicherlich im Verband der Krawattenstofffabrikanten einiges an Gewicht gehabt – nicht nur aufgrund der Größe seines Betriebs, sondern auch weil er es gut zu beherrschen schien, sich ein soziales Netzwerk aufzubauen und zu nutzen. Auf Fotos von Verbandstreffen und -feierlichkeiten stand er immer in der ersten Reihe, schüttelte Hände und lächelte jovial in die Kamera. Vielleicht wären die Verbands- und Firmenarchive aufschlussreicher. Mir als Privatermittlerin dazu Zugang zu verschaffen, würde allerdings nicht leicht sein, zumal der Mord an Edgar Kuhn, Sohn aus zweiter Ehe Karls, die Bereitschaft der Familie sicherlich nicht steigern würde, mich herumschnüffeln zu lassen.

Auch der Viersener Fall – obwohl er mehr Anlass zu Rachegefühlen bot – lieferte keine klare Motivlage. Ich stand genau da, wo ich am Mittwoch nach dem Gespräch mit Katlin Merten gestanden hatte: Die Anschläge hatten Männern gegolten, deren Familien im Dritten Reich möglicherweise Dreck am Stecken gehabt hatten. Über einen diffusen Verdacht hinaus war aber nichts feststellbar. Die ganzen Ereignisse lagen gut 80 Jahre zurück. Die Anschläge beziehungsweise Morde hatten nicht den unmittelbar Beteiligten, sondern deren Söhnen und Enkeln gegolten. Wenn es tatsächlich um Schuld und Rache ging, dann musste der Mörder eine merkwürdig archaische Auffassung von Blutschuld haben. Ich hatte in den letzten Jahren viel über den Islam gelesen, Aufrufe zum Töten Ungläubiger, Terroranschläge. Aber gab die Thora so etwas her? Ich bemühte die Suchmaschinen. In der Nachkriegszeit hatte es eine jüdische Organisation gegeben, las ich, »Dam Yehudi Nakam«, die sich zum Ziel gesetzt hatte, Deutsche umzubringen, bei denen sie eine Kollektivschuld am Judenmord sah. Man plante die Ermordung ehemaliger SS-Angehöriger und wollte Gift in die Trinkwasserleitungen der Städte Hamburg, Frankfurt am Main, München und Nürnberg einbringen. Nachweisbar hatten Nikam-Brigaden mit Arsen vergiftete Brotlieferungen in Nürnberger US-Internierungslager geschmuggelt, worauf an die 2000 inhaftierte SS- und NSDAP-Männer erkrankten. Tote soll es allerdings nicht gegeben haben. Als vor zwei Jahren beim Bau einer Lärmschutzwand entlang einer Bundesstraße nahe dem ehemaligen Lager über 300 menschliche Knochen gefunden wurden, vermutete man zunächst, dass dem Giftanschlag doch Menschen zum Opfer gefallen und dort verscharrt worden sein könnten. Eine Analyse der Knochen ergab aber, dass sie älter waren und von einem ehemaligen Friedhof stammen mussten. Das Gerücht, dass jüdische Gruppierungen hier Rache am deutschen Volk genommen hätten, hielt sich nichtsdestotrotz seitdem hartnäckig in rechten Netzwerken.

Wie wahrscheinlich war aber, dass ein junges Mädchen, das aus protestantischem Haus stammte und Nachfahrin eines im Krieg umgekommenen Juden war, Jahrzehnte nach dem Tod des Erzeugers ihrer Großmutter, den weder diese noch ihre Mutter noch sie je kennengelernt hatten, einen Rachefeldzug gegen vermeintliche Profiteure von deutschen Verbrechen gegen Juden vornahm? Die Geschichte kam mir immer absurder vor. Ich musste herausfinden, wie Samira Merten tickte. Am späten Freitagnachmittag rief ich ihre Oma an, sagte, ich wolle Bericht erstatten und von ihr gerne mehr erfahren. Fragte, ob ich vorbeikommen könnte.

»Gerne. Jetzt gleich?« Katlin Merten schien erfreut. »Ich habe mich heute auch einmal schlaugemacht. Ich setze gleich einen Kaffee auf – ach, nein, für Sie einen Tee!«

Im Auto stellte ich die Nachrichten an und erstarrte. Die Polizei habe Hinweise erhalten, dass hinter den Krawattenmorden ein Netzwerk stecke, das Verbrechen zur

Zeit des Dritten Reichs sühnen wolle. Sowohl bei der Kreispolizeibehörde Viersen wie der in Krefeld seien entsprechende Bekennerschreiben aufgetaucht. Man prüfe die Echtheit und Identität der Verfasser.

Keine fünf Minuten später war ich bei Katlin Merten. Ein Einfamilienhaus mit Einliegerwohnung. Neben dem Klingelschild zwei Knöpfe: Katlin Merten, darüber Samira Merten. Die Tür wurde sofort geöffnet, als hätte Frau Merten dahinter auf mich gelauert. Sie grüßte knapp, dirigierte mich durch den Flur und ein riesiges Wohnzimmer auf die Terrasse, hinter der sich ein großer Garten auftat. Auf einem Teakholztisch stand ein Teegedeck.

»Haben Sie die Nachrichten gehört?«, fragte ich.

Sie nickte. »Ein Netzwerk, hieß es. Ich weiß schon, was für eins.«

»Genau das war doch der Zweck«, meinte ich. »Es genügt, dass sie von Sühne gegen Verbrechen aus dem Dritten Reich sprechen. Schon wissen alle Bescheid. Was meinen Sie, was jetzt in den sozialen Netzwerken abgeht.«

»Wie meinen Sie das?«

In Anbetracht der Tatsache, dass ihre geliebte Enkelin in Sachen Industrie 4.0, Künstliche Intelligenz und Big Data unterwegs sein musste, machte sie einen erfrischend unbedarften Eindruck.

»Na ja, Facebook, Twitter, Instagram und so.«

»Ich meine, was da jetzt los sein soll.«

Oha, nicht ganz so unbedarft. »Man wettert gegen Juden und Antifaschisten. Aber egal, was nun dahintersteckt: Ich vermute, für Ihre Enkelin bedeutet das, dass sie vorerst nicht ins Fadenkreuz gerät.«

»Das hoffe ich doch«, meinte sie. »Trinken Sie erst einmal einen Tee. Sie mögen hoffentlich frischen Ingwer?«

»Natürlich«, log ich und nippte. Fragte mich, warum sie so einen aufgedrehten Eindruck machte. Klar, das Bekennerschreiben –

»Schießen Sie los: Was haben Sie denn nun herausgefunden?«

Ich begann zu erzählen. Sie saß mir gegenüber, die Hände um ihren Becher gelegt. Als sie ihn absetzte, zupfte sie an dem Krägelchen ihres Twinset-Jäckchens. »Entschuldigen Sie: Ist Ihnen nicht kalt?«, unterbrach sie mich.

»Überhaupt nicht«, gab ich zurück. »Ich hab ein gutes Polster auf den Rippen.«

Sie erhob sich. »Ich bin sofort zurück.«

Eine Minute später setzte sie sich wieder mir gegenüber. Sie hatte ein Tuch um den Hals gelegt und knotete es vorne zu. »Erzählen Sie.«

Während ich sprach, nestelte sie an dem Tuch, schien den Knoten fester zu ziehen. Irgendetwas irritierte mich an der Haltung. Sie griff mit beiden Händen in die Schlinge und blickte mich an.

»Ist etwas nicht in Ordnung?«, fragte ich.

»Ich weiß nicht«, sagte sie. »Es fühlt sich komisch an.«

Dann sah ich, was sie meinte: Das Tuch schien sich selbsttätig zusammenzuziehen. Unwillkürlich beugte ich mich vor. »Machen Sie mal den Knoten auf.«

Sie fummelte daran, aber er wurde immer fester.

»Ich kriege keine Luft!«, japste sie.

»Darf ich?«, fragte ich und fasste nach dem Tuch. Soeben hatte es noch leicht und luftig gewirkt, jetzt schien es die Konsistenz einer Plane anzunehmen. Die sich immer enger um den Hals meiner Klientin legte.

Ich sprang auf. »Wo ist die Küche? Wir brauchen ein Messer oder eine Schere!«

Sie erhob sich ebenfalls. Die Finger in die Halstuchschlinge gekrallt lief sie Richtung Wohnzimmer, aber ihr Schritt wirkte unsicher, sie wurde langsamer. »Da!« Die Stimme klang gepresst. Sie blieb stehen und wies mit dem Kinn nach rechts, wo die Tür zur Küche war. Ich rannte hinein, riss Schubladen auf, fand eine Haushaltsschere, eine Geflügelschere, ein Küchenmesser, schob die letzten beiden halb in die Gesäßtasche, kehrte zu Katlin Merten zurück, deren Gesicht zwischenzeitlich rot angelaufen war, setzte die Haushaltsschere oben in ihrem Nacken an und musste alle Kraft aufwenden, damit die Schneiden knirschend in den Stoff bissen. Da ich sie nicht wieder öffnen konnte, versuchte ich es mit der Geflügelschere von unten. Meine Klientin gurgelte. Ich drückte die Kunststoffhebel kräftig zusammen und sah erleichtert, dass der Stoff sich teilte, sodass ich den letzten Streifen mit einem weiteren Zusammenklappen durchtrennen konnte. Die Scheren polterten mit dem Tuch zu Boden, Frau Merten kriegte weiche Knie. Ich fing sie auf und führte sie zum Wohnzimmersofa, auf das sie sich ächzend fallen ließ.

»Jesses Maria«, stöhnte sie.

»Frau Merten«, sagte ich. »Soll ich den Notarzt verständigen?«

»Nein, nein!«, wehrte sie ab. »Alles in Ordnung. Das war nur der Schreck. Mir ist ja nichts passiert. – Danke übrigens! Mein Gott, wie gut, dass Sie da waren!«

»Na gut, dann rufe ich jetzt die Polizei.«

»Nein!«, sie legte die Hand auf meinen Unterarm. »Bitte nicht! Lassen Sie uns nachdenken! Ich muss das erst einmal verdauen!«

»Wie Sie wollen«, sagte ich, setzte mich auf den Sessel ihr gegenüber, zuckte aber gleich wieder hoch, zog das Küchenmesser aus der Gesäßtasche und legte es auf den Sofatisch.

»Ihre Enkelin! Soll ich sie runterholen?«

»Auf gar keinen Fall!«, sagte sie heftig. Als sie meinen Blick sah, ergänzte sie hastig: »Sie ist gar nicht da. Sie hat übers Wochenende eine Tagung.«

Warum ›auf gar keinen Fall‹? Nun, das war offensichtlich: Wenn dieser Anschlag auf das Konto des Krawattenmörders ging – wie war er ausgerechnet auf sie gekommen? Wenn das Konzept dieses Wahnsinnigen tatsächlich war, Verbrechen aus dem Dritten Reich an Nachkommen der Täter zu sühnen, war sie definitiv das falsche Opfer. Bei ihr passte nur das andere Ende – die Täterseite. Sie mochte den Täter oder vielmehr die Täterin kennen. Der es möglicherweise nicht verborgen geblieben war, dass sie begonnen hatte, Nachforschungen anzustellen. Und die Zugang zu ihrem Schrank und ihren Tüchern hatte. Samira.

Frau Merten hatte mich beobachtet. Sie sagte: »Ich glaube, Sie denken in die falsche Richtung. Warum sollte meine Enkelin mich umbringen? Was sollte sie mit dieser Mörderbande zu schaffen haben?«

Was wusste Katlin Merten denn, in welche Richtung ich dachte? Ich blickte mich um. »Gibt es etwas zu erben?«

Sie errötete. »Ja, natürlich. Aber das kriegt sie doch

sowieso. Warum sollte sie mich dafür ermorden? Mal abgesehen davon: Warum diese anderen Leute umbringen? Das passt nicht zusammen.«

»Stimmt«, sagte ich. »Das macht keinen Sinn.«

Wir schwiegen. Bis in die Stille vom Flur her ein Geräusch drang. Ein Schlüssel wurde ins Schloss gesteckt. Frau Merten zuckte zusammen. »Samira? Das kann nicht sein!«, flüsterte sie. »Bitte – sie darf Sie nicht sehen! Schnell hinter das Sofa!«

Ich hechtete lautlos hinüber und kauerte mich hinter die Rückenlehne. Horchte. Schritte im Flur.

»Katlin?« Eine Männerstimme.

Die Angesprochene stieß einen Laut aus, den ich nicht recht deuten konnte. Überraschung? Erschrecken?

Die Schritte kamen näher. »Was ist das?« Der Mann musste in der Mitte des Wohnzimmers angekommen sein. Wo das zerschnittene Tuch und die Scheren lagen.

»*Du* warst das!«, krächzte Katlin Merten.

Wer war *du*? Da sie unmittelbar vor mir saß und er sie mit größter Sicherheit anguckte, wäre es nicht sonderlich schlau gewesen, über den Rand zu lauern. Ich konnte höchstens versuchen, seitlich …

»Was?« Die Stimme klang scharf.

»Du und deine Freunde.«

Der Verlobte!?

»Was für Freunde? Was redest du? Und was soll ich gewesen sein?«

Den Geräuschen nach zu schließen, näherte er sich, stoppte und nahm Platz. Vermutlich in dem Sessel, in dem ich gerade gesessen hatte.

»Deine Nazi-Freunde. Ich hab mich heute in euren Chat reingehackt. Ein bisschen was hat mir meine Enkelin schon beibringen können.«

Hatte ich das gerade richtig gehört? *Gehackt*? In euren *Chat*?

Der Stimme merkte ich an, dass der Sprecher verunsichert war. »Was redest du da?«

»Ihr habt von den Bekennerbriefen geredet. Die offensichtlich von euch stammen. Dass ihr den Verdacht in die falsche Richtung lenken wollt. Dass es nämlich Juden oder Linke waren. Euer Gerede von Goebbels, hier – vielmehr in Mönchengladbach – geboren, dessen Taktik ihr euch zum Vorbild genommen hättet. Ich wusste nicht, ob ihr nur Trittbrettfahrer seid oder tatsächlich etwas mit den Morden zu tun habt. – Du als Bekleidungstechnik-Ingenieur. Und wie weit Samira in die Sache verwickelt ist. Und dann hast du es bei mir versucht. Das hätte Samira nie getan.«

»Woher willst du das denn wissen?« Hohnlachen. »Schließlich können wir dein Geld gut gebrauchen!«

Wieder Geräusche. Ein Scharren, zwei, drei schnelle Schritte, jemand plumpste auf das Sofa vor mir. Katlin Merten quiekte: »Bist du verrückt? Nimm das Messer weg!«

Das Küchenmesser! Ich linste nach oben. Schräg über mir waren zwei Hinterköpfe aufgetaucht. Der eine war braun gelockt. Den anderen kannte ich. Eine Hand hatte in den weißen Dutt gepackt und ihn in den Nacken gezerrt.

Was für eine an den Haaren herbeigezogene Geschichte, schoss es mir in den Sinn.

»Jetzt werden wir es halt wie einen Einbruch aussehen lassen!«, zischte die Stimme.

Ich überlegte nicht länger. Sprang auf, stieß die rechte Faust in die Achsel des Arms, der meiner Klientin das Messer an die Kehle hielt, leitete eine Drehbewegung ein, duckte mich, hebelte den Mann in die Höhe und schleuderte ihn über meinen Rücken aufs Parkett, mit dem sein Schädel krachend Kontakt aufnahm. Die Sofalehne hatte die steile Landung befördert. Das Küchenmesser klackerte gegen die Wand und klirrte auf den Boden.

Katlin Merten beugte sich über das Polstermöbel und musterte den zusammengekrümmten Körper. »Ich hole Kabelbinder!« rief sie. Rannte in Richtung Küche, kickte unterwegs das Messer in die andere Ecke des Wohnzimmers und kehrte kurz darauf mit mehreren Polyamidstreifen in der Hand zurück. Wir fixierten mit vereinten Kräften erst die Arme des Bewusstlosen auf dem Rücken, dann seine Fußknöchel.

Ich zückte mein Smartphone. »Polizei oder Notarzt?«

»In genau der Reihenfolge«, sagte sie.

Während wir den Mann in eine Art stabile Seitenlage wuchteten, meinte sie: »Chapeau. Das hätte ich Ihnen gar nicht zugetraut.«

»Schwarzer Gürtel«, sagte ich. Und: »Dito.« Heilfroh, dass ich, obwohl ich zur Aufklärung dieses Falls im Grunde wenig beigetragen hatte, doch noch eine saftige Spesenrechnung würde stellen können.

ANSTECKENDES BRAUCHTUM

Emma

Er war ein lieber Junge. Immer. Auch wenn es manchmal schwierig war. Man kann sich das meiste ja nicht aussuchen, und das mit seinem Vater war echt schlimm. Für uns alle. Für die Annika ja auch. Für die war das fast noch schlimmer. Als die Ältere musste sie natürlich ganz anders ran. Als Mädchen sowieso. Also was den Haushalt anging. Wir hatten vorher schon alles andere als in Saus' und Braus' gelebt. Woher denn auch? Als ich den Kurt kennengelernt hab, war der gerade beim Bund. Zum Glück nicht weit weg. Da bei Kalkar, die Von-Seydlitz-Kaserne, später in Mönchengladbach beim Zentrum Kraftfahrwesen, da kam der oft nach Hause. Vielleicht zu oft. Jedenfalls war die Annika schon vor dem Trauschein da. Der Kurt hat sich dann noch ein bisschen Zeit gelassen, wie so Männer sind. Ich hatte zum Glück meine Mutter, die mich unterstützt hat, sodass ich die Lehre beenden konnte. Aber was nützt dir der Abschluss, wenn du keine Arbeit findest? Ich bin erst mal von einer Arbeitsbeschaffungsmaßnahme in die nächste gerutscht. Von daher war es ja gut, dass der, als er die Bundeswehr hinter sich hatte, einen Job als LKW-Fahrer gefunden hat, da war er zwar oft weg, aber 1993 kam dann endlich die Hochzeit, ein Jahr später der Andi. Da waren wir schon in der gemeinsamen Wohnung in der Danziger Straße. Da ging es uns eine Zeitlang ganz gut. Also insofern hatte der Andi eine gute Kindheit. Er war immer ein ruhiges Kind. Als er schon ausgezogen war, hat er mir irgendwann vorgeworfen, ich hätte ihn nicht in Schutz genommen. Aber der Kurt war doch die meiste Zeit gar nicht da. Also an allen Arbeitstagen, über Nacht, oft auch übers Wochenende. Und wenn er da war, hat er mehr Zeit in der Kneipe verbracht als zu Hause. Den hat das alles nicht interessiert. Der wollte halt seine Ruhe. Keine schreienden Kinder, oder wenn ich ihm mit meinen Sorgen auf die Nerven ging. Da konnte der ziemlich grob werden. Aber wenn man wusste, wie man ihn nehmen musste – der Andi war ja eigentlich immer brav. Die Annika sowieso. Die hatte einen Heidenrespekt vor ihrem Vater und hat versucht, ihm alles recht zu machen. Dass ausgerechnet der Kleine das erleben musste, das war schon schlimm. Der war ja erst sieben. An einem Sonntagvormittag. Ich war mit der Annika im Keller, Wäsche aufhängen, und als wir raufkamen, ist der uns an der Tür entgegengelaufen gekommen, weiß wie die Wand, und hat kein Wort rausgekriegt. Ich hab erst gedacht, der wär verletzt, aber das Blut war gar nicht von ihm. Der stand vollkommen unter Schock. Dann im Schlafzimmer – alles rot, das Bett, hinter dem Kopfteil die Wand vollgespritzt. Der Kurt zusammengesackt auf dem Kissen, im Schlafanzug, die Augen starr, an der Schläfe klaffte die Wunde. Und die

Pistole lag auf dem Boden. Die hatte der Kurt noch vom Bund mitgebracht. Wenn er zu Hause war, legte er die in den Nachttisch. Aber wenn er unterwegs war, hatte der die immer dabei. Schließlich ist das ja nicht ganz ohne, wenn man in so einem LKW irgendwo in der Walachei übernachtet. Mir hat das ein ungutes Gefühl gegeben. Der Kurt war halt ein bisschen unberechenbar und – ich weiß nicht, wie ich's anders ausdrücken soll – schlecht drauf. Der Arzt hat von Depression gesprochen. Ich hab das nie so wahrgenommen, dass der traurig war, sondern eher unzugänglich halt. Schlecht drauf eben. Ich hab nie so richtig verstanden, warum. Reden konnte man mit dem ja nicht. Man konnte dem dann nur aus dem Weg gehen. Vielleicht hat der Andi das ja auch einfach geerbt. Also das mit dem schlecht drauf sein – oder von mir aus Depression. Ich meine, der hat sich das nie so anmerken lassen wie sein Vater. Aber stille Wasser sind tief. Der Andi war ein ausgesprochen tiefes Wasser. Dass der Vater ihm das angetan hatte, das war schon schlimm. Der hätte sich genauso gut irgendwo im Wald erschießen können oder eine Autobahnbrücke runterstürzen. Ich hab in dem Bett nicht mehr schlafen können, das musste auf den Sperrmüll. Na, und dann fehlte uns natürlich Kurts Einkommen. Also bin ich putzen gegangen. War später stundenweise beim Discounter zum Einräumen. Da konnte ich mich natürlich nicht mehr so um den Andi kümmern. Aber wie gesagt, der war immer problemlos eigentlich. Erst in der Pubertät ist der auf die schiefe Bahn geraten. Aber er hat sich ja wieder gefangen. Zuletzt sah das doch alles eigentlich richtig gut aus. Der hatte einen

Job, die Musik, eine Freundin – also was Richtiges, eine, mit der er zusammenziehen wollte. Und den Stefan, den hatte der ja praktisch von klein auf. Die waren seit der Grundschulzeit die besten Freunde. Außerdem hatte er Annika, die sich wie eine zweite Mutter um ihn gekümmert hat. Sogar eine Großmutter, also meine Mutter. An der hat der sehr gehangen. Die ist erst vor einem halben Jahr gestorben, bis dahin war die im Prinzip immer für uns da. Also zum Schluss wurde sie halt dement, das war dann schon anstrengend. Die Kinder hat sie nicht mehr erkannt. »Ich bin's doch, Omi, dein Andi«, hat er gesagt. Und sie: »Ich kenne Sie nicht, mein Herr, fassen Sie mich nicht an!« Das war ja eigentlich zum Lachen. Aber es hat ihm schon wehgetan, er hat immer wieder versucht, sie in den Arm zu nehmen. Wollte das einfach nicht wahrhaben. Ich verstehe nicht, wie er das machen konnte. Glauben Sie mir, das ist hart für eine Mutter. Erst der Mann und jetzt der Sohn. Wie konnten die mir das antun? Jetzt muss man damit zurechtkommen, dass die Leute einen angucken und beginnen, einen Bogen um einen zu machen. Wissen Sie, wenn einer an einer Krankheit stirbt, dann hat jeder Mitleid mit einem und will einem beistehen. Aber so? Ich komm mir ja manchmal vor wie eine Aussätzige, als wäre ich irgendwie ansteckend. Im Klartext: die Frau, die zwei Männer in den Tod getrieben hat. Wenn Annika nicht wäre … Na, da muss ich jetzt mit leben. Obwohl man manchmal lieber tot wäre.

Annika

Ein Eigenbrötler war der. Schon immer. Obwohl er ja einen Busenfreund hatte. Und wenn ich Busenfreund sage, dann meine ich das so, die waren sich zeitweise schon verdammt nah. Zu nah, würde ich sagen, also für zwei Jungs. Aber klar, der ist ja auch ohne Vater aufgewachsen. Die meiste Zeit jedenfalls. Vor allem in der Pubertät war da keiner. Und gerade da braucht man doch eine Orientierung, jemand von dem eigenen Geschlecht, sonst kommt man nur auf dumme Gedanken. Der Stefan hat bis heute keine Freundin. Ich denke schon, dass der da irgendwie so veranlagt ist. Natürlich muss man sich ausprobieren. Aber wenn man das dann weitergibt, also den anderen dazu bringt, dass der so wird, dann hört der Spaß auf. Da wurde ja schon ein bisschen gemunkelt. Und das meine ich damit, dass man eben ein Vorbild braucht. Ich hatte meine Mutter, und die habe ich bis heute. Ich will damit nicht sagen, dass ich es leichter hatte. Ich war gerade in der Pubertät, als das mit meinem Vater passierte. Und damit musste ich ja genauso klarkommen. Mit dem Tod und danach. Und vorher erst recht. Natürlich war meine Mutter mir da eine Hilfe, weil sie das ja selber kannte. Also als ich in die Pubertät kam. Und was das dann heißt. Dass ein Mann auf einen reagiert. Dass man dann angefasst wird. Auch wenn einem das nicht immer recht ist oder man das gar nicht leiden mag. So gar nicht. Manches jedenfalls. Ein Vater ist ja immer noch ein Vater, und das ist halt was anderes. Vielleicht war es falsch, dass ich dem Andi davon erzählt habe. Der war noch viel zu klein, um das zu verstehen. Ich wollte den doch nur schützen. Meine Mutter habe ich manchmal schon bewundert, wie sie damit umging. Ich meine, die musste sich das ja erst recht gefallen lassen. Angefasst zu werden. Meine Mutter ist keine, die es darauf anlegt. Es gibt ja so Frauen, die keine Hemmungen kennen, was Männer angeht. Meine Mutter hätte das nicht gebraucht. Klar, sie wusste eben auch, was es hieß, Kinder zu kriegen, und das ist schlussendlich das, was immer dabei rauskommen kann. Ich bin davon verschont geblieben bisher. Und das ist auch das Letzte, was ich mir vorstellen kann. Mein Vater hat nicht gewollt, dass unsere Mutter die Pille nahm, das hat sie heimlich gemacht. War auch nicht so schwierig, weil er die meiste Zeit nicht da war. Ich hab mich immer wieder gefragt, warum er das nicht wollte. Weil er Kinder ja eigentlich überhaupt nicht leiden konnte. Jedenfalls habe ich nie das Gefühl gehabt, dass er uns liebt. Also richtig. So wie man jemanden einfach lieb hat, weil es ihn gibt. Und nicht, weil man was von dem will. Ich glaube heute, es hat ihn in seiner Männlichkeit gekränkt. Dass sie ihm gewissermaßen eine Grenze gesetzt hat mit der Pille. Das sind natürlich Dinge, die ich dem Andi nicht gewünscht hätte, dass er sich die abguckt. Aber eine Zeitlang hätte er jemanden gebraucht, der ihm halt Grenzen setzt. Mama musste arbeiten, und ich war ja auch nicht sein Babysitter. In der Schule hat er es nicht leicht gehabt. Ich denke schon, der war nicht ganz blöd. Aber eben auch kein Überflieger. Das war das eine. Das andere: Der ist gemobbt worden. Das enge Verhältnis mit dem Stefan – in einem bestimmten Alter sind die anderen Kinder eben extrem aufmerksam. Die sind ja alle sozusagen in der Findung. Dann wird halt getuschelt, und da werden blöde Witze gemacht. Komischerweise hat das dem Stefan viel weniger ausgemacht als dem Andi. Obwohl der doch gar nicht wirklich betroffen war. Beim Andi war wohl so eine Grundverunsicherung durch die Sache mit Papa. Das klebte an dem wie ein Makel, obwohl der Andi ja nun gar nichts dafür konnte. Kinder sind grausam in einem gewissen Alter. Der Andi ist da so ein bisschen ins Schleudern gekommen. Im Sommer waren die natürlich viel unterwegs, er und Stefan. Die sind mit dem Fahrrad gefahren, jeden Tag skaten, nach Haaren zum Skatepark und schwimmen im Baggersee. So gesehen eigentlich eine gute Zeit. Aber natürlich haben die dann auch alles ausprobiert. Nicht nur das eine. Da wurde geraucht. Das roch man, wenn er nach Hause kam. Und – klar, auch andere Sachen, was es da alles so gibt. Mein Gott, wir sind hier nicht weit von Holland, da ist das ja alles ganz legal, oder jedenfalls gehen die viel lockerer damit um. Wenn einer damit anfängt, werden die anderen angesteckt. Die wollen das dann selber ausprobieren. Und dann gerät man ganz fix an die falschen Leute. Die einen ködern und nicht mehr lockerlassen. Ganz miese Geschäftemacher und Erpresser. Die wollten die Jungs abhängig machen, unter Druck setzen. Letzten Endes geht es immer um Geld. Ja, und dann hat der Andi den Einbruch in dem Tankstellenkiosk gemacht und ist erwischt worden. In seiner Situation vielleicht das Beste, was ihm passieren konnte. Da hat ihm der Staat gewissermaßen die Grenze gezeigt. Ein Dreivierteljahr war er weg vom Fenster. Nix mehr mit ausprobieren und über die Stränge schlagen. Der hat tatsächlich in der JVA den Hauptschulabschluss gemacht und sogar einen Gabelstaplerführerschein. Ich glaube, das hat den echt gerettet. Damals. Letzten Endes halt doch nicht. Aber das ist eine andere Geschichte. Das ging echt aufwärts mit dem, als er entlassen worden war. Erst mal hat er sich einen Job gesucht. Im Baumarkt. Mit dem Stefan hat er dann gar nicht mehr so viel zu tun gehabt, weil der eine Lehre gemacht hat. In Geilenkirchen. Dann hat der das Trommeln angefangen. Also Andi. Im Tambourcorps »Immer drup«. Das hat dem so gutgetan! Mit der Truppe Mucke machen, Auftritte, Umzüge! Da ist der erst so richtig angekommen, hatte ich den Eindruck. Hat hier seine Heimat gefunden. Ich meine, der war zwar hier geboren. Aber doch immer ein bisschen wie von einem anderen Stern. Dann ging das auch endlich los mit den Mädchen. Klar, mit einer Trommel macht so ein junger Mann ja auch ganz anders was her. Schließlich kam die Jenny. Das war ein echtes Geschenk. Als der Andi mit der erst mal ein halbes Jahr zusammen war, da fing der tatsächlich an, darüber nachzudenken, die mittlere Reife nachzuholen. In Abendkursen. Den Abschluss machen, vielleicht sogar eine Ausbildung, ausziehen, also mit Jenny zusammen – der war ein ganz neuer Mensch geworden. Deshalb kann ich das alles noch gar nicht richtig begreifen, was den da geritten hat. Natürlich kann man nicht von heute auf morgen den Schalter umlegen. Manche Dinge holen einen halt immer wieder ein. Im April ist hier so ein Typ aufgetaucht – obwohl man ja eigentlich niemand mehr treffen sollte, ist Andi mit dem raus. Nachher hat er mir gesagt, den kannte er von der JVA. Der Kerl muss irgendwas von dem Andi gewollt haben. Ich meine, sonst hätte der den nicht besucht.

Der gefiel mir nicht, der Typ. Nach dem Besuch war der Andi ziemlich schlecht drauf. Aber ob das jetzt dazu beigetragen hat – keine Ahnung. Wir werden es nie erfahren. Andi können wir ja nicht mehr fragen.

Stefan

Es tut unfassbar weh. Ich kann mir überhaupt nicht vorstellen, dass das je aufhört. Der Andi, der war einfach ein Teil von mir. Der war quasi immer dagewesen, soweit ich mich zurückerinnern kann. Und immer ganz nah. Diese Selbstverständlichkeit. Ich kann mir nicht vorstellen, dass man das je wieder erleben wird. Schließlich hat es einen ja geprägt. Zu dem gemacht, was man heute ist. Nein, das wird man nie wieder erleben. Vielleicht anders. Das Besondere war ja, dass man mit Andi eigentlich nie reden musste. Man hat auch so gewusst, wie es dem anderen ging. Reden hilft da eh nicht. Einfach da sein. Sich in den Arm nehmen. Das hat uns beiden, denke ich, sehr geholfen. Sicherlich war es für ihn etwas anderes als für mich. Aber wir haben es beide gebraucht und uns gegeben. Manchmal sage ich mir vom Kopf her, es wäre vielleicht besser gewesen, wenn man mehr miteinander hätte reden können. Dinge aussprechen. Aber das ist reine Theorie und hat nichts mit dem zu tun, was unsere Freundschaft ausgemacht hat. Dieses Verstehen ohne Worte. Das trägt auch über eine Zeit, die man sich nicht sieht oder man eben weiter auseinander ist. Für mich hat sich das nie geändert.

Weder als er in der JVA war noch als ich nach Geilenkirchen gezogen bin. Auch nicht die Tatsache, dass da jetzt die Jenny war. Ich hab mich doch gefreut für ihn. Also wegen der Jenny. Ich glaube, das war sein Ding. Oder hätte es zumindest werden können. Vielleicht sogar eine Familie. Es anders zu machen als das, was er erlebt hatte. Das ist ja schon der Wahnsinn, mit so einem Päckchen groß zu werden. Nein, auch darüber haben wir nie, nie geredet. Aber ich hab immer gespürt, dass es etwas war, was ihn extrem belastet hat. Was er sich selbst nie verzeihen konnte. Obwohl er damals doch ein Kind gewesen war, und ganz egal, wie er sich verhalten und was er getan hat: Er war das Opfer. Definitiv. Sein ganzes Leben war, glaube ich, ein Ringen darum, den Tag zu vergessen. Dem etwas entgegenzusetzen. Der Wahnsinn, dass er das überhaupt alles so gut durchgehalten hat. Das hatte ja noch eine ganz, ganz andere Dimension als bei mir. Von daher kann ich seine Entscheidung aus dem Bauch gut verstehen. Aber mein Schmerz ist die Hölle. Ich muss jeden Tag darum kämpfen, aufzustehen und weiterzumachen. Ein Riesenglück, dass wir in der Zeit der Ausgangsbeschränkungen nur einen kurzen Moment des Atemholens hatten, ansonsten brummte das Geschäft. Die Leute konnten ja nicht mehr zur Arbeit, und selbst wenn die Homeoffice hatten, haben die doch angefangen, sich um ihre häuslichen Baustellen zu kümmern. Bei den meisten Handwerkern hat das Geschäft gebrummt. Als Installateur ist man ja dichter dran am Menschen als so ein Dachdecker. Und gerade wenn das Hygienedenken in den Vordergrund rückt, ist man gefragt. Wenn die allgemeine Verunsicherung steigt, dann denken die Leute: My home is my castle. Daran hält man sich fest. Daher kann ich gar nicht so richtig in ein Loch fallen. Vielleicht ist es insofern ja auch ein Segen, dass wir uns nicht mehr täglich gesehen haben. Ich meine, jeder muss für sich zusehen, wie er sich ein Leben aufbaut. Für mich hat sich im Grunde wenig geändert. Ich war schon immer auf der Hut und werde das mit Sicherheit immer bleiben. Wir leben hier schließlich im Schatten des Bistums Aachen. Hier im Kreis ist man zu 60 Prozent stinkkatholisch. Das geht zurück, klar. Aber es wird noch Jahrhunderte brauchen, bis das vielleicht verschwindet, was die Kirche über Jahrhunderte in den Köpfen angerichtet hat. Hoffentlich. Wie diese Krise zeigt, scheint der Mensch ja so was zu brauchen: Feindbilder. Homosexuelle, Frauen, Ausländer, Wissenschaftler. Das Christentum ist jetzt über 2.000 Jahre alt. Eine Verschwörungstheorie ist vergleichsweise hoch infektiös. Die entsteht über Nacht, verbreitet sich schneller als ein Virus und findet weltweit Millionen Anhänger. Quatsch, Milliarden. Man wird immer auf der Hut sein müssen, was man sich anmerken lässt oder sagt. Andi und ich haben einander bedingungslos vertrauen können. Es ist alles andere als ein Zufall, dass er gerade den Baum am Lago Laprello gewählt hat. Das war unser Rückzugsraum, dieser See, dieser Baum. Wir waren oft dort und sind geklettert und geschwommen. Das war ja lange verboten und auch gefährlich. Einmal ist einer ertrunken. Einer von den Jungs, die da mit uns abgehangen haben. Klar, da ist viel Scheiß passiert mit Drogen und so, das enthemmt ja. Einerseits gut und wichtig. Andererseits vollkommen unkalkulierbar. Ein Wunder, dass da nicht mehr passiert ist. Wenn die Emotionen hochkochen, erst recht, wenn man zugedröhnt ins Wasser geht. Wir sind damals irgendwann einfach abgehauen, als der nicht mehr zurückkam. Natürlich haben wir den gesucht. Obwohl es schon stockdunkel war und erst recht gefährlich. Ganz so bekifft waren wir dann doch nicht, dass wir uns keine Sorgen gemacht hätten. Der hatte vorher ganz schön rumkrakeelt und uns angemacht. Manche Leute spinnen sich ja echt was zurecht zu Dingen, die die gar nichts angehen und von denen die auch keine Ahnung haben. Also das mit Andis Vater. »Ich glaub, wir brauchen dringend mal eine Abkühlung«, hab ich gesagt, damit das nicht weiter eskalierte. Was dann da im Wasser passiert ist – keine Ahnung. Man konnte ja kaum die Hand vor Augen sehen. Das hat damals einen Riesenwirbel gegeben. Aber die haben nie rausgekriegt, wer dabei gewesen war. Der Vater von dem hat geschworen, wenn er rauskriegt, wer es war, bringt er diejenigen um. Von wegen unterlassene Hilfeleistung und Anstiftung und Drogendealen. Es war klar, dass der sich da mit anderen verabredet hatte, bevor er abgesoffen ist. Als wenn es den gerettet hätte, Hilfe zu rufen. Das war eh zu spät. Und als wenn irgendjemand sich im Nachhinein meldet, dass er dabei war. Die Stelle blieb lange gesperrt. Aber wer da hinwollte, hatte vorher schon Zäune überwinden müssen. Und wer schwimmen kann, kommt überall hin. Für mich ist die Stelle heilig. Ich habe an dem Baum eine Tafel angebracht. Ganz oben, wo ich nur mit dem Andi immer wieder gewesen bin. Von wo aus man bis zur JVA gucken kann. Von da muss er sich fallen gelassen haben. Wenn es so war, wie die Polizei annimmt. Für mich spielt es letzten Endes keine Rolle. Ich habe keine Rachegefühle. Nur Trauer.

Mirko

Ein guter Kumpel, was sonst? Wir haben unheimlich viel Spaß gehabt vom ersten Tag an, als der zu unserem Tambourcorps gestoßen ist. Trommeln war echt sein Ding, das merkte man. Da konnte der alles rauslassen. Schon ein erhebendes Gefühl, wenn man Seite an Seite marschiert. Ein ohrenbetäubender Krach, nicht nur die Trommelei: die Piccoloflöten und die Blechblasinstrumente, und die Leute jubeln und kreischen, aber du hörst es kaum, siehst sie nur aus den Augenwinkeln am Straßenrand. Das ist schon ein grandioses Gefühl, das gibt jedem was. Die Mädchen lieben es. Auf den Schützenfestplätzen wird abgefeiert und im Zelt bist du der Held. Da wird anschließend abgerockt. Das Bier fließt in Strömen, früher oder später stehen alle auf den Bänken und liegen sich in den Armen. Was gibt es Schöneres als dieses Gemeinschaftsgefühl? Allein zu Hause kann sich jeder besaufen, klar. Hier ist doch der Spaß, dass es alle gemeinsam tun und sich ein Stück weit gehen lassen und dass das völlig okay ist. Geteilte Freude ist doppelte Freude. Da wird geschunkelt und sich umarmt und man kann sich aneinander festhalten. Ausgleich zu dem ganzen Alltagsscheiß, wo man immer nur funktionieren muss. Allein dieses Schulter-an-Schulter auf den Bierbänken. Wer schon mal beschwipst versucht hat, da oben zu tanzen, weiß, wovon ich rede. Das ist schon eine Herausforderung. Aber in der Gruppe ist es einfach geil. Da fällt man nicht. Die anderen halten einen. Das wird weitergegeben, da entsteht so eine kleine Welle, aber die fängt sich wieder, weil alle dran mitarbeiten. Natürlich kommt es vor, dass alle umkippen. Dann hat man einen Dominoeffekt. Bank, Tisch, gegenüberstehende Bänke, alles kippelt und fällt und schreit, ein Riesengaudi. Wenn ich mir vorstelle, dass es diese Feierkultur im Sommer nicht mehr geben soll, also zum Schützenfest, erst recht zum Karnevalsauftakt, die ganze jecke Jahreszeit – das ist eine Katastrophe, nicht nur hier am Niederrhein, wo das ja fester Bestandteil unserer Lebenskultur ist. Das ganze Rheinland, ach was, das Oktoberfest, der Ballermann – es ist doch ein allgemein menschliches Bedürfnis, sich gehen zu lassen, auszurasten, dieses Gemeinschaftsgefühl zu erleben. Das zu verbieten wegen Ansteckungsgefahr? Ja klar, Fröhlichkeit ist ansteckend. Viel ansteckender, als es irgendeine Krankheit je sein könnte, und viel notwendiger fürs Überleben, als sich Sorgen zu machen, Ängste und Panik zu entwickeln. Das ist es doch, was uns umbringt. Und mal ehrlich: An irgendwas sterben wir alle früher oder später. Warum nicht in der Blüte des Lebens und wenn der Spaß am größten ist? Insofern hat der Andi das vielleicht genau richtig gemacht. Bevor diese Hysterie immer schlimmer wurde, sodass man heute ja überhaupt nicht mehr weiß, ob wir je wieder zur Normalität zurückkehren. Ich meine, für die Jenny ist das jetzt hart. Aber die muss nicht denken, dass ich die wieder zurücknehme. Die hat der Andi mir ja ausgespannt vor einem Jahr. Ich nehm' ihm das gar nicht mal übel. Ihm nicht und ihr nicht. Jetzt ganz bestimmt nicht mehr. Das ist längst geklärt und Geschichte. Passiert halt. Wir haben das ja alle so gemacht. Wenn man richtig feiert, gibt es keine Tabus. Dann knutscht halt auch jeder mit jeder, egal mit wem die grad zusammen ist. Das ist Teil des Spiels, und anschließend heißt es: Schwamm drüber. Klar, manchmal verschwinden halt zwei, und wenn man zum Rauchen rausgeht, sieht man Autos mit beschlagenen Scheiben, die mächtig am Wackeln sind. Da drückt man dann beide Augen zu. Dass die Jenny an dem Andi kleben geblieben ist – keine Ahnung, was die an dem gefunden hat. Und der an Jenny. So richtig glücklich war er offensichtlich nicht mit der. Sonst wäre das nicht passiert. Ich weiß ja selbst, wie die ist. Aber Schwamm drüber. Ich kann nur froh sein, dass ich raus bin aus der Nummer. Vielleicht wäre *ich* ja irgendwann da am Baum gelandet. Krasse Scheiße. Schon besser so.

Heinrich

Wer konnte das damals ahnen? Dass ausgerechnet wir den ersten deutschen Hotspot abgeben würden? Unsere kleine feine Jüppkensitzung Mitte Februar in Gangelt, kurz darauf in aller Munde, der ganze Kreis Heinsberg in Verruf. Das Paradoxe: Wir waren ja in Wirklichkeit die ersten Opfer. Das war doch damals keinem klar, was da abging! Als wenn irgendjemand das extra gemacht hätte. Stattdessen tat alle Welt auf einmal so, als wären wir die größten Verbrecher! Plötzlich stand das harmlose Brauchtum unter Generalverdacht, wurde geächtet und kriminalisiert. Und alle, die vor und hinter den Kulissen mitgewirkt hatten. Alle Auftretenden. Alle Besucher. Eine Katastrophe für alle Beteiligten. Und da rede ich nicht von den über tausend Infizierten, der Krankheit selbst oder gar den über 30 Toten im ganzen Kreis. Es war ein Schlag gegen uns alle. Das, was wir da Jahr für Jahr veranstalten, ist der Kitt, der uns hier am Niederrhein zusammenhält. Was ist der Mensch ohne Traditionen und Rituale? Vollkommen austauschbar. Auf unseren Sitzungen passiert genau das Gegenteil, es kommt auf jeden Einzelnen an. Jeden in seiner Individualität. Wir sind unter uns. Und erweisen einander unsere Wertschätzung, indem wir uns gegenseitig durch den Kakao ziehen. Wir zeigen uns, dass wir aufeinander aufpassen, kein Blatt vor den Mund nehmen, was Macken und Missstände angeht, aber dass wir damit umgehen und einander vergeben können, indem wir gemeinsam darüber lachen. Ich glaube, es gibt keine Familie hier, die nicht schon einmal in der Bütt Gegenstand des Spotts war. Und das ist gut so. Wir sind alle Menschen, und das ist wichtig zu wissen. Wir brauchen nicht wie in Köln oder Düsseldorf die großen Fernsehstars. Obwohl es die am Niederrhein ja auch gibt, die großen Namen. Etwa den Kabarettisten Hanns Dieter Hüsch, das »schwarze Schaf vom Niederrhein«, der aus Moers stammt. Den Autor Walter Moers oder den Filmemacher Heinz Sielmann aus Mönchengladbach. Der Tagesschausprecher Jan Hofer stammt aus Wesel, das Model Claudia Schiffer aus Rheinberg. Die Schauspielerin und Sängerin Mirja Boes, die »Möhre«, aus Viersen-Boisheim. Besonders stolz sind wir auf die Schlagersängerin Andrea Berg, die mit dem Brauchtum groß geworden ist: als Funkemariechen bei der Krefelder Prinzengarde. Wir machen Namen, aber es kommt uns nicht darauf an. In jeder Gemeinde haben wir unsere Karnevals-, Junggesellen-, Schützen- und Mundartvereine, Tanztruppen, Spielmannsgruppen und Büttenredner, alle Teil unseres lebendigen Miteinanders jenseits der großen Medien. Und wir sind weltoffen. Unser Verein hat für den Kreis Heinsberg ein Freundschaftsfestival für den Partner-District Midlothian in Schottland, einer Region in der Nähe von Edinburgh, mitgestaltet. Oft muss man sich ja von Großstädtern vorwerfen lassen, Brauchtum hätte was mit Engstirnigkeit und Spießertum zu tun. Dabei ist es gelebte Vielfalt. Jede Kommune, jeder Klub bringt seine besondere Geschichte, Riten und Eigenheiten ein. Wer kennt schon neben »Alaaf« und »Helau« »Breetlock«? Das gibt es nur am Niederrhein, genauer in Krefeld-Hüls, wo der Sage nach Marktfrauen im 30-jährigen Krieg den Einmarsch feindlicher Kavallerie durch das Werfen von Porreestangen verhindert haben – beeindruckendes Zeugnis ländlicher Wehrhaftig- und gleichzeitig Friedfertigkeit. »Breetlock« heißt »Porree«. So steht ein Begriff für regionalen Zusammenhalt und Nachbarschaftshilfe. Durch Brauchtum werden auf der kleinsten Ebene Freundschaften geschlossen und Familien gegründet. Natürlich gibt es auch schon mal Konflikte, gerade wenn zu viel Alkohol im Spiel ist. Der junge Mann, der sich in Heinsberg erhängt hat, das ist eine schreckliche Geschichte. Ich hab den noch lebhaft vor Augen, der war mit dem Heinsberger Tambourcorps bei der Sitzung. »Klopp drup« oder so hießen die. Stand gleich in der ersten Reihe auf der Bühne und hat getrommelt, dass es eine Freude war. Nachher hingen die Jungs noch lange an der Theke ab und hatten Spaß. Wenn mich nicht alles täuscht, hatte der da ein Köddelken mit einer der Tänzerinnen von den »Mädschere« aus Hückelhoven, einen harmlosen Flirt. Am Ende gab es fast eine Prügelei, als die junge Frau von ihrem Freund abgeholt wurde. Da wird natürlich sofort dazwischengegangen, und dann ist es auch wieder gut. Das lässt sich nicht verhindern. Genau wie so ein Virus. So ist nun mal das Leben. Wo Menschen zusammenkommen, kann man sich anstecken. Eigentlich wollen wir nur Frohsinn verbreiten.

Nadja

Ich hatte mich noch ein paarmal bei dem gemeldet, aber natürlich hab ich sofort gemerkt, dass dem das lästig war. Das hab ich ja auch nicht gemacht, weil ich so scharf auf den war, sondern weil ich gucken musste, wie es weiterging. Lieber Himmel, ich bin 17, lebe bei meinen Eltern und stecke mitten im Abitur. Der kam aus einer anderen Stadt, war sowieso viel älter, hatte eine andere, wohnte immer noch bei seiner Mutter und Schwester, hatte keine

Ausbildung und jobbte eher so rum, wenn ich das richtig verstanden hatte. Also alles andere als ein Traumprinz. Nüchtern betrachtet. An dem Abend hatten wir halt unseren Spaß. In der Abstellkammer. Mitte April dann der positive Test. Also nicht der Corona-Test. Der war glücklicherweise negativ ausgefallen. Der andere nicht. Nachdem ich mit dem Andi noch mal gesprochen hatte, ging das ganz fix mit der Abtreibung. Dem Carsten hab ich nichts davon gesagt. Aber natürlich hat der das mitgekriegt, als ich anschließend mit den Blutungen zu Hause rumlag. Da ist der gleich zweimal ausgerastet. Einmal, weil er dachte, er wäre der Vater. Hat ein Riesengeschrei gemacht, dass ich sein Kind umbringe, ohne ihn zu fragen. Bis dahin hab ich ja noch gedacht, ich mach's auch, um die Beziehung zu retten. Nachdem er sich so aufgeführt hatte, hab ich ihm die Wahrheit vor die Füße geschmissen. Da ist der erst recht durchgetillert und hat geschworen, er bringt den Andi um. Ich weiß nicht recht, ob ich jetzt hoffen soll, dass der Andi letzten Endes schneller war. Um ihn tut es mir leid. Natürlich werde ich das Gefühl nicht los, dass ich eine Mitschuld habe. Also eigentlich nicht wirklich. Aber die ganzen Umstände. Man kommt mit jemandem zusammen, ein kurzer Moment genügt, in dem man macht, was zwischen Männern und Frauen seit Adam und Eva so Brauch ist. Dann stellst du fest, da hat sich etwas eingenistet, was dein und sein Leben verändern könnte, mehr noch, ein neues entstehen lässt. Und ihr erstickt das gewissermaßen im Keim. Das ist im Grunde gar nicht so anders als mit dieser Krankheit. Irgendwer, dem du nur flüchtig begegnest, infiziert dich in null Komma nichts, und obwohl die Ausbreitung sofort gestoppt wird, ist nichts mehr wie vorher. Der Infekt sitzt im Kopf oder im Herzen. Bei euch beiden. In Andis Fall ging er tödlich aus. Möglicherweise hatte der Virus auch gar nichts damit zu tun. Vielleicht gab es eine Vorgeschichte, und diese Sache kam einfach erschwerend hinzu. Wen will man dafür verantwortlich machen? Ich will mit alldem am liebsten überhaupt nichts mehr zu tun haben.

Jenny

Er war ein Guter. Egal, was die anderen sagen. Ich hab das immer gedacht. Unter all dem Lauten, dem Trommeln, Grölen, Lachen, Saufen hab ich das Kind gespürt. Das auf Großkotz macht, weil das zu einem erwachsenen Mann dazugehört, aber weiß, dass es das doch nur spielt. Mirko war anders. Eigentlich alle Männer, die ich bis dahin kennengelernt hatte. Andi war etwas jünger als ich, und wenn ich mit ihm zusammen war, fühlte es sich eher wie mit einem Bruder an. Auf Augenhöhe. Auch wenn er äußerlich mit den anderen abfeierte. Ich hatte immer den Eindruck, dass er tief drinnen ganz traurig war. Und hab ihm nicht helfen können. Es reichte nicht, dass ich ihn liebhatte. Er hatte da einen Knoten, etwas, das ihn belastete und worüber er nicht sprechen wollte. Nein, konnte. Ich bin sicher, dass er es nicht konnte. Vielleicht wusste er selbst nicht, was es war. Meine Familie hat es ihm jedenfalls noch schwerer gemacht. Dabei konnte keiner was dafür. Er war einfach zur falschen Zeit am falschen Ort gewesen. Seinen letzten Auftritt mit dem Corps hatte er Mitte Februar in Gangelt. Ausgerechnet bei dieser Karnevalssitzung, die später in allen Medien war. Ich war nicht mitgefahren, was ich sonst meistens tue, aber an dem Tag hatte ich meinen Opa betreut, weil Omi im Krankenhaus war. Nichts Schlimmes, eine kleine OP, aber für ihn halt schon, er konnte nicht ohne sie. Am nächsten Mittag hat Andi mich da abgeholt. Nachmittags wollte meine Mutter nach ihrem Vater gucken. Andi wirkte kaputt, klar, die Jungs hatten durchgefeiert. Er war so schlecht drauf wie lange nicht mehr. Nahm mich und meinen Opi in den Arm, doch die Herzlichkeit kam mir nicht echt vor. Wir sind an dem Tag nicht lange zusammengeblieben. Die nächste Woche mussten wir beide arbeiten. Und dann kriegte mein Opa eine Erkältung. Meine Oma kam aus dem Krankenhaus und legte sich nach ein paar Tagen gleich wieder hin, hustete mit Opa um die Wette. Meine Mutter, mein Bruder und ich wechselten uns ab mit der Pflege, aber am dritten Tag wachte Opi nicht mehr auf. Das war ein Schock. Alles überschlug sich. Es gab Warnungen, man sollte Abstand halten, zu Hause bleiben, die Erkrankungen in Gangelt und im ganzen Kreis Heinsberg waren bis Ende Februar immer mehr geworden. Wir haben Opi, so schnell es ging, einäschern lassen, die Beisetzung wollten wir später klären. Mitte März wurden die Schulen geschlossen, ich konnte nicht mehr arbeiten gehen. Omi wurde ins Krankenhaus eingeliefert, positiv auf Corona getestet, kam auf die Intensivstation und starb Mitte April, ohne dass wir sie noch einmal hätten sehen dürfen. Die Nerven lagen blank. Andi hatte sich die ganze Zeit ferngehalten. Wir telefonierten regelmäßig und redeten trotzdem nicht viel, das war einfach nicht seins. Am Maifeiertagsmorgen erwischte Mama ihn vor dem Haus mit einem Baum und sprach ihn an. Mein kleiner Bruder kam dazu und rastete aus, als er ihn sah. »Du traust dich hierher? Nachdem du uns diesen Scheißvirus mitgebracht hast?«, schrie er.

Andi drehte sich auf dem Absatz um. Ich lief ihm nach, blieb aber auf Abstand. »Andi«, bat ich. »Nimm Leo nicht ernst. Die Großeltern waren sein Ein und Alles, er hat ja keinen Papa mehr. Und jetzt sind beide tot.«

Andi stand da wie eine Salzsäule, guckte mich ganz komisch an, als wäre er nicht bei Trost. »Hab ich den etwa auch umgebracht?«, schrie er.

»Den Papa?«, hab ich gefragt. Ich war verwirrt. »Wie solltest du den denn umgebracht haben?«

»Mit der Pistole?«, hat er gesagt, leise und so komisch, wie eine Frage, und plötzlich kullerten ihm Tränen übers Gesicht. Er drehte sich um und lief weg. Ich hab überhaupt nichts verstanden, kannte die Geschichte mit seinem Vater ja gar nicht. Anderntags eine Nachricht von ihm: »Hab dich lieb.« Eine Woche später haben sie ihn gefunden. Sein Maibaum steht noch vor unserer Tür.

*

Heinsberg, 20. Mai 2020

Suizid am Lago Laprello

Die männliche Leiche, die am 8. Mai erhängt an einem Baum in der Nähe des Heinsberger Baggersees gefunden wurde, ist gerichtsmedizinisch untersucht worden. Es seien keine Anhaltspunkte für eine Fremdeinwirkung gefunden worden, so ein Polizeisprecher. Auch eine Befragung im Umfeld des 27-Jährigen ergab keine Hinweise, die nicht auf Suizid deuteten. Die Staatsanwaltschaft hat das Todesermittlungsverfahren eingestellt.

DRACHEN MACHEN SACHEN ...

Viele Menschen meinen ja, Vögel stammten von den Dinosauriern ab. Aktuelle Studien beweisen: Es gab uns bereits, als die Dinos noch lebten. Wir sind eine uralte Spielart der großen Dinos, die in die Mythen der Menschen als Drachen Einzug fanden. Die evolutionär überlegene, nämlich kleinere und intelligentere Variante. Die einzige Drachenart, die mit den Menschen mithalten konnte, auch wenn die gerade zu Höchstform auflaufen und alles tun, um sämtliche anderen Lebewesen in der freien Wildbahn doch noch auszurotten. Leider berauben sie sich in diesem finalen Kräftemessen gerade der eigenen Lebensgrundlagen, daher wird sich zeigen, wer am Ende das menschengemachte ökologische Desaster überleben wird. Der Kampf um die Ressourcen ist bereits voll im Gange. Nur wer wie wir in der Lage ist, sich Übersicht und Einblicke zu verschaffen und sich durch Interkontinentalflüge global so zu vernetzen, dass man sich nicht gegenseitig das Wasser abgräbt, sondern dem Überleben der Gesamtpopulation Rechnung trägt, hat letztlich eine Chance.

Um ein Beispiel aus meinem Revier, dem Niederrhein, zu nennen: Die Neigung der Menschen zur Spezialisierung und zu Monokulturen ist bekannt. In der hiesigen Region wird viel Ackerbau betrieben. Meistens unter Einsatz von Pestiziden und großen Maschinen – mit fatalen Folgen für die Bodenfauna. Für uns ist die Landwirtschaft eine gute Chance zur Nahrungsergänzung, wenn man sich über die Erntemaschinenschneisen hermacht. Als Möwe bevorzuge ich eigentlich ein anderes Element. In der Umgebung findet sich reichlich Wasser, an erster Stelle ist da natürlich der Rhein zu nennen. Niers und Rur sind auch nicht zu verachten, und zur Maas ist es nicht weit. Die großen Ströme und Flüsse speisen sich aus unzähligen Zuflüssen, und last, but not least hat der Kies- und Kohleabbau vielerorts Seen entstehen lassen. Da der Besiedlungsdruck entsprechend der Bewirtschaftung mäßig geblieben ist, existieren sogar einige Naturschutzgebiete – die Fauna und Flora genau so lange zugestanden werden, wie die Menschen ohnehin nichts Sinnvolles mit den Flächen anzufangen wissen oder der Aufwand, sie urbar zu machen, in keinem Verhältnis zum zu erwartenden Ertrag steht.

Nun gibt es in der hiesigen Agrarindustrie eine regiotypische Spezialisierungsnische, die für meine Ernährung gar keine Rolle spielt, bei den Menschen aber offensichtlich einen hohen Stellenwert genießt: der Spargelanbau. Neben den Erdbeerplantagen einer der Landwirtschaftszweige, die nach wie vor einen hohen Einsatz an menschlicher Arbeitskraft erfordern. Die spezifischen Anpassungsstrategien des Homo sapiens werden hier sehr deutlich. Wenn unsereins eine bestimmte Nahrung nur noch unter unverhältnismäßigem Aufwand bekommen kann, ändern wir unseren Speisezettel oder wir verlagern unseren Lebensmittelpunkt in Gegenden, wo diese Nahrung leichter zu beschaffen ist. Ich zum Beispiel stamme von der Meeresküste, habe mich jedoch in Folge der Überfischung der Ostsee rheinaufwärts bewegt, bis ich meine Ernährung mithilfe der Landwirtschaft am Niederrhein sichern konnte. Die Menschen suchen nach schwächeren Mitgliedern der eigenen Spezies und nutzen deren höhere Anpassungsbereitschaft zur Deckung oder sogar Steigerung ihrer Aussicht auf Bedürfnisbefriedigung. Der Begriff der Symbiose erklärt dieses Phänomen nicht, weil dabei normalerweise gilt: Der Vorteil, den die Partner beziehungsweise Wirte und Symbionten aus dem Zusammenleben ziehen, ist beidseitig gegeben beziehungsweise für den einen allenfalls neutral. Bei den Menschen beobachtet man im Zuge knapper werdender Ressourcen eine Entwicklung hin zu einer Sonderform des Parasitismus, eine Art Antisymbiose. Während bei dieser in der Regel der scheinbar schwächere Parasit oder Schmarotzer den Wirt schädigt oder gar tötet, geben sich die überlegenen Menschen als Wirte aus, um mit entsprechenden Angeboten beziehungsweise aufgrund vorgetäuschter gleicher Rechte und Möglichkeiten angelockte Schwächere zu übervorteilen und anschließend wieder aus ihrem Revier zu vertreiben.

Bei meinen Abstechern zur Maas überquere ich regelmäßig den Laarbruch, ein Gebiet bei Weeze, an den sich neben ausgedehnten Feuchtbiotopen – dem Baaler Bruch und Weezer Veen mit Sümpfen und Mooren – eine Terrassenebene anschließt. Im Westteil dieser Hochfläche wurde nach anthropogener Zeitrechnung im Jahr 1953 ein Militärflughafen gebaut. Dazu eine Unzahl an Gebäuden, in denen Soldaten, also auf das Kämpfen spezialisierte Mitglieder der menschlichen Spezies, untergebracht wurden. Als die ein halbes Jahrhundert später in andere Teile Europas zogen, verfielen die Gebäude größtenteils. Ein Teil wird zwischenzeitlich in einer Weise genutzt, die die Hackordnung des Homo sapiens beim Zugang zu den Trögen verdeutlicht. Was die wenigsten wahrnehmen, weil sie diesen »Lost Place«, wie er genannt wird, nie zu Gesicht bekommen.

Zum einen wurden in den heruntergekommenen Gebäuden Zuwanderer aus Erdteilen und Ländern einquartiert, mit denen die Hiesigen Handel treiben. Diese Länder verkaufen ihnen Früchte ihrer Felder, können sich davon aber selbst nicht ernähren. Ich weiß, wovon ich rede. Viele unserer Artgenossen verkehren auf der ganzen Welt und können die ungleichen Verhältnisse und die Güterwege bestätigen.

In ihrer Not machen sich immer mehr Menschen zu Fuß und auf untauglichen Booten auf den Weg, um am Tisch der Reichen Brosamen aufzupicken. Solche sogenannte Migranten oder Asylsuchende werden unter anderem in den ehemaligen Soldatenunterkünften fernab der Stadt Weeze einquartiert. Bis zu ihrer Rückführung. Dazu später mehr.

Darüber hinaus hat sich eine Gruppe Menschen eingenistet – eine große Kolonie, mehrere hundert, die täglich von hier zur Arbeit in Betriebe und auf Felder in den benachbarten Niederlanden gefahren werden. Auch sie kommen von weit her, hausen monate-, manchmal jahrelang in diesen verlassenen Kasernen neben dem Flughafen, der von den Einheimischen für Urlaubsreisen genutzt wird. Diese beiden Menschenschwärme heben sich äußerlich kaum voneinander ab, außer dass in der ersten noch mehr dunkelhäutige Exemplare sind als in der anderen Gruppe – ganz im Gegensatz zu den Einheimischen. Woran man sie klar unterscheiden kann: Sie leben in verschiedenen Behausungen. Und: Die einen sind Nesthocker. Die Nestflüchter sind oft im Morgengrauen schon unterwegs und kehren erst in der Dunkelheit zurück. Gelegentlich werden sie auch bei Nacht und Nebel von großen Bussen abgeholt. Das gilt allerdings ebenso für die erste Gruppe. Nur dass bei ihr derjenige, der einmal abgeholt wurde, wegbleibt. Die Nestflüchter kehren abends zurück. Auch wenn die Weezer Kolonie in erster Linie hinter der Grenze eingesetzt wird, gibt es Niederlassungen entsprechender Exemplare überall am Niederrhein, sobald Spargel und Erdbeeren reif sind. Von Emmerich und Kranenburg bis Straelen und Wachtendonk, von Goch bis Hamminkeln und Hünxe. Die meisten leben in großen Containern direkt neben den Feldern und arbeiten während der Erntewochen von früh bis spät. Danach verschwinden sie wieder in die Länder, aus denen sie stammen. Diese Nestflüchter ähneln Zugvögeln. Im Gegensatz zu denen unter uns, die alle halbe Jahre zwischen Erdteilen pendeln, geht es bei den »Zugmenschen« aber nicht darum, wo es für sie angenehmer ist zu leben. Für sie ist es nirgends angenehm. Dort, wo sie herkommen, finden sie nicht genügend Futter, um ihre Jungen durchzubringen. Und hier wohnen sie in Kasernen oder Containern auf engem Raum und leisten Fronarbeit, insofern sie keine Wahl haben, wie sie eingesetzt werden.

Manche versuchen, in die andere Gruppe zu wechseln, also in die ehemaligen Soldatenunterkünfte zu denjenigen, die nicht mehr zurückwollen in ihre Länder. Ein bisschen sind sie wie ich. Ich bin auch eingewandert. Nur dass ich niemanden fragen musste, ob ich bleiben darf. Und mein Leben selbst in die Hand nehmen konnte. Ich habe eine Partnerin gefunden, ein Nest gebaut, drei Kinder aufgezogen, und seitdem bin ich hier und suche mir alle Jahre eine neue Gefährtin. Die Menschen dulden ihresgleichen nicht in ihren Revieren. Deshalb schicken sie andere, die kommen, um zu bleiben, in solche Unterkünfte. Und manche fackeln nicht lange, um sie wieder loszuwerden. Das geht ganz schnell. Meistens nachts, wenn alle schlafen. Dann werden aus vorbeifahrenden Fahrzeugen Brandsätze durch die Fenster geworfen. Nur wir Vögel bekommen es mit. In Städten wie Hoyerswerda, Mölln, Rostock, Solingen und Lübeck ging es los. Viele der Fremden kamen in den Flammen um. In dem Jahr, als ich schlüpfte, brannte in Hünxe am Niederrhein ein Heim für Asylsuchende. Drei junge Männer hatten es entflammt. Zwei Mädchen, Kinder noch, wurden schwer verletzt. Es war einer von 20 Brandanschlägen deutschlandweit. Zwei Jahre später waren es schon dreimal so viele. Diese Zahl vervierfachte sich erneut im Jahr darauf. 2015 brannten zum ersten Mal über tausend Zuwandererhäuser, darunter drei am Niederrhein: in Neukirchen-Vluyn, in Moers und schließlich in Xanten. Die Feuer wurden nicht weniger. Zwei Jahre darauf fackelte ein Heim im Mönchengladbacher Volksgarten ab. Mehrfach wurde behauptet, die darin lebenden Menschen steckten ihr eigenes Dach über dem Kopf an. Aber die Zündelei zeigte Wirkung. Immer weniger Fremde kamen. 2018 explodierte ein Briefkasten in einem Alpener Flüchtlingsheim. Die Brände ließen nach. Man musste keine Zuwanderer mehr verjagen. Stattdessen ließ man sie gar nicht erst rein.

Ich weiß nicht recht, warum ich in jenem Sommer so viel über die Menschen nachdachte. Und über Feuer. Weil es seit mehreren Jahren in Folge Hitzerekorde gegeben hatte? Die Polkappen schmölzen, in vielen Gegenden auf der Erde breiteten sich Wüsten aus, erzählten die Zugvögel.

Weil es das Jahr war, in dem meine Partnerin starb?

Sie war in eine Schiffsschraube geraten. Ein unvorsichtiges Flugmanöver, als Passagiere uns vom Deck aus Brotkrumen zuwarfen, die in den Strudel des Propellers fielen. Das Jahr, das mich tüchtig durcheinanderwirbelte.

Nein, ich nenne das nicht Unfall. Auch wenn ihr Tod weder absichtlich noch heimtückisch herbeigeführt worden war. Wie kann es sein, dass eine Spezies sich auf eine Art und Weise entwickelt hat, dass sie den Tod, ja, das Aussterben so vieler anderer Arten verursacht?

Zum ersten Mal bedauerte ich lebhaft, dass es keine Dinosaurier mehr gab. Keine angenehmen Zeitgenossen, der Überlieferung nach. Aber die einzige Tierart, die ich mir vorstellen konnte, gegen die die Menschen keine Chance gehabt hätten. Ein Meteor, hieß es, habe ihnen den Garaus gemacht. Die größten noch lebenden Säugetiere – fast alle Wale, Giraffen, Elefanten – sind Vegetarier, die wenigen großen Raubtiere – Haie, Löwen, Tiger, Bären – wurden zurückgedrängt oder teilweise nahezu ausgerottet. Zu Schauzwecken in Zoos gefangen gehalten.

Ich schwankte zwischen Wut und Verzweiflung. Zum ersten Mal im Leben gab es nichts zu brüten und versorgen. Ich fühlte eine innere Leere, die mich die Einsamkeit suchen ließ. Um mich gleich darauf in die Ferne zu flüchten. Ich wollte alles auf einmal: nachdenken, verstehen, vergessen und vor allem aushalten. Mich ablenken.

Oft legte ich weite Strecken am Rhein zurück, ausgehend von meinem Standort im Kreis Wesel, wo ich mich am Schwarzen Wasser aufhielt, einem Weiher, dunkel wie das Moor, aus dem er entstanden war. Seit bald hundert Jahren hatten die Menschen dieses Fleckchen Erde zu einem geschützten Gebiet erklärt. Ich verbrachte Tage in der Heide und am dunklen Nass, das den torfigen Boden bedeckte.

Dann wieder zog es mich südwärts, rheinauf bis nach Krefeld, wo ich den dortigen Zoo besuchte. Ich wollte Tiere kennenlernen, die ich noch nie gesehen hatte. War fasziniert von den großen Menschenaffen. Dem Homo sapiens nahe verwandt, sozusagen die Schnittstelle zwischen Mensch und Tier, und doch ganz anders. Es gelang mir, ins Innere des Gebäudes zu flattern, in dem sie untergebracht waren. In der Nähe eines riesigen Gorillas, eines Silberrückens, ließ ich mich nieder. Er hockte mit geschlossenen Augen an der Wand und strahlte etwas derart Trauriges aus, dass ich ihn einfach ansprechen musste. Zweifelte lange, ob es ihm recht sein würde.

»Kollege«, sagte ich schließlich. »Schläfst du?«

Er hob träge ein Lid. Dann das zweite. Musterte mich aus schwarz glitzernden Äuglein, beschattet von einer beeindruckenden Stirnwulst.

»Ich bin fremd hier. Lust zu quatschen?«

»Wozu?«, brummte er.

»Ich habe den Blues«, sagte ich. »Mache mir Gedanken um uns und die Welt.«

»Was bist du denn für ein Vogel?«, meinte er.

»Eine Möwe.«

»Das sehe ich.«

Ich schöpfte Mut. »Ich frage mich, wie das weitergehen soll, wenn die Menschen so weitermachen.«

Er gähnte. »Gar nicht.«

»Ja, und?«, fragte ich. »Ist dir das egal?«

»Nee.«

»Und was machst du?«

»Was denn? Sie mit Scheiße beschmeißen. Das Einzige, was ich kann.«

Massa hieß er. War der Älteste seiner Art in Europa, wie er nicht ohne Stolz erzählte. Beneidete mich um meine Freiheit, hasste wie ich die Menschen, seit damals seine Familie geschlachtet und er gefangen genommen worden war.

Seine Familie? Ich wies auf die beiden Weibchen in seinem Gehege.

Ein zärtlicher, nicht minder trauriger Ausdruck schlich sich in sein Gesicht. Er begann von seinen Kindern zu erzählen. Vier hatte seine Gefährtin Tumba verloren, bevor die andere, Boma, ihm den ersten Sohn gebar, Gorgo. Zwei weitere Söhne und zwei Töchter folgten. Auch Tumba schenkte noch drei gesunden Nachfahren das Leben.

Wie weich Massas Stimme, die Gesten beim Erzählen wurden! Ehe seine Stimmung wieder umschlug. Genau darin, in dieser Wechselhaftigkeit, war er mir, den es mich in diesem Sommer genauso zwischen Kummer und Zorn zerriss, nah.

Gelegentlich sei seine Wut so groß, dass das Krefelder Affenhaus für den Publikumsverkehr gesperrt wurde, sagte er. Karneval. Wenn alles zusammenkam, was er nicht ertrug, sodass er alles kurz und klein schlug: Kriegsbemalung, Kopfschmuck, schwarz Geschminkte oder Menschen mit dunkler Hautfarbe. Weil er das alles mit dem Tag verband, als sein Vater, seine Mutter und die übrigen seiner Sippe Anfang der 70er-Jahre in Zaire ermordet worden waren. Dunkelhäutige, farbig angemalte Männer mit Federschmuck waren in ihr Revier eingedrungen, metzelten erst seinen Vater, den Silberrücken, dann die Weibchen, darunter seine Mutter. Ihr Fleisch boten sie neben dem Drahtverschlag, in den er und weitere Jungtiere eingepfercht worden waren, zum Verkauf an. »Den Geruch vergisst du nie«, sagte Massa. »Genauso wenig wie die Fratzen.«

Erst war er an einen Briten geraten, dem er nach wenigen Monaten lästig wurde, woraufhin er von einer niedersächsischen Tierhändlerdynastie erworben, über den Atlantik befördert wurde und in einem norddeutschen Tierpark unterkam. Man ließ das Gorillakind auf Schlittschuhen für Fotos posieren. Das Publikum jubelte.

»Sie nennen es ›sich zum Affen machen‹«, schnaubte Massa. »Als wenn das etwas wäre, was typisch für uns ist! Es ist typisch für ihren Hang zu entwürdigendem Umgang mit anderen. Erst zwingen sie uns hierher, dann sollen wir mit idiotischem Verhalten ihre Überlegenheit unter Beweis stellen.«

Er war der erste Bewohner des 1975 eröffneten Krefelder Affenhauses gewesen, Begründer der Flachlandgorillatruppe, die wenige Wochen darauf durch Boma und Tumba ergänzt worden war.

Den Schimpansen Charly hatten sie im selben Jahr als Gründervater der Pan-Gruppe einquartiert. Die den Menschen nächste Affenart, benannt nach dem bocksfüßigen griechischen Hirtengott. Auf stolze 17 Nachkommen sollte Charly es in den folgenden vier Jahrzehnten bringen. Dass er der Chef war, ließ er nicht nur den eigenen Nachwuchs spüren. Wenn Studentengruppen, die Zeichenstudien vor dem Käfig betrieben, oder lärmende Schulklassen ihn nervten, flogen schon mal Fäkalien. Es hätte ihnen allen eine Warnung sein sollen. Was taten die Menschen ihren nächsten Verwandten an?

Massas Miene verzog sich zu einer Art Grinsen. »Vielleicht wollte er auch einfach nur der vegetarischen Kost etwas entgegensetzen. Oder seinen Aktionsradius erweitern. Was soll man hier schon den lieben langen Tag tun? Hampeln, hangeln, fressen, verdauen und f*en, das ist, was sie von uns sehen wollen. Damit ich aufhörte, die Besucher mit Kot zu bewerfen, gab man mir schließlich Weidenäste zum Knicken und Schälen.«

Immerhin waren die Gehege im Affenhaus großzügiger als viele der damaligen gefliesten, mit Leitern und Seilen versehenen Zellen in anderen Zoos. Man hatte ein überdachtes, 2.000 Quadratmeter großes, der afrikanischen Klimazone angepasstes tropisches Plexiglasparadies mit konstanten 26–28 Grad gebaut, das mit exotischen Vögeln und Tropenpflanzen ausgestattet worden war. Außerdem quartierte man Krallenaffen ein: Löwen-, Silber- und Zwergseidenäffchen, dazu Agutis – eine Nagetiergattung – und

Flughunde. Für keine der Gruppen gab es die Möglichkeit des Aufenthalts draußen. Erst als eine zweite Gorillagruppe eingerichtet wurde, erhielt sie ein Freiluftgehege. Ihr Leittier, Kidogo, kannte Massa nur vom Hörensagen. Weil die Besucher ihn seitdem aufforderten, es Kidogo gleichzutun. Der hatte kurz vor Weihnachten 2012 einen Seiltanz aufgeführt. Statt sich an dem hoch gespannten Tau entlangzuhangeln, war er aufrecht gehend auf zwei Beinen darüber balanciert, was dazu führte, dass Besucher aus aller Welt herbeiströmten, um Kidogo zu sehen und Massa zu ähnlichem Blödsinn zu animieren. Was der schon aus Prinzip verweigerte.

Bevor ich mich von Massa verabschiedete, sah ich mich nebenan um, bei den Borneo-Orang-Utans. Das Männchen, erfuhr ich, hieß Bunjo, das Weibchen Lea, die Töchter Sungai und Suria, der Sohn Changi. Bunjo stammte ursprünglich aus dem Kölner Zoo und war schlecht drauf. »Ich kenne die Welt da draußen nur aus Erzählungen«, grollte er. »Aber manchmal verplappern die Menschen sich. Wenn sie Kinder dabeihaben, dann stehen sie vor unserem Gehege und erzählen von ihren Verbrechen. Dass sie in Borneo, wo unseresgleichen lebt, alle Wälder niederbrennen, um Ölpalmen anzupflanzen. Unser Problem ist: Die Menschen beherrschen das Feuer. Das gibt ihnen Macht über alle Tiere.«

»Immerhin sorgen sie hier für uns«, warf Lea ein. Sie erzählte, dass sie von ihrer Mutter verstoßen worden war und mit der Flasche großgezogen werden musste. Weshalb sie sich immer bemüht hätte, ihren Kindern eine bessere Kindheit zu …

»Na, und warum hat deine Mutter sich nicht um dich gekümmert?«, unterbrach Bunjo sie böse. »Weil sie bekloppt geworden ist in der Gefangenschaft. Jeder, der eingesperrt ist, wird irgendwann bekloppt!«

Obwohl seine Gefährtin fünf Jahre älter war als er und entsprechend länger im Krefelder Zoo lebte, war er der Chef. Er war von der Statur her deutlich größer und schwerer.

In dem Punkt ähnelten Affen Menschen mehr als uns, dachte ich: Frauen waren äußerlich klar unterscheidbar und ordneten sich oft unter. Säugetiere halt. Vögel teilten sich bis auf das Eierlegen häufig alles: Brüten, Füttern und Erziehung. Ich vermisste all das fast noch mehr als meine Partnerin.

Als ich mich von Massa verabschiedete und versprach, ihn bald wieder zu besuchen, winkte er ab. »Wozu sollte es gut sein, sich anderen zu verpflichten, sich zu binden? Alle meine Kinder kamen in andere Zoos. Tumba wird nicht mehr lange leben. Man muss lernen loszulassen.«

Am Nachmittag kehrte ich von meinem Ausflug zurück zum Schwarzen Wasser. Durch die Hitze war der Wasserpegel tief gesunken. Ich ließ mich auf einem großen warmen Kiesel im Uferschlamm nieder und dachte über Massas Worte nach. Im Vergleich zu ihm hatte ich wenig Grund zu klagen. Ich war frei.

Von meinen Besuchen in Xanten auf der anderen Seite des Stroms kannte ich die Geschichte der Besiedelung der Region in erster Linie als kämpferische Auseinandersetzung zwischen Römern und Germanen um den Beginn der Zeitrechnung der Menschen, also vor etwa 2.000 Jahren – nicht etwa der Geburtsstunde des Homo sapiens vor gut 300.000 Jahren. Ab da hatte es vereinzelt Menschen hier gegeben, aber da die Vegetation ohne aufwändigere Maßnahmen nicht zum Ackerbau taugte, waren sie nie sesshaft geworden.

Nur zum Vergleich: Die großen Dinosaurier, meine nächsten Verwandten, waren vor 65 Millionen Jahren ausgestorben. Dennoch hielt sich der Glaube, dass es irgendwo noch welche geben müsse. Insbesondere in den hiesigen Gegend. In den Sagen taucht ein Exemplar immer wieder auf: Ein Xantener Königssohn namens Siegfried soll einen Drachen im Kampf getötet und sein Nest ausgehoben haben. Irgendwo weiter südlich am Rhein an einer Erhebung, die sich heute Drachenfels nennt. Anschließend zog der Prinz weiter nach Worms, wo er eine Königstochter, Kriemhild, zur Gefährtin nahm, mit der er nach Xanten zurückkehrte und dort lebte, bis er bei einem Besuch in Worms von einem Vasallen ihrer Brüder heimtückisch ermordet wurde. Da es damals – ganz egal, wann dieser Siegfried gelebt haben mochte – definitiv keine Dinosaurier mehr gegeben haben konnte, vermutet man, dass der Drache ein Sinnbild für römische Soldaten gewesen sein könnte, deren Kettenhemden von ihrer Struktur der undurchdringlichen Schuppenhaut eines urzeitlichen Tiers glichen und die in Reihen marschierten, lang wie ein Lindwurm. Vor 2.000 Jahren war Xanten jedenfalls eine römische Befestigung gewesen. Wer weiß. Vielleicht hatten die Römer Siegfried ja auch einfach verjagt, und er war in den Xanten umgebenden Sümpfen ums Leben gekommen. Seit dieser Zeit jedenfalls hatten die Menschen sich in der Gegend festgesetzt. Wie eine Laus – die Sache mit den Parasiten.

Ich hatte, während es zu dämmern begann, meine Flügel rechts und links neben dem Stein aufgefächert, auf dem ich hockte, die Sonnenwärme genießend, die er gespeichert hatte, über Hauen und Stechen nachsinnend, die Ruhe genießend, bis ich immer schläfriger wurde und schließlich einschlummerte.

Im Morgengrauen wachte ich davon auf, dass die Erde leise zu vibrieren schien. Mein Blick fiel auf die Wasseroberfläche vor mir. Sie lag glatt und still da, kein Windhauch kräuselte sie, nicht die mindeste Erschütterung – wie ich sie nichtsdestotrotz unter meinem Leib spürte. Irgendetwas rumorte da. Ich sah mich um. Die Welt war grau und unbewegt. Hatte ich mir das leichte Zittern eingebildet? Nichts. Alles war ruhig. Ich nickte wieder ein.

Da! Ein Wackeln – und sofort Ruhe. Ich lauschte. Blickte mich um. Niemand. – Ein Stoß! Und noch einer! Direkt unter mir. Ich beäugte den Stein, auf dem ich hockte. Kein Zweifel! Die Schwingungen waren von ihm ausgegangen. Wieder und wieder erschütterten ihn kleine Stöße, die von innen kommen mussten. Ich hopste beiseite. Endlich fiel es mir wie Schuppen von den Augen: Der ovale Kiesel, auf dem ich genächtigt hatte, war in Wirklichkeit ein Ei. Ein großes, grün-grau gesprenkeltes Ei. Das ich offensichtlich ungewollt ausgebrütet hatte. Wie lange mochte es da gelegen haben? Was, wenn das Tier zurückkehrte, das es dort abgelegt hatte? Es musste sich um kein kleines handeln. Möweneier betrugen höchstens ein Zehntel der Größe dieses

Exemplars. Und ob es das lustig finden würde, dass ich mich darauf breitgemacht hatte?

Ein heftiges Pochen. Klonk! Etwas war geplatzt. Ein Riss bildete und verästelte sich, erneut ein heftiges Klopfen von innen gegen die Schale. Fasziniert verharrte ich daneben. Immerhin musste es sich um eine Vogelart handeln. Womit sonst konnte dieses Lebewesen die Hülle traktieren als mit einem Schnabel? Etwas Hartes stieß durch den sich rasch vergrößernden Spalt, eine Art Eizahn, der auf einem … – nein, ein Schnabel war das nicht, eher ein längliches Maul mit einem gezackten Kamm. Große Augen, die ein wenig an einen Frosch erinnerten, folgten, dann der ganze Kopf, ein graugrün geschuppter Hals, das Wesen wand sich, kämpfte darum, weitere Gliedmaßen aus dem Ei zu befreien.

Ich weiß nicht, wieso ich nicht einfach daneben stehen blieb, sondern begann, mit meinem Schnabel Unterstützungsarbeit zu leisten. Ich pickte und drückte die überraschend harte Schale beiseite, bog sie auseinander und sah zu meinem Erstaunen, wie das Tier zwei – im Vergleich zu seinem Kopf – riesige Flügel aus dem Ei zwängte. Zugleich richtete es sich auf, und es zeigte sich, dass es über zwei krallenbewehrte Vordertatzen verfügte, die es von sich streckte, während es sich auf den Schenkeln aufsetzte wie ein Hund, der Männchen macht. Danach breitete es die Flügel aus, deren Form an die einer Fledermaus erinnerten und die jeder in der Breite sicherlich doppelt so viel maß, wie der Körper des Tieres lang war.

Nie zuvor hatte ich ein solches Wesen gesehen und wusste doch sofort, was es war: ein Drache.

Das Fabelwesen blickte mich an. Es zwinkerte mit den Augen. Das Maul öffnete und schloss sich wieder, als wollte es die Funktionsfähigkeit der Kieferscharniere prüfen, während es eine schmale, spitz zulaufende Zunge und zwei Reihen scharfkantiger Zähne zeigte. Es gab ein Zischen von sich, dann sagte es klar und deutlich: »Hallo, Papa.«

Was beschreibt mein Erstaunen und Entsetzen?

Und doch war da sofort etwas in mir, das »ja« sagte.

Weil ich selbst in dem Jahr keine Jungvögel hatte aufziehen können? Weil ich gerade noch so intensiv darüber nachgedacht hatte, dass Drachen die Lösung gegen die Menschheit sein mochten? Weil der kleine Drache einfach zu niedlich aussah?

»Söhnchen«, sagte ich und vergewisserte mich, dass zwischenzeitlich nirgends hinter mir am Horizont die Silhouette eines großen Drachen aufgetaucht war. »Wie nennen wir dich denn?«

»Drakon, wie sonst?«, entgegnete Drakon, und ich musste ihm recht geben. Kein Name hätte besser gepasst.

»Okay, Drakon«, sagte ich. »Was mache ich jetzt mit dir? Du willst vermutlich dringend essen.«

»Was sonst?«, entgegnete Drakon.

Damit brachen die stressigsten Wochen meines Lebens an. Ich war es gewöhnt, mehrere hungrige Schnäbel zu füttern. Aber dieser hier schlug die Gefräßigkeit aller meiner Jungtiere der vergangenen Dekade um Längen. Zudem: Ich hatte bisher immer ein zweites Elternteil als Beistand gehabt. Nun war ich ganz allein für die Versorgung zuständig. Zum Glück gab es eigentlich nichts, was

Drakon nicht fraß. Würmer, Insekten, Früchte der Felder, Fischchen, später immer größere Fische – mein einziger Trost: Er begab sich bereits in der ersten Woche selbstständig auf Nahrungssuche. Kaum dass er das Prinzip Regenwurm oder Mücke verstanden hatte, wühlte er in der Erde oder haschte in der Luft danach. Ich wäre ansonsten vermutlich selbst elendiglich verhungert vor lauter Futterbeschaffung.

Was mir von dem Tag an allerdings nicht mehr möglich war: Ausflüge den Rhein entlang, in Richtung Maas oder wo es mich sonst so hingezogen hatte. Keine Chance. Keine Minute Zeit. Ich muss gestehen, dass ich noch nie eine derartige Sorge um ein Junges empfunden hatte wie um Drakon. Dabei ging es weniger um Fressfeinde. Es gab nur einen Feind, den ich fürchtete. Über alle Maßen. Wenn je ein Mensch meinen kleinen Drachen zu Gesicht bekommen würde, wäre er verloren. Also Drakon. Das Mindeste, was ihm dann drohte, war, dass sie ihn einsperren würden. Daher schärfte ich ihm eindringlich ein, sich nie-niemals in der Nähe von Menschen zu zeigen. Die Wahrscheinlichkeit, ihnen nicht zu begegnen, war natürlich nachts am größten. Also mutierte ich zum Nachttier. Und Drakon mit mir.

Ich war stolz auf ihn. Er erwies sich als ausgesprochen gelehrig, tüchtig, intelligent, und der Tag, an dem er zum ersten Mal die Flügel ausbreitete und vom Boden abhob, war der größte meines Lebens. Wochenlang hatte er geübt. Flügelschlagen, Anlauf nehmen, den Körper strecken … und war doch immer wieder auf den Boden zurückgeplumpst. Eine Weile überlegte ich, ob er überhaupt je in der Lage wäre, zu fliegen. Seine Flügel waren im Vergleich zu dem rasant wachsenden Körper nahezu filigran. Aber die Spannweite machte den Unterschied. Eines Tages hob er ab und legte eine Runde über dem Schwarzen Wasser hin, als hätte er nie etwas anderes getan.

Ich hatte Tränen in den Augen.

Natürlich habe ich mit Drakon wieder und wieder die Frage bewegt, wie es sein konnte, dass er – vielmehr sein Ei – überlebt hatte. Wie viele Millionen Jahre? Gab es weitere Exemplare seiner Spezies? Wo? Und: Wie war sein Ei ins Uferwasser des Heideweihers gelangt?

Natürlich wusste er keine Antworten auf meine Fragen. Aber er verstand, konnte einordnen, was ich ihm erzählte, und Hypothesen bilden. Dass man Drachen nachsagte, eine der intelligentesten Spezies zu sein, bewahrheitete sich bei ihm. Und ich bin sicher, dass er über so etwas wie einen siebten Sinn verfügte. Magische Fähigkeit will ich das nicht nennen, das ginge zu weit. Aber er hatte eine Art, in sich hineinzuhorchen, wenn ich ihm meine Überlegungen darbot, um mit einem: »Ja, das fühlt sich gut an«, zu antworten, sodass es sich tatsächlich einfach gut anfühlte. Die Menschen haben ja im Gegensatz zu uns und vielen anderen Arten ihr Gehirn zu Teilen auf die Zunge verlagert. Und in irgendwelche Kästen und Geräte, die sie mit sich führen. Sie unterscheiden Intelligenz von Instinkt. Das Erste attestieren sie sich und halten sich darin für Weltmeister. Das Zweite – wiewohl nichts anderes als eine Variante des Ersten, und zwar eine deutlich effektivere, weil sie ohne Nachdenken, ohne Lernprozesse, Kommunikation und Diskussionen auskommt – halten sie für minderwertig und etwas, was sie Tieren als »niedrigeren« Lebewesen zusprechen. Sie selbst haben sich die meisten Instinkte erfolgreich abtrainiert und sind auch noch stolz darauf.

Drakon war sich sicher, dass er von Siegfried, dem Drachentöter, im Schwarzen Wasser versteckt worden war. Der Xantener Königssohn musste sein Ei geborgen haben, als er den Schatz des Drachen aushob. Wann auch immer. Und was auch immer aus ihm geworden war. Also aus Siegfried. Woher sollte Drakon das wissen? Schon gar, ob es irgendwo andere Drachen gab. Er konnte mir nicht einmal sagen, wie Drachen sich fortpflanzten. Musste es zwangsläufig zu einer Paarung kommen? Dann stünden seine Chancen schlecht, dass er sich je würde vermehren können. Wäre er gegebenenfalls in der Lage, selbst Eier zu legen?

»Wenn es so weit ist, werde ich es wissen«, sagte er.

Meine Fragen waren natürlich nicht vollkommen uneigennützig. Ich dachte darüber nach, wie es wäre, wenn man mehrere – nein, eine ganze Armee von Drachen auf die Menschheit loslassen könnte. Ich gestehe, das waren natürlich vollkommen verstiegene Fantasien. Aber sie taten gut.

Es wurde Herbst. Unsere nächtlichen Ausflüge führten uns immer weiter weg vom Schwarzen Wasser. Und ich kam allmählich an meine Grenzen. Drakon wurde immer schneller. Er konnte mich mit wenigen kräftigen Flügelschlägen nicht nur überholen, sondern ich hatte zunehmend Mühe, ihn am Ende wieder einzuholen. Zum Glück konnte ich mir eines gewiss sein: Er würde nicht einfach wegfliegen. Viel zu eindringlich hatte ich ihm die Gefahren geschildert, die auf ihn lauerten. Und: Er hing an mir mit der bedingungslosen Liebe des eigenen Kindes. Obwohl ihm doch auch mehr als deutlich sein musste, dass wir beide keinerlei Ähnlichkeit aufwiesen – bis auf die Tatsache, dass wir fliegen konnten.

Es war Winter geworden, die Zeit der langen Nächte, in der wir unbeobachtet weite Strecken bewältigen konnten. Da fragte ich Drakon eines Abends, ob er Tiere kennenlernen wollte, die es in unserer heimischen Fauna nicht gebe und die ihm daher unbekannt waren. Wir flogen nach Krefeld. Kreisten über Gehegen, von denen viele verlassen wirkten, weil ihre Bewohner im Schutz von in Häusern und Höhlen schlummerten. Mit einigen schlaflosen oder nachtaktiven Tieren tauschten wir einen Gruß oder ein paar Worte aus. Die Türen des Affenhauses waren verschlossen. Ich hatte gar nicht darüber nachgedacht, dass ich Drakon Massa nicht vorstellen könnte, wenn wir keinen Zugang fänden. Wir flogen aufs Dach und spähten durch das Plexiglas ins Dunkel. Sahen nicht viel, da lediglich die Gänge mit gedimmter Notbeleuchtung markiert waren. Im Bereich der Flachlandgorillas wies ich auf eine zusammengekauerte massige Gestalt in einer Ecke. »Vielleicht ist er das.« Pickte mit dem Schnabel gegen den Kunststoffhimmel. Genauso gut hätte ich den Stamm eines Obstbaums bearbeiten können, um ihn dazu zu bringen, Äpfel abzuwerfen. »Wenn man wenigstens etwas erkennen könnte«, seufzte ich.

Drakon legte den Kopf in den Nacken und fauchte. Ein bläuliches Flämmchen schoss gen Himmel.

»Was ist das?« Ich war baff. »Sag bloß, du …?«

Er kicherte. »Wie es aussieht … Dachte gerade, ich probiere es einfach mal.«

»Mach noch mal!«

Wieder legte Drakon den Kopf in den Nacken und holte tief Luft. Als er sie mit Druck ausstieß, war die Flamme nicht mehr bläulich, sondern changierte zwischen Tiefrot und Orange. Kein Zweifel: Mein Söhnchen spuckte Feuer!

Im selben Moment krachten am Himmel die ersten Böller.

Ich erschrak und war zugleich erleichtert. Siedend heiß war mir bei Drakons Feuerstoß eingefallen, dass das natürlich die idiotischste aller denkbaren Maßnahmen war, wenn wir unentdeckt bleiben wollten. Im nächsten Moment war meine Sorge wie weggeblasen. In jener Nacht, in der der Himmel voller Lichter war, würde niemandem auffallen, dass eins davon von einem Drachen stammte.

Drakon hatte sich flach auf das Dach geduckt und beide Vordertatzen über die Augen gelegt. »Was hab ich getan?«, jammerte er.

Überall am Himmel zuckten Blitze, entfalteten sich Fontänen und heulten Raketen.

»Nichts«, beruhigte ich ihn. »Die Menschen spinnen. Das machen sie immer in einer Winternacht, wenn nach ihrer Rechnung das Jahr zu Ende ist.«

»Ich hab Angst!«, heulte Drakon.

Ich sah mich um. Und entdeckte etwas.

»Meinst du, wir kriegen das auf?«

Im Licht des Feuerwerks war mir eine Leiter aufgefallen, die zu einer Luke führte. Sie war von außen mit einem Riegel gesichert. Ich bearbeitete ihn mit dem Schnabel, Drakon mit der Tatze. Obwohl er bei jedem Heulen, Flackern und Zischen am Himmel zusammenzuckte, gelang es uns doch mit vereinten Kräften, den Riegel zurückzuschieben und die Klappe aufzuhebeln. Drakon schob seine Schnauze in die Öffnung, dann die Schultern mit angelegten Schwingen, anschließend ließ er sich kopfüber in das Innere des Affenhauses fallen, wo er, kaum dass sein schuppiger Körper durch die Luke gerutscht war, die Flügel entfaltete und in einem sanften Kreisbogen lautlos durch die Luft abwärts glitt. Ich wollte gerade hinterherhüpfen, als unmittelbar vor meinen Augen eine kleine Papiertüte mit einer brennenden Kerze vom Himmel herabschwebte und, dem Beispiel des Drachen folgend, durch die geöffnete Klappe ins Innere entschwand.

Schnell hüpfte auch ich hinterher und umflatterte die Laterne. Unter mir hörte ich jemanden kreischen. Mehrere. Die Orang-Utans. Sie sprangen in die Höhe und griffen nach der Laterne.

»Nicht!«, rief ich. »Achtung, Feuer!«

»Hau ab!«, schrie Bunjo. »Das ist unser Revier!«

Das Problem mit Tieren in Gefangenschaft: dass sie das meiste nur vom Hörensagen kennen. Wer je einen Blitz und einen Waldbrand erlebt hat, weiß Bescheid.

Die Lampe hatte auf einem Haufen Stroh aufgesetzt.

»Macht das Feuer aus, Bunjo«, schrie ich. »Pinkelt es aus!«

Ich sah mich nach Drakon um. Der hatte sich auf einem

der Nester auf halber Höhe niedergelassen und äugte interessiert herunter. Das Knattern des Feuerwerks draußen drang nur noch gedämpft zu uns. Nebenan rumorten die anderen Menschenaffen.

Die Orang-Utans hatten sich um die Kerze geschart.

»Die Menschen töten mit Feuer, Bunjo«, warnte ich. »Das hast du selbst erzählt. Es ist saugefährlich.«

»Deswegen werde ich es auch auf keinen Fall ausmachen«, gab er zurück. »Wir werden es ihnen damit heimzahlen.«

»Wie stellst du dir das vor? Ihr sitzt hier drin fest.«

»Das stimmt, aber wenn sie kommen, greifen wir sie damit an.«

Ich flatterte zu Massa, der mit Boma aufmerksam witterte, hatte jedoch offensichtlich nichts von der Unterhaltung verstanden.

»Ah, du«, brummte er. »Was ist los? Es knallt und riecht merkwürdig.«

»Ich wollte dir einen Verwandten vorstellen«, sagte ich. »Mit uns ist eine Silvesterlaterne zu euch reingekommen und Bunjo will sie nicht löschen. Kannst du ihn zur Vernunft bringen?«

Massa lachte. Es klang unfroh. »Soll ich mit Kot schmeißen und rumbrüllen? Kann ich gut. Bringt aber nichts.«

Ich verzichtete darauf, die Schimpansen um Hilfe zu bitten, sondern flog zu Drakon. Er beobachtete nach wie vor fasziniert die Orang-Utans, die wiederum fasziniert die Laterne beobachteten.

»Ich bin zu klein«, sagte ich. »Du hingegen könntest

dich einfach direkt auf die Kerze fallen lassen, damit sie ausgeht. Pass auf, sie ist heiß, aber auch wenn es wehtut: Es ist die einzige Möglichkeit, sie zu löschen.«

Er machte Kulleraugen. »Und wieso?«

»Weil es saugefährlich ist!«, zischte ich. »Guck doch!«

Die Orang-Utans streckten die Hände nach der Laterne aus, schreckten vor der Hitze allerdings immer wieder zurück. Als Bunjo das Papier mit zwei Fingern zu fassen kriegte, zuckte er zusammen und riss die Lampe um. Die brennende Kerze kullerte ins Stroh. Es flammte auf.

»Jetzt!«, brüllte ich. »Los, Drakon!«

Drakon sprang.

Mein Schrei hatte Bunjo aufblicken lassen. Er riss die langen haarigen Arme hoch, um den kleinen Drachen abzuwehren, schaffte nicht, dessen Sturzflug zu stoppen, erwischte ihn jedoch an einem seiner Flügel.

Drakon jaulte auf, als er auf dem brennenden Stroh landete. Das Feuer erlosch augenblicklich. Bunjo kreischte vor Wut. Er riss roh an Drakons Flügel. Der knackte. Drakon heulte und fauchte Bunjo mitten ins Gesicht. Dessen rotes Fell flammte auf. Ab da ging alles im Chaos unter. Die Orang-Utan-Familie stürzte sich auf den kleinen Drachen, der sich mit einer Batterie von Feuerstößen wehrte. Ich warf mich dazwischen, versuchte die Affen mit Schnabelattacken und riskanten Flugmanövern von ihm fernzuhalten. Es waren zu viele. Das Stroh brannte im Nu lichterloh, ebenso das Fell der Orang-Utans, die besinnungslos vor Wut und Schmerz meinen Ziehsohn attackierten, während dichter Qualm die Szenerie vernebelte. »Drakon!«, schrie ich. Immer wieder: »Drakon!«

Er antwortete nicht. Der Rauch nahm mir den Atem. Das Feuer leckte an Tauen, Stämmen, Nestern, sprang in die anderen Gehege. Das Kreischen der Affen, Äffchen und anderen Kreaturen wuchs zu eine gellenden Crescendo an, das mir das Herz zerriss. Mit letzter Kraft flatterte ich in die Höhe, erreichte im dichten Qualm die Luke, durch die wir hineingelangt waren, entkam dem Inferno, landete auf einer Wiese und fiel wie tot um. Während mir die Sinne schwanden, hörte ich Feuerwehrsirenen, die sich näherten.

Tagelang war ich zu schwach, das Gelände des Krefelder Zoos zu verlassen. Die Zerrissenheit des Sommers hatte mich mit voller Wucht eingeholt. Etwas in mir wollte weg, nur weg, sehnte sich nach der Einsamkeit des Schwarzen Wassers.

Der andere Teil ließ mich alles aufsaugen, was die Menschen über das Desaster rund um das ausgebrannte Affenhaus palaverten. Es dauerte keine zwei Tage, ehe drei Frauen sich meldeten, die die Laterne – »Himmelslaterne« nannten sie sie – hatten aufsteigen lassen. Dass dieses Silvesterlämpchen ursächlich den Brand ausgelöst hatte, ließ sich nicht beweisen. Es war rückstandslos verbrannt. Man rätselte zudem, wie eine einfache Laterne, die auf dem Dach des Affenhauses gelandet sein mochte, das Plexiglas derart hatte entfachen können.

Was keinen rätseln ließ: Das fast vollständig verbrannte Skelett des kleinen Drachen, das durch die Attacken der Orang-Utans nur in Einzelteilen aufgefunden wurde. Man hielt es für die sterblichen Überreste eines der Flughunde. Über 50 Tiere waren dem verheerenden Brand zum Opfer gefallen. Wer sollte ihre Knochen noch genau auseinanderhalten? Zwei der Schimpansen – Bally und Limbo – hatten wie durch ein Wunder überlebt. Zwei der Orang-Utan-Weibchen mussten mit schwersten Verbrennungen eingeschläfert werden. Massa atmete ebenfalls noch. Aber sein Kreislauf war derart heruntergefahren, dass drei Versuche, ihn mit Betäubungsmitteln zu töten, scheiterten. Nach zwei Stunden erlöste ein Polizist ihn mit einer Maschinengewehrsalve.

Ich weiß nicht, ob man die Frauen je verurteilt hat. Das Massensterben von Krefeld hat allerdings nur einer zu verantworten. Der zudem den eigenen Ziehsohn, den letzten Nachfahren der großen Dinosaurier, opferte. Sich dabei in unfassbarer Hybris den Menschen moralisch überlegen dünkte.

Ich.

BIZARRE-EREIGNISSE

Wir kannten uns schon von der Grundschule. Hatten auf der Straße gemeinsam gespielt. Verlassene Grundstücke ausgekundschaftet. Waren zu Halloween gemeinsam losgezogen. In der Mittelstufe hatten wir am Büdchen Zigaretten geklaut. Uns jenseits der Grenze Gras besorgt, das wir am Ufer des Reindersmeers rauchten. Wie es uns gelungen war, das Abitur zu bestehen, will ich gar nicht mehr wissen. Dass es nicht mit rechten Dingen zugegangen sein konnte, war Ehrensache. Keiner von uns hatte ein Elternhaus, in dem Geld keine Rolex spielte. Das Bildungsniveau korrespondierte mit dem Kontostand. Womit die unsichtbaren Grenzen in den Klassen, später Stufen, einerseits klar definiert, andererseits von uns als Ansporn genommen wurden, gar nicht erst zu versuchen, den familiären Makel zu kompensieren, sondern ihn in Ehren zu halten wie Schmisse, die wir uns freiwillig zugefügt hatten. Natürlich war außerhalb der Schule nicht alles mit Mundraub und Schwarzfahren zu bewältigen, sodass wir schon früh mit Jobs, bei denen das Alter nicht überprüft wurde, das Taschengeld aufbesserten. Da frühmorgendliches Zeitungsaustragen mit unserem Lifestyle kollidierte, beschränkten wir uns zunächst auf das nachmittägliche Verteilen von Werbeblättchen – einen Teil entsorgten wir in der umliegenden Botanik –, später kellnerten wir und halfen bei Abendveranstaltungen aus. So kamen wir 2000 an das »Bizarre«. Für mich der Schalter, der meinen zukünftigen Werdegang in Richtung Veranstaltungstechnik umlegte. Statt dem Medizinstudium, das meine Eltern mir bis ins letzte Schuljahr ans Herz legten, als hätten sie noch nie ein Zeugnis von mir in die Finger bekommen.

Matthias wurde nach dem Abi eingezogen, was mir zum Glück erspart blieb – wenn man es als Glück bezeichnen möchte, dass jemand als Kleinkind mehrere epileptische Anfälle hatte. Eine Krankheit, die die Ärzte damals nach über zehn Jahren als »ausgewachsen« bezeichneten, die Bundeswehr dennoch als zu großes Risiko einstufte.

Vielleicht besser so. Nachdem er Kristin erst mit mir im Zelt und später im Löschteich entdeckt hatte, gab es nicht mehr viel, was wir zu reden hatten. Mit Sicherheit beidseitig. Dabei hatte es diese Zeit gegeben. Zehn Jahre. In denen kein Blatt Papier zwischen uns passte.

Der August 2000 hatte uns vollkommen aus den Socken gehauen. Die Foo Fighters! Sportfreunde Stiller! Coldplay! In Worten: Cold.Play. Und das in Weeze! Never ever hätten wir zu träumen gewagt, dass wir so etwas jemals erleben würden. Es war mehr als ein Lottogewinn. Weil wir nie ein Los gekauft hatten. Es war uns einfach in den Schoß gefallen. Ein Anruf: »Hast du Zeit? Kennst du noch jemanden?« Bäm!

Der Kreis Kleve hatte von der Bundesvermögensverwaltung das verlassene britische Air-Base-Gelände am Laarbruch übernommen. 670 Hektar, die unterhalten werden wollten, bis die Voraussetzungen für einen

Zivilflughafen geschaffen waren. Da meine Mutter zum Gastroteam des Landrats gehörte, das bei den Sitzungen Kaffee servierte, schnappte sie einiges auf. Über die verlorenen Arbeitsplätze durch den Wegzug der Engländer. Die Überlegung, das Gelände auszukiesen, »Kies mit Kies machen«, wie einer der beteiligten Herren scherzte. Eine Lösung, die verworfen wurde, weil nur einer daran verdient hätte. Was also anfangen mit dem riesigen Areal, zig Bauten, Terminals, Hallen, Flugzeugshelter, Munitionsbunker, dem ehemaligen Atomwaffenlager, den Mannschaftsunterkünften samt zugehöriger Infrastruktur von Geschäften, Pubs, Kino, Offizierskasino, Schwimmbad, den Taxiways, den Pisten? Wie all das bewirtschaften, um die Kosten der Bewachung, Instandhaltung, für die Verhinderung von Verfall, Vandalismus und Verwilderung zu verringern, gar zu neutralisieren?

Natürlich wusste ich genau, wovon meine Mutter sprach. Kristin, Matthias und ich hatten den – nein, noch nicht *lost*, aber *abandoned place*, aufgegebenen Platz – längst zu unserem Abenteuerspielplatz erkoren. Man hatte ihn als Erstes stromlos und winterfest gemacht, alles eingezäunt und verschlossen. Natürlich kamen auf unseren Erkundungszügen Löcher in Maschendrahtzäune, ging die ein oder andere Scheibe zu Bruch, wurden Türen aufgebrochen, verselbstständigten sich Einrichtungsgegenstände. Aber man muss sagen: Technisch hatten wir schon damals etwas auf der Pfanne. Wir versuchten, möglichst wenig Spuren zu hinterlassen. Und natürlich spitzte ich, sooft es beim Abendbrot um das Thema ging, die Ohren und fragte meine Mutter behutsam aus, so beiläufig, als interessierte es mich nicht wirklich, damit nur ja niemand Verdacht schöpfte.

Endlich Gelegenheit, einen Blick in die Schaltzentrale der Tommies, unseres Big Brother, ins »Auge des Orkans« zu werfen, wie Matthias spottete. Wir alle waren in den 80ern mit dem Höllenlärm der vollgetankten Harrier aufgewachsen, Senkrechtstarter, die auf dem Schubstrahl der schwenkbaren Düsen in der Luft stehen konnten. Keine Kuh im Umkreis konnte bei dem Krach mehr Milch geben, wir Kinder verkrochen uns unter den Tischen.

Das Gelände war zwar frei, aber nicht vollkommen verlassen. Es gab Wachleute. Handwerker. Die umliegenden Bauern hatten die Erlaubnis bekommen, es mit ihren Mähmaschinen abzufahren. Das Heu konnten sie behalten. Im Laufe der Jahre kamen viele Nutzungen dazu: Filmteams wie das von »Alarm für Cobra 11«, die den Flughafen als Drehort nutzten. Konzerne, die Konferenzzentren einrichteten. Rennfahrerteams wie das von Jochen Mass oder der Toyota Formel 1 auf der Suche nach Übungsstrecken und spionagegesicherten Unterbringungsorten für ihre Boliden. Fahrschulverbände, die dort LKW-Sicherheitstrainings durchführten. Gelegentlich boten Verwaltungsbeamte mit Megafon Fahrradführungen für die Bürger der umliegenden Gemeinden an, an denen bis zu 300 Personen teilnahmen. Ein Polizeifortbildungsinstitut übte im Kino Geiselbefreiung, die Verfolgung von Fluchtfahrzeugen die Pisten rauf und runter und Vorgehen gegen Amokläufer in der Grundschule. Die Putzfrau, die anschließend das Kunstblut aufwischte, musste sich mehrfach erbrechen. Als in einem

Bunker das Sprengen einer Stahltür geübt wurde, flog das tonnenschwere Dach gleich mit in die Luft.

Und wir waren fast immer die ersten am Tatort. In sicherer Beobachtungsposition natürlich.

Beim »Bizarre« waren wir mitten dabei.

»Hallo? Jemand zu Hause, Rolf?« Matthias klopfte mir mehrfach mit der flachen Hand auf den Stoppelschädel, ehe ich mich wegducken konnte. Ich hatte von dem Anruf erzählt. Für einen Moment waren beide in Schockstarre verfallen, sodass ich mit der Attacke nicht gerechnet hatte. »Letztes Jahr in Köln Karten zu kriegen, war vollkommen unmöglich. Und jetzt kommen die ausgerechnet zu *uns* …?«

Kristins aufgerissener Mund verzog sich zu einem breiten Grinsen. Sie fiel mir um den Hals – eine betörende Patschuliwolke stieg mir in die Nase –, hüpfte dann rumpelstilzchenlike mit ihren zerrissenen Netzstrumpfhosen in klobigen Doc Martens und plissiertem Minirock im Kreis, dass die Ketten, die sie um die Hüfte geschlungen hatte, klirrten, und rief: »Na.tü.hü.hür.lich sind wir da.ba.ha.hei!«

Wir *waren* dabei. Beim ersten Bühnenaufbau in Hangar 4, dem Errichten der Buden und der Zelte zwischen den Landebahnen. Die wir anschließend im Übrigen wieder abbauen und entsorgen durften. Samt Kühlschränken, Klamotten, Müllbergen, einschließlich unzähliger Spritzbestecke … bis zum letzten Kronkorken musste alles aufgesammelt und das Gelände besenrein übergeben werden. Aber die drei Tage dazwischen: der totale Hammer. Wir bekamen zwei kleine Zelte zur Verfügung gestellt und mussten gewissermaßen in Bereitschaft bleiben, falls zwischendrin außerplanmäßig etwas umgebaut wurde. Was bedeutete – und was wir selbstverständlich nicht allzu genau nahmen –, dass wir nüchtern bleiben, nur dosiert kiffen und schon gar keine härteren Sachen einnehmen sollten. Es war aber auch gar nicht nötig. Die Musik, die Leute, die Atmosphäre – wir waren quasi im Dauerrausch. Der erst Wochen danach allmählich abklang. Und von einer Vorfreude auf das nächste Jahr abgelöst wurde, die uns über den Winter trug und das verregnete Frühjahr überstehen ließ.

Apropos: Einmal gab es eine Überschwemmung. Einmal brannten die Zelte ab. Der Vandalismus war krass. All das war nichts gegen die Katastrophe von 2003. Da hieß das »Bizarre« bereits »Terremoto« und der Veranstalter hatte gewechselt, nachdem der erste Konkurs angemeldet hatte. Es war das letzte Festival dieser Art in Weeze.

Das Gelände wurde umstrukturiert, weil die Flughafengesellschaft sich so weit formiert hatte, dass die ersten Ryanair-Flüge stattfinden konnten. Bis heute ein Riesenproblem: die Abhängigkeit von dieser einzigen Fluglinie – neben der Weigerung der Düsseldorfer Flughafengesellschaft, den Weezer Airport als Ausweichmöglichkeit für den vollkommen überlasteten Flughafen der Landeshauptstadt zu nutzen.

Ab 2004 veranstaltete ein Niederländer auf dem Areal des Flughafens Niederrhein, wie er nun hieß, das »Q-Base«-Festival. Hardstyle und Hardcore Techno. Ohne mich. Ich hatte die Ausbildung begonnen und tourte. Vermisste Kristin. Ja, auch Matthias. Aber der hatte es sich selbst zuzuschreiben. Wenn er meinte, Ordnung in sein Leben bringen zu müssen, indem er ausgerechnet zur Bundeswehr ging. Nachdem wir spätestens seit der Pubertät allem, was nach militärischem Drill roch, subversive Anarchie entgegengesetzt, den ehemaligen Flughafen der Royal Air Force mit Musik und Flowerpower geflutet hatten.

Durch Kristins Sonderstellung als Freundin war sie für uns immer tabu gewesen. Erfahrungen sammelte man anderswo. Feste Beziehungen vermieden wir. Nie gab es jemanden, den wir in unsere Dreieinigkeit aufgenommen hätten. So konnte auch nie etwas zwischen uns kommen. Bis zu dieser vermaledeiten Nacht, als Kristin und ich schlicht so zugekifft waren, dass es uns entglitt. Matthias trieb sich irgendwo rum, ich ging davon aus, dass er was aufgerissen hatte. Vollmond. Kitsch as Kitsch can. Patschuli und Cannabis gingen eine innige Verbindung ein. Wir auch. Saßen eng zusammengekuschelt vor Kristins Zelt. Wohlig. Irgendwann wurde mir bewusst, dass ihre Hand auf meinem Oberschenkel lag und dass sich das scheißgut anfühlte. The Chemical Brothers spielten immer noch. Die Chemie ging mit uns durch. Irgendwann lagen wir im Zelt, vor dem wir eben noch gesessen und geraucht hatten, aber wirklich bewusst wurde mir erst, dass Kristin mit wippenden Brüsten auf mir ritt, als hinter ihrem Gesicht im Zelteingang Matthias' weit aufgerissene Augen auftauchten. Kristin musste meinen Schreckmoment wahrgenommen haben, sie stoppte abrupt, ihr Kopf fuhr herum. »Ach du Scheiße!«, keuchte sie.

Ich hatte nie vorher darüber nachgedacht. Und wollte

es danach nicht mehr wissen. Aber in diesem Moment zuckte mir der Gedanke durch das Hirn, dass sie genau das, was sie mit mir da gerade trieb, mit Matthias auch schon gemacht hatte. Und dass das vermutlich gar nicht so lange her war.

Kristin war von mir heruntergeglitten und griff nach ihren Klamotten. Wortlos. Matthias hatte sich längst verdünnisiert, als wir in Richtung Bühne bummelten. Kurz darauf war Kristin verschwunden. Ich suchte weder nach ihr noch nach ihm. Als ich weit nach Mitternacht in unser Zelt kroch, lag er schnarchend in der Ecke. Anderntags war er aufgestanden, ehe ich die Augen aufkriegte.

Über zehn Jahre später habe ich daran mitgearbeitet, dass das »Parookaville«-Festival am Weezer Flughafen entstehen konnte. Eine vollkommen andere Kiste. Keine Livebands, sondern elektronische Musik. Zuletzt fast viermal so viele Besucher. Eltern, Kinder, junge Leute. Ein komplett anderes Publikum. Eine saubere Veranstaltung. Völlig drogenfrei. Ein bisschen wie Disneyland Paris mit einem Schuss Woodstock. Mädchen mit Blumenkränzen, barfuß, man posiert, fotografiert, tanzt, ist gut drauf. Ein Riesending. Eins der größten in Europa. Man kann da sogar heiraten. Ein super durchdachtes Konzept, tolles Marketing, alles zielgruppengenau zugeschnitten und kalkuliert. Ich war weit herumgekommen in der Zwischenzeit. Hatte mit großartigen Veranstaltern und Künstlern zusammengearbeitet. Wusste, was ging und nicht ging.

Herzblut geht anders. Nie wieder hatte ich ein Festival so erlebt, so geliebt, so ge*lebt* wie das »Bizarre«.

Als Matthias mir im Juli schrieb – klar, meine berufliche

E-Mail-Adresse war öffentlich –, ärgerte ich mich, dass die Mail nicht im Spam gelandet war. Ein völlig absurder Gedanke. Als wenn ich sie nicht genauso gut selbst in den Spam-Ordner hätte verschieben können. Aber das fühlte sich falsch an. Noch falscher als diese Nachricht:

»Hallo, Rolf,

ich habe dein Profil zufällig bei Monster.com gefunden und dachte, ich schreib dich mal an. Im August wollte ich wieder meine Eltern besuchen. Vielleicht sieht man sich ja?

Gruß

Matthias«

Ich googelte. Fand wenig Erhellendes. Offensichtlich hatte er nie studiert, sondern musste etwas mit Kfz machen. Und Militär: Er schien bei den British Forces Germany, früher British Army of the Rhine, beschäftigt zu sein. Bei den Ayrshire Barracks South in Mönchengladbach. Oder war es jedenfalls gewesen.

Es steigerte meine Lust, ihm zu antworten, nicht gerade. Ich versuchte, was er für mich einmal gewesen war, mit einem Automechaniker in britischer Uniform zusammenzubringen. Trugen deutsche Hilfskräfte bei den Engländern überhaupt Uniform? Egal. Nichts passte. Schon gar keine Uniform.

Ich antwortete so halbherzig, wie er mich angeschrieben hatte:

»Hallo, Matthias,

kannst es gern versuchen. Wenn ich nicht gerade unterwegs bin. Meine Nummer steht in der Signatur.

LG

Rolf«

Ende August rief er an. Während der letzten Abbauarbeiten von »Parookaville«. Wir machten etwas für den nächsten Vormittag aus. Auf dem Friedhof.

Ich erkannte ihn von Weitem. Weniger weil irgendetwas an seiner Statur, Frisur oder Kleidung an ihn erinnerte. Sondern weil er genau da stand, wo wir verabredet waren. Kristins Grab wirkte gepflegt. Ein noch recht ansehnlicher Strauß weißer Rosen steckte in der Vase vor der Stele mit dem schmachtenden Engel und ihrem Namen. Jemand hatte eine prächtige rote Rose dazwischengesteckt. Vermutlich er.

»Hallo«, sagte ich.

Er sah sich um. Tat überrascht. Als ob er mich nicht längst bemerkt hätte. »Hey, Rolf. Hast dich gar nicht verändert.«

›Du aber‹, wollte ich sagen. Ließ es. Dass er dick geworden war, die Haare sich zurückgezogen hatten, durfte ihm nichts Neues sein. Die verkniffenen Mundwinkel mochten ihm weniger bewusst sein.

»Du auch«, gab ich zurück.

Ich stellte ein Töpfchen Sommerastern neben die Vase ab.

»Ihre Farbe«, stellte er fest.

Wie konnte jemand, der so fremd wirkte, so etwas Persönliches über Kristin sagen?

»Hm.«

»Bist du öfter hier?«

»Selten«, log ich.

»Ich besuche sie immer, wenn ich bei meinen Eltern bin.« Er suchte meinen Blick. »Wie steckst du das weg?«

Sollte ich antworten: ›Gar nicht‹?

»Es ist ja nicht zu ändern«, sagte ich.

»Nein. Aber man fühlt sich doch schuldig, oder?« Sein Blick hatte etwas Lauerndes.

»Ja, natürlich«, stimmte ich zu.

Natürlich quälte es mich in meinen Albträumen. Immer wieder sah ich Kristin vor mir, die vollkommen bekifft – das hatte die Autopsie bestätigt – über den Zaun kletterte und in den Löschteich fiel. Immer kam ich zu spät, um sie zu retten. Weil eine eigenartige Lähmung meine Glieder erfasst hatte, sodass ich unfähig war, den Maschendraht, hinter dem ich sie bäuchlings auf dem Wasser treiben sah, zu überwinden. Warum hatte ich nicht nach ihr gesucht an dem Abend? Nachdem wir unmittelbar davor gevögelt hatten. War es überhaupt ein Unfall gewesen? Ein Suizid? Als das mit uns passiert war und Matthias uns überrascht hatte – sie hatte so erschrocken reagiert! Warum »Ach du Scheiße«? Was war zwischen ihr und Matthias gewesen?

»Hatte sie dir gesagt, dass sie schwanger war?«, fragte er.

Ich ließ es erst einmal auf mich wirken. Im ersten Augenblick hatte ich den Sachverhalt auf unsere Eskapade im Zelt bezogen. Aber schon in der nächsten Sekunde war mir klar, dass das vollkommen absurd war.

Im Baum über uns zwitscherte ein Vogel. Ich sah hoch und entdeckte ein Rotkehlchen. »Von wem?«

Ein kurzes, trockenes Lachen. »Ich dachte, das könntest *du* mir sagen.«

Wieder war da ein Bauchgefühl. Dasselbe, das mir in jener Nacht gesagt hatte, dass er und Kristin etwas miteinander gehabt hatten. Sie musste ihm mitgeteilt haben, dass sie schwanger war. Von ihm. Warum sonst sollte sie es ihm gesagt haben? Aber offensichtlich hatte sie über Familiengründung noch nicht nachdenken wollen. Zumindest nicht mit ihm. Stattdessen war sie mit mir in die Kiste gestiegen. Und jetzt wollte er wissen, ob wir vorher schon etwas miteinander gehabt hatten. Sodass sie möglicherweise von mir statt von ihm geschwängert worden war. – Oh Gott, Rolf, jetzt drehst du komplett durch, dachte ich. Da war nichts gewesen als ein erschrockener Blick, ein dahingeworfenes »Ach du Scheiße!« und jetzt eine merkwürdige Frage und das trockene Lachen, das in meinen Ohren falsch klang. Aus diesen Indizien baute ich mir gerade ein Melodram zusammen, das mit der Realität vermutlich so viel zu tun hatte wie eine Harrier mit einer Libelle.

»Mir hat sie nichts gesagt«, erwiderte ich schließlich. Und ließ damit offen, ob ich die Schwangerschaft oder den Vater des Kindes meinte.

Matthias hatte Kristin am Morgen gefunden. Natürlich waren wir alle vernommen worden. Die Polizei hatte akribisch versucht nachzuvollziehen, wer in dieser Nacht wann wo gewesen war. Was sich aus vielerlei Gründen nicht so leicht feststellen ließ. Es war viel zu dunkel, niemand hatte auf die Uhr geguckt, und fast alle standen unter Alkohol- und/oder Drogeneinfluss. Sowohl Matthias als auch ich hatten irgendwann in dem Zeitraum zwischen dem Moment, wo wir uns von dem Zelt entfernt hatten, bis wir dorthin zurückgekehrt waren, Kollegen getroffen, die bezeugen konnten, dass wir nicht mit ihr zusammen gewesen waren. Kristin hatte niemand gesehen. Entscheidend war letzten Endes, dass ihr Körper keinerlei Spuren von Gewalteinwirkung aufgewiesen hatte, dafür umso mehr THC. Und Wasser in den Lungen. Und mein Sperma, logisch. Von einer Schwangerschaft hatte ich nichts zu hören bekommen. Warum hätte man mir das auch mitteilen sollen? Ich hatte angegeben, was Sache war: dass wir seit Urzeiten befreundet gewesen waren und bis zu dem Abend nie Sex miteinander gehabt hatten. Dass es im Rauschzustand, aber vollkommen einvernehmlich passiert war. Kein Befund, der dem widersprochen hätte. Die einzige Erklärung: Sie hatte schwimmen gehen wollen und war in ihrem zugedröhnten Zustand ersoffen.

All die Jahre hatte ich alle möglichen und unmöglichen Optionen im Kopf durchgespielt, was in jeder Nacht passiert sein mochte. Wer oder was sie umgebracht hatte. Keine davon war tröstlich. Und keine brachte Klarheit ins Dunkel. Dass Matthias jetzt mit ihrer Schwangerschaft um die Ecke kam, wirbelte alles wieder auf. In meinem Kopf drehte es sich. Gleichzeitig wusste ich, dass jedes weitere Nachdenken nicht zielführend sein konnte.

»Gehen wir noch einen Kaffee trinken?«, fragte ich. »Du musst mir erzählen, was du in der Zwischenzeit gemacht hast.«

Wir setzten uns ins Friedhofscafé, tranken eine bittere schwarze Brühe, die auch mit fetter Büchsenmilch nicht genießbar wurde, und stocherten in staubtrockenem Streuselkuchen.

Es gab nicht viel zu erzählen. Matthias hatte tatsächlich nach dem Bund eine Kfz-Mechanikerlehre gemacht und bei den britischen Streitkräften angeheuert. Keine Frau, keine Kinder. Nun ja. Für mich galt im Prinzip dasselbe – bis auf die Lehre als Veranstaltungstechniker.

Matthias kam nicht mehr auf Kristins Schwangerschaft zurück, und ich wollte es auch nicht genauer wissen.

Als wir uns verabschiedeten, fragte er, ob wir uns das nächste Mal nicht bei ihm in Mönchengladbach treffen wollten.

»Klar«, sagte ich. Und winkte ihm nach, als er ins Auto stieg und davonfuhr.

Zwei-, dreimal erkundigte er sich in den folgenden Monaten, ob es mich nicht einmal nach Mönchengladbach verschlage. Ich vertröstete ihn jedes Mal: Ja, klar, immer mal, aber oft *on the fly*, ich würde mich melden, wenn es passte.

Im Januar ergab es sich, dass ich zu Vorplanungen des IMM eingeladen wurde und zwei Tage dort verbringen wollte. Der Internationale Mönchengladbacher Militärwettkampf ist bei allem Pazifismus eine zu bedeutende Veranstaltung für meine Branche, als dass man sie ignorieren könnte. Mit weit mehr als 55.000 Teilnehmern und einem Publikum aus 20 Nationen dient sie zudem der Völkerverständigung – ähnlich der Olympiade. Insbesondere ist es *das* niederrheinische Nachbarschaftsfest mit den seit Kriegsende hier stationierten Soldaten und deren Familien, in erster Linie Engländern. Neben Soldaten treten Polizisten, Feuerwehrleute, Mitarbeiter des Technischen Hilfswerks, des Roten Kreuz sowie der Johanniter-Unfall-Hilfe gegeneinander an. Die Höhepunkte der ganzen Sache sind die Vielseitigkeits- und Sportwettkämpfe bis hin zu Sachkundeübungen und das NATO-Musikfest an Orten wie dem Mönchengladbacher Flugplatz, vor allem aber rund um den Borussia-Park. Der wiederum bis in die 90er von der britischen Rheinarmee genutzt worden war.

Ich kontaktierte Matthias am ersten Abend per Whatsapp. Er antwortete sofort und lud mich auf einen Absacker ein. Treffpunkt vor der Disko »Lovers Lane« – obwohl der Name eher nach einem Puff klang. Immerhin war der Schuppen gleich um die Ecke. Also machte ich mich auf. Er stand neben einem vor dem Lokal abgestellten Ferrari. Klar, als Kfz-Mechaniker … Als ich ihn erreichte, raunte er mir zu: »Günters Karre!«, und winkte mich an den Türstehern vorbei ins Innere. Am Tresen verstand ich, um wen es ging: Das Lokal schien zum Imperium des »King vom Bökelberg« zu gehören. Wände voller Devotionalien und Fotos des deutschen Nationalspielers, Stars im Mittelfeld, erzählten vom Leben Günter Netzers, der nie seinen Ursprung bei Borussia Mönchengladbach vergessen hatte und gelegentlich hier verkehrte. Obwohl Matthias sich suchend umguckte, schien er jetzt nicht anwesend zu sein oder musste sich irgendwo in einem Hinterzimmer verkrochen haben. Der Kneipenlärm kam uns beiden entgegen. In Sachen Wortkargheit waren wir uns immer ähnlich gewesen. Als er mich fragte, ob ich am nächsten Spätnachmittag Zeit hätte, zögerte ich einen Tick zu lange. Wie anders war es zu verstehen, als dass ich nach einer Ausrede suchte, die mir so schnell nicht einfiel? Ich verfluchte mal wieder meine reflexhafte Ehrlichkeit und nickte.

Er hatte einen Spaziergang am Nordkanal vorgeschlagen, einem nie fertiggestellten Projekt Napoleons, der eine Verbindung zwischen Rhein, Maas und Antwerpen schaffen wollte. An dem vollendeten Teilstück von Neuss bis Neersen führt heute ein von Bäumen und Büschen gesäumter Spazier- und Radweg, die Fietsallee, entlang, der an diesem frostigen Tag unter der Woche allerdings kaum frequentiert war. Zu meiner Überraschung schlug er einen Weg in die Büsche ein, direkt zum Wasser, das von einer dicken Eisschicht überzogen war. »Viel schöner zum Spazieren«, sagte er und grinste. Nahm einige Schritte Anlauf und schlidderte eine Strecke geradeaus. Unmittelbar fühlte ich mich in unsere Jugendjahre versetzt und machte es ihm nach. Trotz des nicht ganz kleinen Rucksacks auf seinem Rücken konnte Matthias seinen Vorsprung von einigen Metern gut halten. Wenn ich versuchte zu rennen, kam ich gleich ins Rutschen und verlor das Gleichgewicht. Man musste höllisch aufpassen, und ich merkte, dass meine Kondition gelitten hatte. Als Matthias endlich anhielt, hatten wir eine Stelle erreicht, die rechts und links vollständig von hohem Buschwerk flankiert war. Es dämmerte bereits, sodass ich seine Gesichtszüge nicht mehr klar erkennen konnte.

»Pause?«, fragte er und setzte den Rucksack ab.

»Gern«, keuchte ich.

Er beugte sich vor, öffnete den Reißverschluss und beförderte eine große Plastiktüte zutage, aus der er eine Axt zog.

Ich erschrak und sah mich unwillkürlich um. Die Uferböschung war ein undurchdringlicher Dschungel an Wurzelwerk, Dorngestrüpp und Gehölz. Hinter mir eine Eisbahn, die zwar frei war, aber die zurückliegende Strecke hatte mir gezeigt, dass er sie besser bewältigen konnte. Selbst wenn er dabei eine Axt schwang, standen meine Chancen wohl nicht allzu gut, dass ich ihm entkommen konnte.

Er musste im Aufrichten meine Reaktion registriert haben. Grinste. Behielt mich im Auge und den Stiel des martialischen Werkzeugs in der Rechten, während er die Schneide in der linken Handfläche wog. Dann hockte er sich hin und fixierte das Eis. »Guck«, sagte er und wischte etwas Laub beiseite.

Wieder zögerte ich zu lange, kämpfte mit dem Drang wegzulaufen. Kniete dann doch nieder.

»Lust auf einen Karpfen?«

»Äh, Weihnachten ist vorbei«, sagte ich. Dachte, er wollte mich vereimern.

»Die buddeln sich im Schlamm ein und fallen in Winterstarre. Da lassen sie sich leicht fangen. Du musst sie nur eine Weile in die Badewanne setzen, damit der modrige Geschmack weggeht.«

Ich lachte, auch wenn das natürlich kein Witz war. Fühlte mich auf einmal unfassbar erleichtert. Es war wie eine Heiß-Kalt-Dusche. Der plötzliche Schreck, die nahezu panische Angst, die unvermittelt ein diffuses Gefühl zur Explosion brachte, das, soweit ich mich zurückerinnern konnte, tief in mir geschlummert hatte. Ein Gefühl, das mit Matthias zusammenhing. Und mit Kristin. Ich war wie elektrisiert, ein Gefühl von Hochspannung, das ebenso plötzlich wieder abflachte. Dem ich mit dem Lachen ein Ventil gab.

Matthias hob die Axt und haute eine Kerbe ins Eis, die er Schlag für Schlag vergrößerte, bis Wasser in die Kuhle strömte.

»Hey«, sagte ich. »Pass auf. Nicht dass das Eis unter uns wegbricht.«

»Das ist so dick, da musst du dir schon richtig Mühe geben. Aber rutsch mal. Ich muss das Loch so groß kriegen, dass man mit beiden Armen reinlangen kann. Nicht dass du versehentlich reinrutschst. Wenn du einmal unter Wasser gerätst, verlierst du die Orientierung und findest nicht mehr raus. Erst recht nicht durch den Kälteschock.«

Als die Öffnung groß genug war, beugten wir uns beide darüber und versuchten, etwas zu erspähen. Lag es daran, dass die Dunkelheit rundherum so dicht war und kaum Helligkeit ins Loch fiel, dass ich nur tiefe Schwärze erblickte?

»Ich sehe rein gar nichts«, sagte ich.

Da spürte ich unvermittelt seine Hand im Nacken. »Du siehst nichts?«, zischte er. »Dann musste du näher rangehen!« Er drückte meinen Kopf nach unten. »Guck mal, wie das da aussieht unter Wasser! Wolltest du nicht immer mal wissen, wie Kristin sich gefühlt hat?«

In dem Moment war mir alles klar. »Du hast sie ertränkt!«, keuchte ich.

Versuchte, seinem Griff zu entkommen, wand mich, aber er war über mir, packte mich umso härter, und meine Bemühungen, mich wegzudrehen, führten nur dazu, dass ich aus dem Kniestand in die Bauchlage geriet, meine Jacke verrutschte und nasskalter Schnee-Eis-Matsch unter meinen Pullover drang. »Warum?«, stöhnte ich.

Als er trocken lachte und ausstieß: »Ich dachte, das könntest *du* mir sagen«, wusste ich, dass mein Gefühl mich nicht getrogen hatte. Ich wusste aber auch, dass es vollkommen egal war, was ihn antrieb. Matthias war völlig durchgeknallt. Er hatte Kristin ermordet, war abgehauen und hatte sich jahrelang in seinem Hass verpuppt, bis er wieder aus seinem Loch gekrochen war, um sein Werk zu vollenden. Er würde mich umbringen, wenn es mir nicht gelang zu entkommen. Und ich Idiot hatte die Warnzeichen ignoriert und mich ihm komplett ausgeliefert. Seine zweite Hand drückte auf meinen Hinterkopf, eiskaltes Wasser platschte mir ins Gesicht, stieg mir in die Nase. Ein paarmal noch konnte ich mich wegdrehen. Aber dann war da nur noch Wasser, Kälte und Dunkelheit. Es durchzuckte mich wie ein Blitz, und mein letzter Gedanke war: Das war's.

Wie lange ich krampfend auf dem Eis gelegen haben musste, ließ sich im Nachhinein nicht feststellen. Ein Jogger, der am Kanal entlanglief, hatte vom Wasser her merkwürdige Geräusche gehört, Platschen und lautes Stöhnen, wie er zu Protokoll gab. Er suchte einen Abstieg und entdeckte mich, auf dem Eis direkt neben dem Loch, mitten in einem Grand-mal-Anfall. Ein Grand mal ist gewissermaßen ein Totalausfall, bei dem das menschliche Gehirn von unkontrollierten elektrischen Entladungen durchzuckt wird. Ein Kurzschluss. Etwa ein Viertel der Bevölkerung hat eine Neigung zu Epilepsie, sagten die Ärzte mir. Die Allermeisten erleiden aber nie Anfälle. Gerade Kleinkinder sind sehr gefährdet, wenn die grauen Zellen im Alter von etwa zwei Jahren geradezu explosionsartig wachsen. In der Pubertät, wenn das Gehirn erneut umstrukturiert wird, oder viel später noch durch Kopfverletzungen, unter Einfluss von Drogen, starken visuellen Reizen oder durch Sauerstoffmangel können akute Anfälle ausgelöst werden. Bei mir war wohl der letzte Grund ausschlaggebend – in Kombination mit dem psychischen Ausnahmezustand, in dem ich mich befunden hatte. Der Jogger fand mich ohnmächtig vor, zuckend, mit Schaum vor dem Mund. Er verständigte sofort den Notarzt, der, nachdem man mich versorgt und zum Abtransport vorbereitet hatte, wiederum die Polizei verständigte, als auffiel, dass der Rucksack, der neben mir lag, nicht meiner war. Matthias' Leiche wurde erst am nächsten Tag gefunden. Unter dem Eis. Wie bei Kristin konnte man nur spekulieren. Er wird versucht haben, mich in das Loch zu stoßen. Aber während eines epileptischen Anfalls entfaltet der Körper ungeheure Kräfte, die Muskeln versteifen sich komplett und zucken. Wer einen Menschen während eines Grand mal zu bändigen versucht, hat keine Chance. Sofern er also nicht die Finger von mir lassen konnte, ist die Wahrscheinlichkeit hoch, dass er das Gleichgewicht verlor und in das Loch fiel. Eine andere Erklärung gibt es eigentlich nicht. Außer Suizid. Ja, vielleicht hatte er eingesehen, dass er verloren hatte.

Ich werde es wohl nie erfahren.

IRRARE PARENTALIS EST

Die Tür fiel hinter den Uniformierten zu.

Hanna warf sich aufs Bett und schlug die Hände vors Gesicht. Er trat ans Fenster. Der Polizeiwagen wendete, bog von der Straße Am Schloss Walbeck auf den Neesenweg ein und verschwand.

»Bitte bleib, Markus.« Ihre Stimme war leise, ein Flüstern fast.

Sein Blick ging durch den Raum. Sie hatten die Dreibettzimmer kurzfristig auf zwei Doppelbetten umbuchen können. Seins und Nils' Zimmer war etwas kleiner und zum Innenhof gelegen.

Auf dem Nachttisch lag ein Buch. Auf dem Cover viele Kästchen mit weißen Großbuchstaben darin vor wirrem Hintergrund, weiß auf karmesinrot der Titel »Tintenherz«.

»Ihre Hälfte?«

Hanna schluchzte wieder. Er zog die Schublade auf. Ein Freundschaftsarmbändchen mit einer flachen Holzperle, auf der ›Anna‹ stand. Kaugummi. Ihr Handy. Er nahm es und wischte über den Bildschirm. »Kennst du den Code?«

Keine Reaktion.

Lauter: »Weißt du die PIN, um Paulas Smartphone zu entsperren?«

Sie stützte sich auf, streckte eine Hand aus. Er setzte sich neben sie aufs Bett, hielt es ihr hin, ohne loszulassen.

Sie brauchte zwei Anläufe. Dann öffnete sich die Startansicht. Er tippte darauf herum. Suchte einen Chat. Scrollte ganz auf Anfang.

Ihre Köpfe blieben zusammengesteckt. Der vertraute Geruch. Sie hatte aufgehört zu schluchzen. Wie lange war sie ihm nicht mehr so nahe gewesen? Aber spielte das jetzt eine Rolle?

Und Paula? War es okay, was er hier tat?

Er wollte es wissen. Irgendetwas machen.

*

Paula Pagel

16.03.

Nils? 15:17

Ja. 15:35

Hab das Smartphone eingerichtet,
das Papa mir geschenkt hat. 15:37

Seh ich doch. 15:38

Wir können jetzt immer quatschen,
auch wenn du weg bist. 15:40

Können wir auch so. 15:41

Wir sehen uns ja kaum noch. 15:42

Wie ist es an der neuen Schule? 15:44

Geht so. Bin auf einem Turnier. 15:46

Hier läuft's scheiße. 15:47

Mama hat jemand. 15:48

Krass. Papa ist auch dauernd abends weg. 15:50

Ich hasse den. 15:52

Papa? 15:54

Nee, den Typ. Nico. 15:55

War der etwa bei euch? 15:56

Was fürn Arsch! 15:56

Ja. 15:56

Muss los zum Spiel. Melde mich. 15:57

Bis später. 15:58

Nils Pagel

16.03.

Paula? Noch auf? 21:48

Paula Pagel

17.03.

War schon im Bett. 08:17

Die ist heute zum Spiel gekommen. Zur zweiten Halbzeit. Danach mit zum Italiener. 08:25

Wer? 08:27

Inken heißt sie. Er muss sie im Internet gefunden haben auf so einer Seite. Er hat gesagt, sie wär eine Kollegin. Aber später hat sie erzählt, dass sie was mit

Informatik macht. Nix Krankenhaus, die Bitch. 08:28

Die was? 08:28

Hexe. Schlampe. Egal. 08:29

Und? 08:30

Die soll Papa in Ruhe lassen. Was ist mit diesem Nico? Mobb ihn weg. Finger von Mama! 08:31

Was soll ich denn machen? 08:32

Lass dir was einfallen. Mach ich auch. Versprochen. 08:33

Okay. 08:35

*

»Pfff.« Hanna griff nach dem Smartphone. »Wie sind die denn drauf?«

Markus hielt es fest. Scrollte weiter. »Hier. Da geht's um deinen Lover.«

»Bist du eigentlich sicher, dass das okay ist?«

»Vielleicht finden wir ja irgendeinen Hinweis …«

Wieder steckten sie die Köpfe zusammen.

*

Paula Pagel

29.03.

Ich hab das silberne Abzeichen! 19:16

Echt? Hab ja nicht geglaubt, dass du's schaffst. Meine kleine Schwes-

ter! Wow! Mit acht! Ich hab das erst letzte Herbstferien gemacht. Das mit dem Streckentauchen fand ich krass.

19:19

Wie viele Meter muss man da noch?

19:19

Zehn. 19:20

Echt krass. 19:21

Nico hat gesagt, es wär höchste Zeit.

19:22

Nico? Hä? Was hat der denn da zu sagen? 19:22

Er ist Fitnesscoach oder so. Meint, man müsste dauernd Sport machen. Mama findet das cool. 19:24

Idiot. Also DER. 19:25

Ich glaub ja, Mama hat den auch aus dem Internet. 19:28

Da kommt nur Mist her. Neulich hat Papa eine Kiste Rotwein bestellt. Alles kaputt. Riesensauerei. 19:30

Trotzdem cool, das Abzeichen. 19:32

DU bist cool. Wo wart ihr denn? 19:33

In der Bütt. 19:33

In der Badewanne? 19:34

Das ist ein Spaßbad in Willich. 19:34

Und da hast du also gemacht, was der von dir wollte, dieser Nico. 19:35

Quatsch. Hab ich ja auch gewollt.

19:36

Ich hab ihn geärgert, wie versprochen. Der wollte meine Zeit stoppen, und ich sollte ihm das Handy geben, hat er gesagt. Da hab ich's fallen gelassen. Ich hatte ja so nasse Finger. Peng! Auf die Fliesen. Tausend Splitter. Also das Glas auf dem Display. 19:37

Lol! Wie hat der denn reagiert? 19:38

Der hätte mir am liebsten eine gescheuert, glaub ich. Aber Mama hat so geguckt und ich hab mich tausendmal entschuldigt. 19:40

Und dann hat so eine Frau gesagt: Scherben bringen doch Glück! Und er hat geschimpft: Aber kein Glas! Egal. ICH hatte Glück. Ich hab's geschafft. 19:43

Wäre gern dabei gewesen. Nur den Doofmann muss ich nicht sehen. 19:44

Ich glaub, bei Finns Geburtstag war ich schon mal in der Bütt. Ist da nicht so eine coole Rutsche? 19:45

Echt cool. Und unheimlich. Black Hole heißt die. Schwarzes Loch. Und ein Strudelbecken. Und so Eierkocher-Becken mit Sprudel … 19:48

Mama ruft! Essen ist fertig. Bussi!

19:49

Paula Pagel

06.04.

Warum meldest du dich eigentlich nie? 18:05

Tu ich doch. 19:10

Tust du nicht. 19:15

Jedenfalls nicht von selbst. 19:16

Frag doch, wenn du was wissen willst. 19:17

Tu ich doch. 19:19

Du könntest ja auch mal erzählen. Von dir. Papa. Von der Bitch. 19:21

Ich war doch letztes Wochenende noch bei euch. Da hast du nur mit der Anna gespielt. Und Nico war nicht da. Du willst ja nie zu Papa! Dabei bringt Inken mir jetzt dauernd was mit. 19:22

Was? Was denn? 19:22

Technikscheiß. Was die meint, wo Zehnjährige drauf stehen. Will sich einschleimen, die Schlange. 19:23

Ha! Weißt du, wo wir heute waren? Mit Nico? 19:23

Woher? 19:23

Im Terrazoo. Das war vielleicht geil! 19:23

Wo – nee, was is 'n das? 19:24

In Rheinberg. Da gibt's Schlangen, Krokodile, Schildkröten, Spinnen –

all so ’n Zeug. Hundert verschiedene Arten. 19:27

Warum konnte ich da nicht mit? 19:28

Weil du ein Fußballspiel hattest? Vielleicht will Mama nicht, dass du Papa von Nico erzählst. 19:30

Mit Inken bist du selbst schuld, wenn du nicht kommst. Papa hat gesagt, er zwingt dich nicht. 19:31

Schließlich ist ER ja weggezogen. Nach Kaarst. Wie hört sich das denn an? Garstig. Und die blöde Kuh will ich gar nicht kennen. 19:31

Und Kempen klingt nach Kämpfen. Warum ekelst du diesen Nico nicht raus? 19:33

Mach ich doch. Will ich dir doch die ganze Zeit erzählen. Die haben uns rausgeschmissen da. Der war vielleicht stinkesauer! 19:33

Wo? Was? Was hast du gemacht? 19:34

Da waren so große Schildkröten, die man anfassen und streicheln konnte. Da hat der Doofmann gesagt, ich dürfte nur nicht draufklettern. Also hab ich mich draufgesetzt. Schildkrötenreiten. Die Tierpfleger haben vielleicht mit Nico geschimpft! 19:38

Und Mama? 19:38

Die war auf dem Klo. 19:33

Und die haben euch echt rausgeschmissen? 19:34

Na ja, ich hab behauptet, mein Papa hätte gesagt, ich trau mich nicht. Also Nico. Die haben halt gedacht, der ist mein Papa. Und Nico hat geschrien, ich wär 'ne hinterfotzige … – wie hast du gesagt zu Hexe? 19:37

Bitch. 19:37

Genau. Und Mama war so sauer, die hat gesagt, das wär doch auch klar, dass wenn sie Kinder da ranlassen, dass die das machen, das wären nun mal Kinder, und Nico hat gesagt, ich wär ein verzogenes, verlogenes Balg, und der Aufpasser hat gesagt, wer sich nicht an Regeln hält, fliegt raus – da hat Mama mich am Arm gepackt und wir sind raus. Und Nico hat auf der ganzen Fahrt kein Wort mehr geredet. 19:41

Boah, du bist ja klasse! 19:41

Ich muss Inken dringend mal drankriegen. 19:42

Na los. Du bist dran! 19:43

Zoo ist eine gute Idee. Ich quengel mal … 19:44

Nachti. 19:44

Schlaf gut. 19:45

*

Er hielt inne. »Sag mal: War dir das klar, dass Paula das alles extra macht?«

»Na ja, dass sie Nico nicht leiden konnte, war offensichtlich. Klar hat die sich aufgeführt wie ein verzogenes Balg. Und ich saß dauernd zwischen den Stühlen.«

Er seufzte. »Ich weiß schon, was als Nächstes kommt.«

*

Nils Pagel

14.04.

Sag, ich bin der Größte! 20:01

Hä? 20:05

Ich hab die so was von wütend gemacht! 20:05

Erzähl! 20:05

Ich hab erzählt, dass der neue Freund von Mama so tolle Sachen mit dir macht, Terrazoo und so. Da mussten sie das unbedingt toppen. Wir waren heute im Duisburger Zoo! Du bist echt selbst schuld, wenn du nie kommst! Jetzt sind doch Ferien! 20:06

Pf. Nicht, wenn die blöde Kuh dabei ist. 20:06

Die ist wirklich blöd. Hat mich so was von verarscht. Hat gesagt, wir fahren erst mal wohin, das wär auch in Duisburg, was für echte Männer, und dann hat die so blöd gezwinkert. Und Papa hat sich gefreut und hat gesagt: Du hast eine Schimanski-Führung gebucht? Ich hab gefragt, was das ist, und Papa hat gemeint, da guckt man sich an, wo die Filme gedreht hätten mit einem Fernsehkommissar, der wär so ein richtiger Kerl gewesen. Aber das war es gar nicht. Wir sind zu Tiger and Turtle gefahren, einer Achterbahn im Angerpark. Verarsche pur. Sah so geil aus von Weitem. Als wir näher kamen, hab ich nur gedacht: Wieso fährt da gar keine Bahn? Stattdessen jede Menge Leute. Das is 'ne Art Fake-Achterbahn, die du zu Fuß läufst. Also bis auf den Loop in der Mitte, da ist gesperrt. Bis dahin musst du über hunderttausende Stufen marschieren, rauf und runter, 140 Meter! Ich war echt fertig, lange bevor wir am Zoo ankamen. 20:09

Ha! Typisches Nico-Ding! Könnte von dem kommen. So tun, als wollten sie dir was Besonderes bieten. Und in Wirklichkeit wollen sie es dir nur zeigen.

20:11

Aber du bist doch auch so ein Sportler. Oder müsst ihr beim Fußball nicht rennen? 20:12

Geht so. Ich meine, der Zoo ist schon cool. Die haben da alle möglichen Tiere, die es sonst nirgends gibt. So Affenarten und Schweine – ich hab die Namen vergessen. Wombats hieß eine Sorte, so eine Mischung aus Riesenmeerschwein und keine Ahnung was. Aber das Allerallergrößte da ist das Delfinarium. So krass! 20:14

Boah, gemein! Das will ich auch sehen! 20:15

Die machen da alle zwei oder drei Stunden eine Show, da springen die Delfine auf Kommando in die Luft oder tauchen nach Ringen und jonglieren damit und spritzen die Zuschauer nass und ziehen Boote mit Zuschauern rum, und dann die Nummer mit den Bällen: Die kriegen die zugeworfen und halten die dann zwischen den Flossen und schwimmen eine Runde, ehe sie sie wieder abliefern. Und jetzt kommt's: Die Inken, die stand so neben mir und hatte das Portemonnaie in der Hosentasche hinten. Da hab ich das einfach rausgezogen und geworfen. Einer der Delfine hat es tatsächlich gefangen und damit eine Runde gedreht und es dem Tierpfleger gebracht. Alle Leute haben geklatscht. Nur Inken ist total ausgerastet. 20:18

Du bist ja völlig bekloppt, Nils! 20:19

Hat Inken auch geschrien. Und Papa hat uns schnell da weggezogen und war auch auf 180. Klar war das Portemonnaie klatschnass. Aber das macht dem Geld und den Ausweisen überhaupt nichts. Einmal in den Trockner, und alles war wieder gut. 20:20

Ich muss mir echt was ausdenken. Das ist nicht zu toppen. Menno. 20:20

Na los. Ich bin gespannt. 20:21

Gute Nacht, großer Bruder. 20:22

Größter. 20:22

Nachti, Größter. 20:22

Nacht, Paula. 20:23

Paula Pagel

18.04.

Heute ist er wieder ausgerastet. 18:13

Nico? Cool. Was hast du gemacht? 18:15

Was fallen gelassen. 18:16

Wieder was kaputt gemacht? 18:17

Nö. Viel besser. Vor allem: Er hat überhaupt nicht gecheckt, dass ich es war. 18:17

Nämlich? 18:17

Wir sind heute zu einer Mühle gefahren. Irgendwo bei Kalkar. So eine richtige alte Mühle mit Flügeln. Ich hatte keinen Bock, aber Nico wollte sich da unbedingt was angucken. Da kann man wohl lernen, wie man Bier macht. Und Brot. Das fand Mama ganz interessant. Und weil ich nicht zu Anna konnte, musste ich mit. Aber es hieß, ich könnte, wenn ich mich langweile, auch was spielen, dazu hat mir Nico extra so ein Landwirtschafts-Simulations-Dings aufs Smartphone gezogen. 18:21

Gut, dass ich nur bis Mittwoch geblieben bin. Ich will den gar nicht kennenlernen. 18:22

Übrigens cool, dass du Papa gesagt hast, du kommst in der zweiten Ferienwoche nur, wenn seine Freundin nicht da ist. – Aber erzähl schon! 18:23

Och, da gibt es wirklich nicht viel zu erzählen. Ich hab einfach nur, als er nicht aufgepasst hat, den Autoschlüssel aus seiner Jacke geklaut. Er hatte die da aufgehängt. Und dann hab ich den unters Auto geworfen. Die haben ohne Ende gesucht. Während ich stundenlang gespielt hab. Irgendwann hat er sich schließlich in den Dreck gelegt und ihn gefunden. Und geglaubt, er hätte den selbst aus Versehen fallen gelassen. 18:27

Du bist die Beste. – Mehr davon! 18:28

Ich geb' mir Mühe. 18:29

Ich auch. Versprochen. 18:30

Nils Pagel

27.04.

Cool, dass du gekommen bist. Irgendwie vermisse ich dich ja schon, kleine Schwester. 19:04

Ach komm, das sagst du nur, um mich zu ärgern. 19:05

Nee. Und vor allem vermiss ich Mama. 19:06

Und Kempen. 19:07

Ich vermiss uns alle. Die sind bescheuert, die Erwachsenen. Wir sollen immer keinen Scheiß machen und lieb sein. Und die zanken sich und gehen auseinander. 19:10

Am Wochenende hast du jedenfalls nix verpasst. 19:11

Doch. Inken. 19:12

Sag ich ja. 19:13

Immerhin hab ich sie wieder geärgert. Und hatte Spaß. Also Papa und ich. Wir waren im Traktorenmuseum. Ein Museum ist das eigentlich nicht richtig. Halt Hallen voller Traktoren. Hunderte. Aber das Schärfste war auf dem Hinweg. Also das Museum war wieder Inkens Idee gewesen. Und die war auch gar nicht so schlecht. Also die Idee. Das Museum heißt Pauenhof und ist in Sonsbeck. Das hat Inken dann auch eingegeben in ihr Navi. Und rate mal, wo wir gelandet sind? 19:16

Woher soll ich das denn wissen? 19:17

Auf einem anderen Pauenhof in Sonsbeck. Da ist so ein Meditationszentrum. Als die Inken das gecheckt hat, war sie so richtig tiefenentspannt. 19:18

Hä? Wieso? 19:19

Dummi. Sie war natürlich sauer. Das kann die gar nicht haben, wenn sie einen Fehler macht. Aber sie hat es dann gefunden, und ich fand's erst mal langweilig, wie gesagt, lauter Hallen voller Traktoren. Große, kleine, rote, blaue, grüne – und andere Maschinen, die man auf einem Bauernhof halt braucht. Bis auf eins – glaubste! Ich durfte Traktor fahren! Erst ist der Mann vom Museum mit Papa und mir gefahren. Dann durfte Papa lenken und dann ich. Und dann hat der Mann gesagt: Das machst du ganz super, und ist abgestiegen und Inken durfte aufsteigen. Und da bin ich Slalom gefahren, sodass sie fast runtergekippt wäre. Zumindest hat sie ihre Sonnenbrille verloren, die hatte sie sich in die Haare gesteckt. Da hab ich gewendet und bin über die Brille gefahren. Ganz aus Versehen, klar. Sie war so sauer, dass sie danach nicht mehr fahren wollte. 19:25

Selbst Schuld. 19:26

Nächstes Wochenende soll sie bleiben, wo der Pfeffer wächst. Sonst komme ich nicht. Sag das Papa. 19:27

Mach ich. Und du sag Mama, dass ich am Muttertag nicht komme, wenn sie da was mit Nico machen will. 19:29

Paula Pagel

12.05.

Du hast nix verpasst. Ich meine, blöd, dass du nicht dabei warst. Aber Mama hat gesagt, sie lässt sich nicht erpressen. Schon gar nicht am Muttertag.

17:40

Die checkt es echt nicht, die Doofe! 17:42

Ich glaub, die war schon traurig. 17:44

Sie sagt, wenn Papa eine Freundin hat, dann kann sie doch auch jemand haben. 17:47

Der checkt es ja genauso wenig. 17:48

Wir waren im Wunderland. In Kalkar. Das sollte eigentlich ein Atomkraftwerk werden. Und jetzt kann man da alles machen. Achterbahn und Wildwasserbahn und Riesenrad und Autoscooter und Boote und Bällebad und Hüpfkissen und jede Menge Karussells … 17:52

Lalala, ich hör dich nicht! 17:53

Hä? 17:53

Ich halt mir die Ohren zu! Ich will dich nicht hören! 17:54

Und du sagst, ich hab nix verpasst??? 17:55

Na ja, wir hatten so eine All-inclusive-Karte. Wo du dir den ganzen Tag den Bauch vollhauen kannst mit Cola und Pommes … 17:57

Lalala, ich hör dich nicht! 17:58

Jetzt hör mir doch mal zu! 17:59

Mir war jedenfalls vor lauter Pommes und der Achterbahn so schlecht, dass wir danach gehen mussten. Und dann

hab ich Nico auf dem Heimweg das
ganze Auto vollgekotzt. 18:04

Okay, der Teil gefällt mir. 18:05

Dass ich gekotzt hab? Das gefällt dir?
Was bist du denn für ein Arsch! 18:06

Quatsch, das mit Nico. Aber wie kann man denn von so was kotzen? 18:08

Bist du sicher, dass das nicht von den Atomstrahlen kommt? 18:09

Das Atomkraftwerk war nie in Betrieb,
du Doofi. 18:10

Selber. Kannst mich mal. 18:11

Nils Pagel

19.05.

Tut mir leid wegen letzter Woche,
Paula. 19:46

Tut mir leheid! 20:01

Halloo! Jemand da? 20:08

Menno. Mama hat mich nach dem Abendbrot noch abgefragt. Wir schreiben morgen eine Arbeit. 20:12

Willst du nicht wissen, wo wir heute waren? Inken hat sich wieder mächtig Mühe gegeben, so Männersachen mit uns zu machen. Und ich hab mir ein Beispiel an dir genommen. 20:14

Was denn? 20:15

Scheiß machen. Kannst du doch gut.

20:16

Ach nee. Du gar nicht. 20:17

Ich geb mir Mühe. Es ging wieder um Maschinen. Mit Tagebau fing es an. Wir sind da am Garzweiler-II-Dings vorbeigefahren. Da haben die alles ausgebaggert für Kohle. 20:19

ALLE Menschen arbeiten für Kohle.

20:20

Nee, RICHTIGE Kohle. Also für den Grill oder so. Die haben die da aus dem Boden geholt. Mit riesigen Baggern. 20:22

Welcher Idiot verbuddelt denn Kohle? 20:23

Hä? – Oh Mann, wie doof bist du denn? Kohle wächst in der Erde. Millionen Jahre lang. Die liegt da einfach, und man kann sie rausholen. Sie wollte mir halt die Bagger zeigen. Weil die so riesig sind. Aber was interessieren mich Bagger? Ganz egal, wie groß die sind. Aber die sind da eh bald fertig mit Ausbaggern, und dann lassen die da Wasser reinlaufen, und das wird ein riesiger See zum Schwimmen und Bootfahren. Von da aus sind wir jedenfalls zu einem Aussichtspunkt gefahren, wo man so eine ganze Halde von oben angucken konnte. Also das, wo die gebaggert haben. Die Millicher Halde. Da gab es eine Treppe mit 400 Stufen. An so was hat die echt Spaß, dass ich Treppen hochrennen muss. 20:27

Ich hasse Treppensteigen. Das hast du dir von mir nicht abgeguckt. 20:28

Mein' ich doch auch gar nicht. Wir sind von da aus halt weitergefahren. Zur Selfkantbahn. Das ist so eine richtige alte Dampflok mit Waggons. Mit der sind wir mitgefahren. Und da hab ich dann an dich gedacht, an die Sache mit der Schildkröte. 20:30

Was hat denn eine Dampflok mit einer Schildkröte zu tun? 20:31

Gar nix. Aber man kann oben draufklettern. 20:32

Nee, oder? Du bist auf das Dach von der Lokomotive geklettert? 20:33

Nee, hinten, von dem Waggon. Da, wo man einsteigt, ist so ein Geländer, da bin ich halt draufgeklettert während der Fahrt. Also ich hab es gar nicht bis aufs Dach geschafft, da hat der Schaffner mich schon erwischt. Inken und Papa hatten es noch gar nicht mitgekriegt. Das war so irrsinnig laut. 20:36

Bist du bekloppt? 20:37

Die Bahn fuhr ganz langsam. 20:38

Du bist bekloppt. Total bekloppt. 20:39

Na, jedenfalls haben sie uns rausgeschmissen. Das fand ich dann schon okay. 20:41

Also wir waren gerade erst losgefahren. Die haben uns dann zu Fuß zurückgeschickt. Papa hat nicht viel gesagt. Dem war das peinlich. Wegen den Leuten, aber vor allem wegen Inken. Die hat den ganzen Heimweg rumgemotzt. 20:44

Ich muss Schluss machen! Mama kommt! 20:44

*

Ein Telefon klingelte.

Markus überließ Hanna Paulas Smartphone, zog seins aus der Brusttasche und guckte auf das Display: »Die Polizei.«

Er nahm ab und schaltete den Lautsprecher ein.

»Herr Pagel?«

»Ja.«

»Wir haben an einem Feldweg etwas gefunden. Kann es sein, dass Ihre Tochter ein Taschentuch bei sich trug?«

»Wie soll ich das denn wissen?«

Hanna griff nach dem Gerät. »Ja! Sie hat immer eins in der Hosentasche!«

»Können Sie es beschreiben?«

»Es ist weiß mit blauem Sticksaum und hat ihre Initialen darauf.«

»Die gute Nachricht: Es sieht zumindest nicht danach aus, dass sie ertrunken ist. Sie wird es unterwegs verloren haben.«

»Wo ist es? Also, wo haben Sie es gefunden?«

»Nicht weit vom Unglücksort.«

»Können Sie uns die genaue Stelle nennen? Wir kommen sofort mit dem Auto!«

»Das ist wenig sinnvoll. Wir fahren die Strecke ab. Zunächst einmal ist die Wahrscheinlichkeit ja hoch, dass Paula, vermutlich beide Kinder, an Land gelangt sind und den Weg genommen haben. Dann liegen zwei Möglichkeiten nahe: Entweder sind sie auf dem Weg zu Ihnen. Oder sie haben sich verirrt.«

»Aber wie viele Stunden ist das her!«, rief Hanna. »Sie müssten längst irgendwo angekommen sein!«

»Jedenfalls ist es nicht zielführend, wenn Sie jetzt in der Gegend herumfahren. Atmen Sie erst einmal durch. Es gibt eine Spur, ein Lebenszeichen. Wir melden uns, sobald wir mehr wissen.«

»Okay.« Markus legte auf und das Telefon ab. »Dass sie ertrunken sind, ist tatsächlich unwahrscheinlich. Schwimmen können alle beide gut. Dass so ein Kajak umkippt, ist noch kein Grund zu ertrinken, schon gar nicht beide und schon gar nicht in der Niers. Viel wahrscheinlicher ist doch, dass sie anlegen wollten und das Boot sich beim Aussteigen umgedreht hat. Vermutlich haben sie es nicht geschafft, wieder einzusteigen. Das ist ja auch gar nicht so einfach. Das Kajak an Land zu ziehen, erst recht. Es ist halt umgekippt und abgetrieben. Während wir schon eine ganze Strecke weiter gepaddelt waren.«

»Aber kannst du mir mal sagen, warum sie nicht am Ufer gewartet haben? Sie wussten doch, dass wir früher oder später umkehren würden, um nach ihnen zu suchen.«

»Na ja, sie sind offensichtlich abgehauen. Vielleicht eine spontane Idee. Vielleicht geplant. Nach dem, was wir hier so lesen, haben die es faustdick hinter den Ohren.«

»Nach dem, was wir hier so lesen, lag ihnen daran, Nico und Inken zu vergraulen. Das ist ja gelungen – mit oder ohne ihr Zutun. Warum sollten sie jetzt abhauen?«

»Im Moment können wir nicht viel machen, oder? Lass uns weiterlesen.«

*

Paula Pagel

26.05.

Morgen, Nils! Wir machen heute einen Ausflug! Mama will vorher nur noch schnell zur Europawahl. In der Zeit gucke ich mir mal an, was sie für das Picknick zusammengesucht hat. Bevor Nico uns abholen kommt. Wollte schnell noch eine Überraschung vorbereiten! 08:20

Wo fahrt ihr denn hin? 08:23

Irgendwo an die Grenze nach Holland. 08:24

Und was gibt es für eine Überraschung? 08:25

Erzähl ich nachher. Was macht ihr? 08:26

Wir gehen in Brüggen in den Natur- und Tierpark. – Viel Spaß! Und immer schön ärgern! 08:27

Mach ich! 08:27

Hey, Nils! Weißt du, was eine Draisine ist? 19:21

Nö, aber ich kann googlen. Ein Laufrad. 19:26

Schlimmer. Ein Fahrrad, mit dem du auf Schienen fahren kannst. 20 Kilometer haben wir damit geschafft. Von Kranenburg nach Kleve und zurück. 19:28

Und Nico ist drauf reingefallen! 19:29

Mama leider auch. 19:30

Worauf? 19:30

Ich hab Salz in die Zuckerdose getan. Und Vanillepudding in das Mayonnaise-Glas. 19:32

Und? Hat er gekotzt? 19:33

Nee. Nur alles ausgespuckt. 19:33

Und geschimpft. 19:34

Aber ich. 19:34

Was du? 19:35

Ich hab gekotzt. Hab mir mal wieder ein Beispiel an dir genommen, kleine Schwester. 19:37

Leider stand Inken weit weg. Bis zum Auto hab ich's gar nicht erst geschafft. Wär auch doof gewesen. War Papas Auto. 19:38

Hä? Und wieso hast du gekotzt? 19:39

In dem Park ist so eine Sommerrodelbahn. Eigentlich ganz cool und gar nicht so schlimm, höchstens hundert Meter. Nach der dritten Abfahrt ist mir aber irgendwie auf einmal schlecht geworden. Als es wieder halbwegs ging, sind wir halt nach Hause gefahren. 19:42

Doofes Ferienende. 19:42

Wäre schön, wenn wir im Sommer endlich wieder was zusammen machen könnten. 19:45

Wie meinst du das? 19:45

Wie früher, meine ich. 19:46

Zusammen wegfahren. Oder einfach zusammen sein. Wir halt. 19:48

Also nur wir, meine ich. 19:50

Du und ich? 19:50

Die lassen uns nicht. Wir sind Kinder. 19:51

Und Kinder wissen nicht, was gut für sie ist? 19:53

Und wie man miteinander umgeht? 19:53

Und was sie wollen? 19:54

Die sollen nur sollen? 19:54

Nils. Was redest du? 19:55

Ach, leck mich. Ich könnte einfach nur kotzen. 19:55

Nils! 19:56

Hallo? 20:02

Paula Pagel

31.05.

Ich bin heute abgehauen, Nils! War stundenlang weg! 19:14

Hey, bist du sicher, dass das eine gute Idee war? Wo warst du denn? 19:17

Im Irrland. 19:18

Du meinst schon, irgendwo in Deutschland? 19:19

Bei Kevelaer, eine halbe Stunde mit dem Auto von hier. Nico und Mama hatten frei, weil ja gestern Feiertag war. Und da wollten sie noch mal richtig Familie spielen. Ich glaub ja, dass Mama selbst nicht daran glaubt. Aber sie denkt, wenn alle Spaß haben, dann ist alles gut. 19:25

Und du hattest auch Spaß? 19:25
Ich meine, obwohl du weggelaufen bist? 19:26

Das ist echt unglaublich da. Da musst du mal hin! Nee, besser: wir beide. – Eigentlich war alles nur Zufall. Ich meine, irgendwann hab ich die nicht mehr gesehen, da war ich auf der Kletterpyramide, und als ich auf der anderen Seite runterkam, waren sie halt weg. Erst hab ich sie gesucht und mir dann gedacht, das ist doch blöd, wenn man nur sucht und guckt und wartet, statt was zu machen. Da gibt es so viele coole Sachen. Ich bin dann auf das Riesengebirge gestiegen und hab von da geguckt, na und irgendwann war es mir egal, da bin ich halt weitergegangen und hab alles ausprobiert, was mir Spaß machte. Da gibt es riesige Luftkissen und Heuberge und Schaukeln, du kannst in Mais baden – und überall sind Tiere zum Gucken und Anfassen und Flugzeuge – echt krass. 19:32

Irgendwann hab ich gehört, dass die mich ausgerufen haben. Aber ich hatte einfach keine Lust aufzuhören, ich war da gerade an der riesigen Mattenrutsche. Also hab ich so getan, als höre ich es nicht. 19:34

Paula! Mama hatte doch bestimmt Angst! 19:35

Mama hat Nico, oder? 19:36

Boah, du bist ja hart drauf! 19:37

Du bist doch noch viel schlimmer! Du willst Mama gar nicht sehen, wenn er dabei ist! 19:38

Wieso haben sie dich eigentlich nicht auf dem Handy angerufen? 19:39

Weil ich das nur zu Hause haben darf. Und da auch nur zu festen Zeiten. 19:40

Und wenn du doch mal das ganze Wochenende bleibst? Trau dich doch mal! Vielleicht hat er dann keinen Bock zu kommen! 19:43

Aber nur, wenn du auch zu Papa kommst, egal ob Inken da ist oder nicht. 19:44

Weißt du was? Ich glaube, dann ist Mama traurig. 19:46

Hat sie das gesagt? 19:46

Nein, aber ich weiß, dass sie traurig ist. 19:47

Vielleicht macht Papa ja auch nur so viel mit mir und Inken, damit ich nicht zu euch gehe. 19:51

Ich denk mal drüber nach, okay? 19:54

Au ja, bitte! 19:54

*

»Manchmal weiß ich echt nicht … Entschuldige mich mal gerade.«

Hanna sprang auf und lief zur Toilette. Markus legte das Smartphone beiseite, den Kopf ab und schloss die Augen. Hörte eine Tür, Rauschen, Klappern.

»Willst du etwas trinken?«, fragte sie. Sie hielt in der einen Hand eine Flasche Wasser und in der anderen einen Weißwein.

Er richtete sich auf, griff nach dem Smartphone. »20.30 Uhr. Einer von uns sollte vielleicht noch fahren können.«

Sie zog eine Augenbraue hoch. »Ein*er*?« Stellte das Wasser auf seinem – nein, Paulas Nachttisch ab, den Wein auf der anderen Seite und holte Gläser. »Ich kann's gerade gut gebrauchen. Das ist echt alles ein bisschen viel auf einmal. Findest du nicht?«

»Ja.« Er hätte es nicht genau benennen können. Dieses Gefühl, aus der Zeit gefallen zu sein. Musste sich erinnern: Die Kinder waren weg! Während er den Chat gelesen hatte, waren sie ihm so nah gewesen, er hatte ihre Stimmen gehört, ihr Lachen, ihr Zögern, die Verlegenheit und Wut gespürt. So nah. Obwohl sie Sachen gesagt hatten, die einfach … – ›hinterfotzig‹ hatte Nico es genannt. Ja, das traf es. Aber das war nur *ein* Aspekt.

Inken. Der Gedanke schmerzte, dass die ganze Ablehnung, die er da zu lesen bekommen hatte, ihr furchtbar wehgetan haben musste. Dass es ihm nicht gelungen war, sie davor zu schützen. Das hatte sie nicht verdient. Die Kinder kannten sie nicht, hatten sie nie kennenlernen wollen. Er hatte sie bewundert für ihr Durchhaltevermögen. Ihre Energie. Aber er hatte auch immer versucht, nicht zu genau hinzugucken. *Vielleicht macht Papa ja auch nur so viel mit mir und Inken, damit ich nicht zu euch gehe.* Für einen Moment hatte er Mühe, zurückzuhalten, was ihm in die Augen stieg.

»Paula hat recht«, sagte Hanna. »Ich glaub, ich hab nicht gewollt, dass sie Inken kennenlernt. Ich hab ihr immer gesagt: ›Geh doch zu Papa!‹ Ich wollte doch, dass sie mit dir in Kontakt bleibt. Aber ich hatte Angst, dass sie Inken mag. Nico konnte sie nicht leiden. Das war von Anfang an klar. Nils hat sich da auch null Mühe gegeben. Schon am ersten Abend, als sie sich kennengelernt haben. Er hat dagesessen beim Abendbrot und hat nur darauf gewartet, dass Nico sich blamiert. Das war so deutlich zu spüren! Natürlich war das albern, dass Nico ihn über das Fußballspielen ausgefragt hat. Ich glaube allerdings, er hätte machen können, was er wollte, er hätte sowieso keine Chance gehabt. Aber Nils ausgerechnet zu einem Spiel der Fohlenelf einzuladen …«

»Hat er?«, Markus lachte. »Oje, da ist unser Großer gnadenlos.« Er nahm Paulas Smartphone wieder auf. »Weiterlesen?«

Hanna nicke, stellte das Glas ab und rutschte näher.

Er hielt ihr das Handy hin. »Gibst du den Code ein?«

*

Paula Pagel

02.06.

Hihi! Du warst so klasse! 21:05

Du aber auch. 21:06

Ich bin froh, dass du geblieben bist. 21:07

Ich auch. 21:07

Doppelt schön! Die Blaue Lagune. Du. Und die Fahrradtour erst mal! 21:08

Das Stand-up-Paddeln war aber auch cool. 21:08

Ich sag ja. Mit Nico muss man immer irgendwas mit Sport machen. 21:10

Ich bin bestimmt tausendmal ins Wasser gefallen. Und weißt du noch? Genau da, am Heidesee, hast du mir Schwimmen beigebracht. 21:12

Papa auch. 21:13

Und Mama auch. Komm. 21:13

Ja, klar. Dreamteam. 21:14

Hä? 21:15

Wir sind ein gutes Team. 21:16

Okay. Waren. 21:17

Nein! Sind! – Wir beide! So geil, wie du Nico und Mama an jedem Halt abgelenkt hast, dass ich sein Ventil öffnen konnte. 21:20

Oder ich. Also andersrum. Dreimal haben wir's geschafft. Der dachte am Ende echt, sein Schlauch wär kaputt. 21:22

Weil er dauernd anhalten und pumpen musste. 21:22

Es ist viel leichter, jemanden reinzulegen, wenn man zu zweit ist. 21:23

Bei einem Borussenfan mach ich das am liebsten. Hat Mama dem echt nicht erzählt, dass Papa und ich auf Fortuna stehen? Wie dumm kann man sein! 21:25

Ich glaub, Mama ist Fußball einfach piepegal. 21:26

Sie kommt! Ich muss um halb mein Handy abgeben! Gute Nacht, Großer! 21:27

Sei bloß brav! Die muss mich morgen früh noch zur Schule fahren! Nacht, kleine Schwester. 21:29

Nils Pagel

08.06.

Nachti, kleine Schwester. Na, gefällt es dir bei uns im Gästezimmer? 21:02

Also mein Bett mag ich lieber. Das Bettzeug hier riecht komisch. Und ihr habt keine Jalousien. Ich weiß nicht, ob ich so schlafen kann. Obwohl – ich bin ganz schön müde. 21:04

Coole Burg, ne? 21:05

Burg Linn? – Ja. Und cooler Markt. Flachsmarkt. Ich dachte, die machen da

Flaxen. Ach nee, Faxen. – Faxen haben WIR gemacht, wenn schon. 21:08

Boah, das mit dem Schmieden fand ich ja am geilsten. Der Hammer! 21:10

Ich würde morgen gerne noch mal hin. Die Handwerker sind die ganzen Pfingsttage da, hat Papa gesagt. 21:12

Na ja, die Inken auch. Und die will garantiert nicht noch mal hin. 21:14

Die arme Biene tottreten! Der Imker hat gesagt, Bienen tun einem gar nichts. Nur wenn man ihnen was tut. 21:16

Der Imker war echt nett. Ich hab immer so Angst vor Bienen gehabt. Und Wespen. Ich konnte die gar nicht unterscheiden. Es war so cool, die zu streicheln. 21:19

Dass du die einfach mitgenommen hast. Hätte ich mich nicht getraut. 21:20

Die Holzschuhe sind auch super, die Papa uns beim Klompenmacher gekauft hat. Uns drei. Also dir und mir. Und sich. 21:22

Inken wollte keine zum Glück. Daran bist du schuld. Eine super Idee.

21:24

Obwohl – für die Biene tut es mir leid. Ich wollte nicht, dass die stirbt. Wollte nur Inken ärgern. 21:26

Anna ist das mal passiert. Das ist mir eingefallen, als ich Inken die Schuhe eine Nummer größer bringen sollte. Anna hat damals ihre Pantoffeln angezogen. Die hat vielleicht geschrien! Inken hat nicht ganz so laut gebrüllt. Aber dafür ist sie wie verrückt über das Pflaster auf einem Klompen rumgehüpft und hat sich den anderen Fuß gehalten. 21:30

Komisches Gefühl übrigens. Normalerweise kommt Mama jetzt und nimmt mir das Smartphone ab, damit ich schlafe. Eigentlich bin ich ganz schön müde. 21:33

Weißt du, wenn wir jetzt schon zu dritt sind. Vielleicht können wir ja auch mal wieder zu viert was machen – also ohne Inken oder Nico. Was meinst du? 21:36

Paula? 21:39

Paula! 21:42

Paula Pagel

20.06.

Xanten? Klar bin ich dabei! Kannst du Papa sagen! Und sag ihm: Ich hab was gewonnen! Und ihr müsst mitkommen, du und Papa! 18:42

Was denn gewonnen? 18:44

Karten für ein Musikfestival! Courage! Auf einem Schloss bei Kleve. Ich hatte im Irrland so eine Karte eingeworfen mit meinem Namen, da konnte man das gewinnen! Für vier Personen! Also die kann ich mitbringen! Am 29. Juni. Heute kam die Post! 18:47

Echt? Du und ich und Mama und Papa? 18:47

Wer denn sonst? – Ach ja, willst du wissen, wo wir heute mit Nico waren? 18:48

Na, zu meinem Turnier seid ihr jedenfalls nicht gekommen. 18:50

Na gut, da war ja auch Inken. Das wär dann auch zu viel des Guten gewesen. Des Doofen, meine ich. 18:52

Am Hariksee zum Minigolfen. Und mit dem Schiff sind wir gefahren. Weißt du, wie ich Nico diesmal geärgert hab? Ich hab unterwegs die Sonnencreme aus der Tasche genommen und fallen lassen. Der hat ja auf dem Kopf nicht mehr so viele Haare. Da war der um elf schon rot und mittags hat er Blasen gekriegt und ist den Rest vom Tag mit der nassen Badehose auf dem Kopf rumgelaufen. Das sah vielleicht bescheuert aus!

Ups, Mama ruft. Ich muss zum Abendbrot! 18:56

Nils Pagel

21.06.

Du bist so eine Schauspielerin! Hicks! 18:20

Schbinnischbesoffn … 18:22

Erwachsene gegen Kinder – haushoch verloren! Dabei waren wir besoffen, nicht die. 18:24

Jedenfalls haben die das geglaubt. 18:25

Ich sag ja: super Schauspielerin! 18:26

Beim Wagenrennen und Würfelspiel waren die ja noch ganz gut, Papa und Inken. Aber Tempelbau konnten die so was von gar nicht. 18:29

Und das Pyramidenpuzzle – voll abgekackt! 18:30

Schachwelt-Loser und Getreidequiz-Versager! Jedes Mal hat die Computerstimme bei den Erwachsenen »Errare humanum est« gequäkt. Dabei lernt man die Kornsorten doch schon in der Grundschule! 18:32

Jedenfalls hätten die im alten Rom nicht überlebt. 18:35

Die Tour durch den Xantener Park war jedenfalls obercool. Nur der Führer tat mir am Ende leid. 18:37

Was lässt er den Picknickkorb auch unbeobachtet stehen? Moretum et Mulsum. Gewürzwein und Käse. Wie hieß die Limonade noch? 18:39

Posca. 18:39

E-kel-haft! Essigwasser! 18:40

Da war doch klar, dass wir das nicht getrunken haben, sondern den Wein. Oder zumindest so getan. Die hatten ja zum Glück schon Gullys erfunden, die Römer. 18:42

Und dass Inken mit dem rumdiskutiert hat und den Preis für die Führung zurückhaben wollte … 18:45

Und das Gesicht von Nico, als sie dich bei Mama abgeliefert haben! Dass die das auch nicht gecheckt hat! Schade, dass ich am Sonntag nicht dabei bin wegen dem Trainingscamp. Werd gleich abgeholt, übernachte bei Finn. – Muss los! Tschaui! 18:48

Paula Pagel

23.06.

Hach! Nico musste zwei Stunden nackt bis auf die Unterhose mit dem Fahrrad zurückfahren von Kevelaer. Der hat sich mächtig den Hintern verkühlt. 19:06

Wie hast du das denn hingekriegt? 19:07

Ganz einfach. Der hatte seine Radlerhose auf einen Stein in die Sonne gelegt. Wir haben uns da an dem Picknickplatz getroffen. Er mit dem Rennbike, wir mit dem Auto. Als der ankam, war er schweißnass und musste erst mal was trinken und die Hose trocknen. Und ich hab die dann über den Zaun von dem Gehege gehängt. 19:08

Und da ist die verdampft? 19:09

Eine Ziege hat die gefressen! Die lieben Salz, hat der Bauer von dem Rouenhof gesagt. Der hat Nico eine von seinen Hosen angeboten. Die waren dem aber viel zu eng, und ich glaub, das war ihm peinlich. 19:11

Iiiih! Die hat dem seine Hose gefressen? Das glaub ich doch nich! 19:12

Ich hab auch gedacht, die spielt nur damit. Aber dann war sie weg. Also die Hose. – Die Ziegen sind vielleicht süß! Wir haben Ziegengolfen gemacht.

So eine Art Minigolf auf einer Ziegenweide. Die spielen mit, das macht denen richtig Spaß. Und du darfst sie nicht wegschubsen. Wir haben so gelacht! Selbst Nico in seiner Unterhose … 19:15

Paula? Ich freu mich auf das Festival nächste Woche. So schön, dass du Mama und Papa eingeladen hast. Und mich. 19:17

Ach, Kacke, das hab ich dir noch gar nicht gesagt! Mama kann nicht! Sie muss an dem Wochenende ein Projekt betreuen, der Chef hat gesagt, er kann nicht auf sie verzichten. Jetzt kommt stattdessen Nico mit. Wenn er bis dahin seine Blasenentzündung weg hat. Er hat gesagt, er will bei der Gelegenheit mal mit Papa unter vier Augen reden. Ich weiß nicht richtig, ob das jetzt gut oder schlecht ist. Also doof auf jeden Fall. Ich hatte mich so darauf gefreut, dass wir endlich wieder alle vier … 19:20

Oh nein! Wie gemein! Menno … 19:21

Hey, wir sehen uns. Und bald sind Ferien. Wenn das mit uns vier jetzt nicht klappt, dann vielleicht einfach zu sechst, oder? Mama hat gesagt, sie guckt, ob wir eine Paddeltour machen können. Mit Übernachten in einem Schloss mit Tipidorf und viel Natur. Sie will das mit Inken mal ausprobieren. Sie wollte Papa anrufen, hat sie gesagt. 19:25

Krass. Und komisch. Ich weiß nicht. Das ist doch irgendwie nicht normal, oder? Eine Familie, die keine mehr ist, aber zwei neue Familien, die auch keine sind … 19:28

Vielleicht muss jetzt auch einfach mal gut sein. Die haben sich doch alle jede Menge Mühe gegeben mit uns. Und wir sind immer nur richtig scheiße drauf. Hdl, Großer. 19:30

Verräterin … Puh … Hab dich doch auch lieb. 19:32

Nils Pagel

29.06.

Ich versuch's jetzt mit Chat, bin es leid, so rumzubrüllen. Gut, dass Mama dir das Smartphone zum Fotosmachen erlaubt hat. – Bin nur froh, dass die sich fernhalten. 17:13

Endlich check ich, was du willst! Denk die ganze Zeit: Was winkt der so blöd mit dem Smartphone? 17:18

Klar, viel zu laut hier. Aber HYPERGEIL! Bombenwetter! Bombenbands! Und direkt neben einem Märchenschloss! Gleich kommt Wincent Weiss, danach Selina Mour! Nico hat gesagt, wenn ich die Karten nicht gewonnen hätte ... Die 8.000 Stück waren sofort ausverkauft! 17:18

Äh, wer hält sich fern? 17:18

Inken und Nico. 17:20

Ja, Gott sei Dank. 17:21

Wollte im Auto nix sagen. Ich war so stinkesauer, dass Papa jetzt doch Dienst hat! 17:25

Ach je, hier hätten wir eh nicht viel von Mama und Papa gehabt, viel zu viel los, viel zu laut ... 17:30

Dann können Inken und Nico jetzt mal so richtig ablästern über uns! Die waren schon im Bus nur am Quatschen. Guck mal, wie die die ganze Zeit die Köpfe zusammenstecken! Jetzt legt der sogar schon den Arm um die! 17:35

Wenn wir den Paddelurlaub zusammen machen, dann ist mal gut, okay? Die Erwachsenen vertragen sich – und wir lassen die in Ruhe. Dann haben wir auch endlich mal Ferien! 17:40

Sag ich doch. Die haben's echt nicht leicht mit uns. Und ich find's selbst ganz schön anstrengend. 17:43

Nils! Guck mal da rüber! Unauffällig! Glaubstes! Die heult, die blöde Kuh! 18:10

Boah! Echt! Blöde! Soll sich mal nicht so anstellen. 18:12

Tststs. Jetzt küsst er die sogar! Die Arme! 18:15

Guck doch einfach nicht hin! Da vorne geht's weiter! Jippie! 18:16

Nils? 18:45

Ja? 18:50

Hey, was ist los, Paula? 19:01

Weißt du, wo Nico und Inken sind? 19:03

Ich geh die mal suchen. Die Mucke da ist eh nicht mein Fall. – Aber du bleibst hier! Nicht wie im Irrland! 19:05

Indianerehrenwort. 19:05

Ha! Die sitzen da wie ein verliebtes Ehepaar! 19:19

Echt? Wo? 19:20

Kann man die von hier aus sehen? 19:22

Hinten im Park. Unter einem Baum. 19:23

Du bleibst aber jetzt bei mir, ja? Es wird dunkel … 19:35

Versprich mir das. 19:36

Indianerehrenwort. 19:36

He, wo bist du, Nils? 21:45

Komm! Da ist Inken! Die winkt! Wir müssen los! 21:48

Paula Pagel

05.07.

Nils! Mama hört gar nicht auf zu weinen! Nico hat mit ihr Schluss gemacht! 14:11

Inken auch. Also mit Papa. Hat er mir gerade erzählt, als er mich zum Spiel gefahren hat. 14:14

Ich werd nich mehr! 14:15

Nils. Wegen UNS. 14:17

Quatsch mit Soße! 14:18

Nix Quatsch mit Soße! Mama weint! Wie sie geweint hat, als ihr ausgezogen seid. Und ich bin das schuld! Ich hab den die ganze Zeit nur rausgeekelt. 14:21

Hör auf! Die sind das selbst schuld! Alle! Die haben doch angefangen! Schlimm genug, dass Papa weggezogen ist. Meinst du, ich bin freiwillig mitgegangen? Und dann kommen diese Bitch und dieser Arsch und mischen sich da ein! 14:25

Fang du bloß nicht auch noch damit an! Papa hat das auch schon gesagt – zumindest so ähnlich … 14:28

Stimmt ja auch! Und DU hast gesagt, ich soll den rausmobben! 14:30

Weißt du was? – Fick dich doch! 14:31

*

Er ließ das Smartphone sinken. »Ende Gelände.«

Sie rückte von ihm ab. »Lieber Himmel. Ganz schön harter Tobak das alles.«

Sie rutschte an die Bettkante und goss sich ein Glas Wein ein.

Er räusperte sich. »So ein bisschen verändert es das mit Inken und Nico. Findest du nicht?«, fragte er in ihren Rücken.

»Tut es das?« Sie legte die Beine wieder hoch, lehnte sich an das Kopfteil, nippte, guckte ihn nicht an.

Er zog das eigene Smartphone aus der Brusttasche, sah auf das Display. »Warum rufen die nicht an, verdammt?«

Sie seufzte. »Wenn die Kinder wiederauftauchen, müssen wir jedenfalls dringend mal reden.«

Sein Kopf fuhr herum. »Wer? Worüber?«

»Nicht jetzt. Bitte.« Sie trank einen Schluck. »Über alles. Über dich. Mich. Unsere Ehe. Was schiefgelaufen ist. Über unsere Kinder.«

»Haben wir das nicht geklärt?«

»Ja.« Sie nahm wieder einen Schluck. »Aber nicht mit den Kindern. Wir haben es für uns entschieden.«

»Hätten wir sie etwa fragen sollen?«

»Vielleicht.«

»Okay«, sagte er. »Aber das ist jetzt gerade nicht unser Problem, oder?«

»Vielleicht ist genau das jetzt gerade unser Problem«, sagte sie. »Versprich es.«

»Wenn du meinst ...«

Sie starrte ihn an.

»Ja, okay! Ich versprech's, okay? Indianerehrenwort.«

Sie stutzte. Echote: »Indianerehrenwort ...«

Er sprang auf. »Seit wann liegt das da?«

»Was?«

Er war schon an der Tür, hob einen zusammengefalteten DIN-A4-Bogen auf, klappte ihn auseinander.

Sie stand im selben Moment neben ihm, zupfte an dem Papier, um mitlesen zu können.

»IHREN KINDERN GEHT ES GUT«, stand da in krakeligen Druckbuchstaben, wie auf rauem Untergrund geschrieben. »MORGEN KOMMEN SIE ZURÜCK. BLEIBEN SIE SO LANGE IM HOTEL. KEINE POLIZEI! INDIANEREHRENWORT!«

»Indianerehrenwort!«, schrie Hannah. »Ich wusste es! Das war Nils! Ich wusste es! Komm mit! Ich weiß, wo sie sind!«

Er kam kaum schnell genug in die Flipflops, um ihr zu folgen.

*

Er blinzelte, als die Plane am Eingang angehoben wurde. Von den Lampen vor dem benachbarten Schlosshotel fiel spärliches Licht in das Tipidorf und sickerte in ihr Zelt. Er rüttelte an Paulas Schulter, raunte: »Sie haben uns gefunden!« Da polterte Papa schon ins Innere. Mama hinterher.

Paula schreckte hoch. Schrie: »Mama!« Flog ihr um den Hals.

Papa nahm Nils in die Arme, drückte ihn, und ohne ihn freizugeben, streckte er die Hände nach Paula und Mama aus und umarmte alle auf einmal.

Nils spürte Wasser in den Augen und wunderte sich, dass das Schluchzen, das er hörte, nicht von ihm, sondern von Papa kam. Vor Schreck schluckte er die eigenen Tränen runter. Krächzte: »Tut mir leid!«

»Puh«, sagte Papa. »Mir auch.«

Er ließ sie los, schniefte, fingerte das Smartphone aus der Hemdtasche. Hielt es ihm hin. »Willst du das der Polizei erklären?«

OLDIE NOT MOLDY

Dass Melisse Elisabeth eine Freundschaftsanfrage gestellt hatte, war dieser im Gedächtnis geblieben. Warum, hatte sie sich damals gefragt, kontaktierte ausgerechnet eine Düsseldorferin eine Frau aus einem Dörfchen bei Drölsholz und Hüsgesend, unweit von Kleinenbroich, Korschenbroich und Zoppenbroich? Okay, die Scoutgruppe, »Oldie not moldy: Unternehmungslustige Ü50er vom Niederrhein suchen Gleichgesinnte für Tipps und Touren«, stand für die Schnittmenge zwischen Großstädterin und Landei.

Das Foto mit dem bepackten Hollandrad und Elisabeths Lachen hätten sie angesprochen, schrieb Melisse. Auch sie lächelte auf ihrem Profilbild. Auch sie posierte mit Bike und zünftig gekleidet, kein hipper Schickimicki-Outdoor-Fashion-Style, sondern schlichte Jeans, Regenjacke, grauer Kurzhaarschnitt und solides Schuhwerk.

Erste Eindrücke können täuschen. Dass Melisse geerdet und gerade richtig zwischen gut drauf und zurückhaltend war, zeigte sich aber mit jedem Chat und erst recht mit den Telefonaten, zu denen sie nach kurzer Zeit übergingen. Eine warme Altstimme, die, wenn sie schwierige Themen kommentierte – Elisabeths Scheidung nach der Fehlgeburt, der Tod der Mutter –, teilnahmsvoll klang. Sie selbst hatte beide Eltern verloren und sich, wie sie sagte, freiwillig sterilisieren lassen, nachdem der langjährige Partner ihr erst zusetzte, sie sollte ihre Selbstständigkeit zugunsten der Familienplanung aufgeben, um unmittelbar darauf den Kinderwunsch mit einer anderen zu verwirklichen, bevor das Wort »Trennung« überhaupt gefallen war. 20 Jahre später hatte Melisse die Anteile an ihrem Ingenieurbüro dem Kompagnon verkauft und war seitdem in Sachen Natur und Kultur unterwegs. Wie Elisabeth, die sich hatte abfinden lassen, als der Architekt den Laden aufgab, bei dem sie 30 Jahre als Bauzeichnerin gearbeitet hatte. Die biografischen Parallelen wurden ergänzt um eine Sozialisierung in der katholischen Kirche sowie der Pfadfinderjugend, beides Familientraditionen, beides Vereine, aus denen sie sich vor Jahren verabschiedet hatten.

Sie unternahmen gemeinsame Fahrten. Stellten fest, dass das Fitnesslevel passte, Unternehmungen miteinander mehr Spaß machten, als alleine herumzugurken, und sie nicht nur Interessen teilten, sondern offen für Neues waren.

Trafen sich zu einer Tagestour in Neuss, wohin sie von Liedberg wie von Kaiserswerth eine Stunde hinzockelten und von wo sie gemeinsam die Fietsallee am Nordkanal bis Venlo entlangradelten und nach einer ausgiebigen Pause zurück – und nach Hause.

Zum Auftakt einer mehrtägigen Tour auf den Spuren der Römer am Niederrhein lud Melisse Elisabeth in ihr schnuckeliges Häuschen am Suitbertus-Stiftsplatz nach Kaiserswerth ein. Abends spazierten sie am Rhein und durch die Ruine der Kaiserpfalz, am Alten Zollhaus vorbei, genossen einen Aperitif in der Außengastronomie am Markt und kehrten im 1733 Jahre alten Gebäude des

»Schiffchen« ein, wo Elisabeth von ihrer Gastgeberin zum Essen eingeladen wurde.

Melisse hielt ihr Weinglas hoch. »Auf uns!«, sagte sie, zwinkerte und grüßte mit der in Schulterhöhe erhobenen Rechten, indem sie Daumen und kleinen Finger vor der Handinnenfläche kreuzte.

»Der Starke schützt den Schwachen.« Elisabeth lächelte, stieß ihr Glas vorsichtig gegen Melisses und gab den Pfadfindergruß zurück.

Anderntags starteten sie Richtung Uerdingen, Moers und Rheinberg nach Xanten, wo sie den Archäologischen Park erkundeten und im Zentrum eincheckten, um den lauen Abend in der historischen Altstadt zu verbringen. Als Melisse sich im Gedränge am Marktplatz vor der Barockkirche suchend umblickte, reckte Elisabeth, die ein paar Meter weiter einen Platz unter der Markise einer Pizzeria erobert hatte, die zusammengerollte Stadtkarte in die Höhe.

»Wie die Kaiser-Trajan-Statue im Museum mit ihrem Zepter«, kommentierte Melisse, als sie sich neben ihr niederließ. »Morituri te salutant! Die Todgeweihten lassen grüßen.«

Elisabeth lachte. »Notfalls hätten wir uns per Smartphone gefunden. Im dritten Jahrtausend nach den Römern bleibt niemand auf der Strecke.«

»Hoffentlich«, gab Melisse trocken zurück. »Hält Trajan überhaupt ein Zepter hoch, oder schwingt er nicht eher eine Lanze? Die Römer waren schließlich keine Friedensengel. Das Armhochreißen haben sich die Nazis doch von denen abgeguckt.«

»Mit einem feinen Unterschied: Statuen von Trajan und Marc Aurel halten nicht die flache Hand, sondern den Zeigefinger hoch – wie Lehrer. Wusstest du übrigens, dass der Pfadfindergruß, der Handschlag mit abgespreiztem kleinem Finger, als Geheimzeichen im Dritten Reich entstanden ist?«

»Bei Gruppierungen, die sich nicht der Hitlerjugend anschlossen und verboten wurden?«

»Genau. Das Abspreizen des kleinen Fingers beim Teetrinken galt übrigens als schwul. Es gibt ein Foto von Hitler auf dem Obersalzberg, wo er die Tasse so hält. Halb Deutschland hat sich heimlich darüber amüsiert. Bei meiner Oma hieß es immer: ›Halt den Henkel nicht wie der Adolf!‹«

»Weil sie nicht wollte, dass du schwul wirst, oder weil sie Hitler nicht leiden konnte?«

»Beides.« Elisabeth lachte. »Obwohl: Ich war ja ein Mädchen. Ich glaube, damals war Homosexualität noch derart tabu, dass man sie unter Frauen gar nicht für möglich hielt. Hier auf dem Land sowieso.«

»Ich dachte, gerade auf dem Land wäre man viel natürlicher damit umgegangen. Hast du nie Erfahrungen damit gemacht?«

Elisabeth spürte, wie ihr das Blut ins Gesicht schoss.

Melisse lächelte. »In den Anfängen der Pfadfinderei muss Homosexualität ziemlich verbreitet gewesen sein. Meinen Opa konnte ich nie fragen. Der war umgekommen, kurz nachdem er meine Oma geschwängert hatte. Aber damals gab's so viele Gruppierungen: Wandervögel, Naturmystiker, Vaterlandsfreunde, Paramilitärische, Freikörperkulturfans, Koedukative, Katholische und natürlich auch solche, die sexuell andere Wege ausprobierten … Entsprechend ging's da Anfang der 30er hoch her.« Sie winkte dem Ober, der den Nachbartisch abräumte. »Was weißt du denn von *deinen* Großvätern?«

Elisabeth zuckte die Schultern. »Keine Ahnung, müsste meinen Vater fragen …«

»Mach mal.«

Ein Schatten fiel über sie. »Die Damen?« Der Kellner stand mit gezücktem Stift und Zettelblock am Tisch.

Eine ganze Woche folgten sie auf der Via Romana den Spuren der Römer: Marienbaum, Kalkar, Kleve, Kranenburg bis nach Groesbeek und Nijmegen in den Niederlanden. Mit Muße für Besichtigungen und entspannte Momente.

Manchmal fragte Elisabeth sich, was ihr Leben vor der Rente eigentlich ausgemacht hatte. Arbeit. Familie. Nach der Trennung war sie ins Elternhaus gezogen, eine Einliegerwohnung auf der ersten Etage. Eine günstige Lösung für alle Beteiligten. Nähe ohne Verpflichtung. Der Krebs, klar, hatte die familiäre Bindung wieder eng werden lassen. Sie war froh gewesen, ihrer Mutter nah sein zu können. Ihre Hand zu halten, als sie starb. Gemeinsam mit dem Vater. Elisabeth hatte nichts vermisst. Für eine Partnerschaft war irgendwie kein Raum mehr gewesen. Keine Gelegenheit. Keine Zeit. Kein Bedürfnis danach.

Seit dem Ruhestand hatte sie das Fahrradfahren aufgenommen. Zu Hause rumsitzen, bis sie den Vater zu Tode pflegen durfte, konnte es nicht sein. Zuallererst wollte sie fit bleiben. Kilometer klotzen. Ihren Körper spüren.

Nach und nach wurde die Umgebung wichtiger. Wind. Sonne. Gerüche. Eindrücke. Sie googelte Strecken, Einkehrmöglichkeiten am Weg, Sehenswürdigkeiten. Stieß auf Empfehlungen, die Scoutseite, meldete sich an, lernte kurz darauf Melisse kennen.

Das Schöne an einer Radpartnerin: Man konnte den ganzen Tag miteinander unterwegs sein, ohne sich auf den Zwirn zu gehen, weil man schließlich die meiste Zeit hintereinanderher fuhr. Niemand, der einen zutextete. Die Gespräche, wenn sie Pausen einlegten, aßen, sich etwas ansahen, irgendwo einkehrten, taten gut.

Als Melisse Elisabeth zu sich einlud, hatte sie gezögert. Aber was sollte passieren? Alles war vollkommen selbstverständlich zwischen ihnen. Sie konnten über alles reden. Und schweigen. Kein Wort zu viel. Keine falsche Intimität. Nur so viel, wie beide geben wollten. Manchmal kam es zu flüchtigen Berührungen. Die sie wirken ließ. Sie spürte, wie sich die Härchen ihrer Haut anfangs erschreckt, zunehmend wohlig aufrichteten. Wie sie den Kontakt zu vermissen begann, wenn er ausblieb. Dass sie dafür sorgte, dass er länger andauerte. Es kam vor, dass Melisse und sie Arm in Arm dastanden oder -saßen und Elisabeth diese Vertraulichkeit nicht nur zuließ, sondern genoss.

Sie arbeiteten die NiederRhein-Route ab. Über 1.200 Kilometer Haupt-, etwa 820 Kilometer Verbindungsrouten. Nutzten die Möglichkeit des »Grünen Niederrhein«, an 40 Stationen Räder auszuleihen, sodass sie die eigenen nicht mitführen mussten und frei über Anfang und Ende der Strecken entscheiden konnten. Nur

E-Bikes mieden sie. Das flache Gelände zwischen Rhein, Rur und Niers erforderte keinen zusätzlichen Antrieb. Nicht bei ihrer Kondition. Ja, Körperlichkeit spielte durchaus eine Rolle bei ihnen beiden.

Warum zögerte sie so lange mit der Gegeneinladung?

Hatte sie nicht monatelang Melisses Begeisterung erleben dürfen, der keine Gegend, kein Kaff zu langweilig war? War ihr der Zustand des Elternhauses peinlich? Eigentlich ein solider, in den ersten Jahren des 20. Jahrhunderts errichteter Bau, den ihr Vater 1939, nach dem Tod des Besitzers, gekauft, soweit es in seinen Kräften lag, instand gehalten und zu Teilen notdürftig saniert hatte? Wie das so war auf dem Dorf: Man half sich gegenseitig aus, wenn ein Dach gedeckt, Kanalrohre oder Leitungen erneuert werden mussten. Alles also einigermaßen in Schuss. Einen Architekturpreis konnte man damit nicht gewinnen. Für Elisabeth war das Haus sowieso viel zu groß. Wenn der Vater einmal nicht mehr wäre, würde sie es abstoßen und sich irgendwo etwas Kleineres kaufen. Unausgesprochen, eher als ferner Traum, denn klarer Gedanke, hatte sich seit ihrem Besuch dort Kaiserswerth in ihrem Hinterkopf eingenistet. Die Lage am Rhein, die ausgedehnten Auenwiesen, die Fülle kleiner denkmalgeschützter Häuser, die dem heutigen Düsseldorfer Stadtteil einerseits dörflichen Charme, andererseits historische Bedeutung verliehen.

Melisse.

Immer wieder hatte Melisse gesagt, dass sie den Liedberg kennenlernen wollte. Es gab weiß Gott uninteressantere Gegenden am linken Niederrhein. Schon von Weitem ein Hingucker: neben der Klever Oberstadt und dem Wassenberger Horst die höchste Erhebung in der platten Ebene. Mitten im Naturschutzgebiet gelegen. Seit der Altsteinzeit besiedelt, Rückzugsgebiet der Eburonen, einem keltischen Volksstamm, im Kampf gegen die Römer, die den Ort später als strategischen Stützpunkt an einer ihrer Handelsstraßen nutzten. Quarzitabbaugebiet. Ein Sandstein mit hohem metallischem Anteil, der für Tempel, Profanbauten und Monumente und bis in die Neuzeit von der ländlichen Bevölkerung für Treppen, Türstürze, Fensterrahmen und als Pflaster genutzt wurde. Und für den Sandhandel, weshalb die Landschaft durch Steinbrüche, Sandgruben, Stollen und Halden geprägt war. Seit Ende des 19. Jahrhunderts gab es nur noch Tagebau.

Gleich mehrere Befestigungsanlagen bezeugten die strategische Bedeutung des Liedbergs: Reste der ursprünglichen Römerwacht aus dem zehnten, des alten Bergfrieds aus dem elften Jahrhundert, weithin sichtbar wie das Schloss, dessen Umfassungsmauer aus dem Hochmittelalter stammte und das zuletzt im 18. Jahrhundert umgestaltet worden war.

Natürlich wollte Melisse, die Ingenieurin, Naturliebhaberin, Kulturinteressierte, Freundin nach Liedberg kommen, und natürlich war Elisabeth stolz auf ihren Heimatort. Das Etikett »Kaff« entsprang einer Bescheidenheit, von der sie selbst wusste, wie falsch sie war. Natürlich konnten der Kunsthausgarten, das Seifenkistenrennen und die abendlichen Führungen eines mit Laterne bewehrten Brauchtumspflegers unter dem Motto »Nun kommt ihr Leut' und lasst euch sagen«, die im Gewölbekeller des Liedberger Landgasthauses ihren Ausklang fanden, nicht mit der Kunsthalle, dem Düsseldorf-Marathon oder einem Besuch des Landtags mit anschließender Einkehr im »Berens am Kai« mithalten.

Oder war es etwas anderes, was sie hemmte, Melisse nach Liedberg einzuladen? Die letzte Schranke der Privatheit fallen zu lassen, die zwischen ihnen beiden bestand? Es gab keine Erklärung und irgendwann auch keine Ausrede mehr.

Sie planten eine Dreitagesrundtour, ausgehend vom Botanischen Garten in Neuss, wo sie sich am Montagmorgen verabredet hatten, rheinaufwärts über Gnadental, Uedesheim, Dormagen-Zons, Knechtsteden und einen Schlenker nach Rommerskirchen, bevor sie im Kloster Langwaden einchecken wollten. Anderntags westwärts über Grevenbroich, Gierath, Jüchen, Erkelenz und Wassenberg bis Wegberg, wo eine Übernachtung im Haus St. Georg, der Jugendbildungsstätte, geplant war. Am dritten Tag sollte es ganz gemütlich über Rheindahlen, Mönchengladbach und Rheydt Richtung Liedberg gehen, das sie den Rest des Tages erkunden würden, nachdem sie sich bei Elisabeth einquartiert hatten.

Die Vorbereitungen – Satteltaschenpacken, Proviant, Karten – waren Routine. Da sie von zu Hause starten und dort ankommen würde, inspizierte Elisabeth das Hollandrad, das sie die letzten Male unbenutzt stehen gelassen hatte, und bemerkte einen Platten. Sie stellte es vor dem Schuppen auf den Kopf, auf Sattel und Lenker gestützt, ließ die Luft ab, löste den Mantel, zog den Schlauch heraus, pumpte ihn wieder auf, führte ihn durch einen Wassereimer, markierte, trocknete und raute die undichte Stelle an. Das Flickzeug befand sich im Keller des Hauses. Bevor sie es holte, klopfte sie bei ihrem Vater im Erdgeschoss. Drinnen lief der Fernseher. Als er auch auf ein zweites Klopfen nicht reagierte, schloss sie die Tür auf. Seine hagere Gestalt saß zusammengesunken im Sessel. Auf dem Wohnzimmertischchen vor ihm stand ein Tellerchen mit einem angebissenen Leberwurstbrot.

»Papa!«, rief Elisabeth.

Er schreckte hoch. Blinzelte. Tastete nach der Fernbedienung in seinem Schoß.

Sie überspielte die Tatsache, dass er eingenickt war. »Papa, ich wollte nur kurz Bescheid sagen, dass ich morgen früh drei Tage auf Tour bin.«

»Schön, schön«, sagte er. Ergänzte wie immer: »Pass auf dich auf und benimm dich.«

»Ich versuch's.« Sie setzte sich auf die Sofakante. »Ich bin wieder mit meiner Freundin aus Düsseldorf unterwegs, Melisse. Morgen früh bis Mittwochmittag. Wenn wir zurück sind, stelle ich sie dir vor. Sie bleibt über Nacht.«

Er zwinkerte schelmisch. »Meinst du, ich bin noch nicht zu alt …?«

Sie knuffte ihn. »Jedenfalls alt genug, dir selbst eine Freundin zu suchen.«

Sein Grinsen vertiefte sich. »Na, wenn du die Kurve gekriegt hast, sollte ich das vielleicht auch schaffen.«

Die Treppe zum Keller befand sich neben dem Hauseingang, gesichert durch eine schwere Metalltür aus dem Zweiten Weltkrieg. Elisabeth ließ den Schlüssel stecken und stieg ins Untergeschoss, das den modrigen Geruch eines schlecht isolierten unterirdischen Gewölbes verströmte. Als die Eltern die Einliegerwohnung auf der ersten Etage eingerichtet hatten, war er dreigeteilt worden: geradeaus der Werkzeugkeller, rechts der Vorratskeller der Eltern, links war für den Mieter ein Raum abgetrennt worden, den Elisabeth bei ihrem Einzug übernommen hatte. Sie suchte und fand die Flickzeugtasche, stieg wieder hoch, kniete vor dem Fahrrad nieder, befestigte ein passendes Gummi mit Schnellkleber auf der markierten Stelle, zog Schlauch und Mantel auf. Nachdem das Flickzeug im Keller verräumt war, pumpte sie den Reifen auf und rollte das Fahrrad in den Schuppen. Ihr fiel ein, dass sie den Schlüssel von der Kellertür nicht abgezogen hatte. Lief hin und zurück, schloss erst den Keller, dann den Schuppen ab und begab sich in ihre Wohnung. Googelte die Wettervorhersage. Fühlte Erleichterung und Vorfreude.

Als sie am anderen Morgen aufbrach, war der Himmel gerade richtig bewölkt, sodass man nicht ins Schwitzen geriet. Die laue, trockene Luft bot optimale Bedingungen für eine Tour, auf der sie ohne größere Unterbrechungen viel sehen wollten. Einige Stationen kannten sie schon.

Melisse erwartete sie an der verabredeten Stelle im Neusser Botanischen Garten auf einer sonnenbeschienenen Bank. Nach einer kurzen Umarmung fuhren sie los. Am Kloster Gnadenthal vorbei, der gotischen St. Martinus-Kirche in Uedesheim. Machten einen Schlenker durch den Zonser Grind, die Rheinaue Rheinfeld und die Altrheinschlinge, radelten am Martinsee vorbei nach Nievenheim, durch das Waldnaturschutzgebiet Knechtsteden, machten Rast im Klosterhof, umkreisten in Rommerskirchen die Wasserburg Anstel und steuerten das nördlich gelegene Naturschutzgebiet an, wo sie im Kloster Langwaden einkehrten, im Refektorium ihren Hunger stillten und den Abend mit einer Tasse Tee im Biergarten ausklingen ließen.

»Weißt du«, fragte Melisse, »dass ich als Kind Liedberg mit Krieg in Verbindung gebracht habe? Ich hatte immer Soldaten vor Augen, die singend in die Schlacht zogen.«

»Wegen dem ›Lied‹ im Namen?«

»Genau. Das war natürlich Quatsch. Man reimt sich das irgendwie so zusammen. Meine Mutter war ohne Vater aufgewachsen, daher dachte ich halt, er müsste im Krieg gestorben sein. Er war Schreinerlehrling gewesen. Zu Hause gab es eine hölzerne Obstschale, kunstvoll geschnitzt, die von ihm stammte. Im Flur hing ein gerahmtes Foto mit brauner Uniform. Na ja, und auf dem Grabstein stand neben dem Kreuz ›Liedberg‹. Mehr wusste ich nicht. Erst als ich kapiert hatte, dass 1930 noch gar kein Krieg war, hab ich meine Oma ausgefragt.«

»Und?«

»Die Uniform war die der Kolonialpfadfinder, einer Gruppierung, die den im Ersten Weltkrieg verlorenen deutschen Kolonien nachtrauerte und dahin auswandern wollte. Seine Abteilung, der Horst ›Schinderhannes‹, hatte in Liedberg die Sommersonnenwende gefeiert. Ein Aufnahmeritual für neue Mitglieder. Am Fuß des Schlosses muss der Eingang zu einem Höhlenlabyrinth in dem Berg gewesen sein. Die Gruppe war durch den sogenannten ›Piratengang‹ fast einen Kilometer bis zu einer Kaverne vorgedrungen, den ›Felsenkeller‹, in dem sie eine Urkunde in die Wand einlassen wollte …«

»Die Geschichte kenne ich«, unterbrach Elisabeth. »Sie haben damit für einen Einsturz gesorgt. Zwei Söhne des ehemaligen Besitzers des Hauses, in dem ich aufgewachsen bin, kamen dabei um. Sie hatten die Jungs in die Höhle geführt. 16 Jugendliche aus Düsseldorf.«

»Stimmt, mit den beiden waren es 18. Zwölf konnten mehr oder weniger unverletzt entkommen, einen haben sie noch lebend aus den Trümmern geborgen – und die Leiche meines Großvaters. Außer ihm verloren vier weitere das Leben. Ein Maurerlehrling, ein Gymnasiast und die beiden Jungen, von denen du sprichst – das ist ja irre, wie klein die Welt ist.«

»Na ja, Liedberg ist ein Kaff, das war hier natürlich ein Riesendrama. Jede Familie kann dir ihre Geschichte dazu erzählen. Ein bisschen wie der Tag der Mondlandung oder der Angriff auf das World Trade Center. Die Feuerwehr hat tagelang versucht, die anderen Verschütteten zu finden, aber das war natürlich saugefährlich. Schlussendlich wurden alle Einwohner aufgefordert, sämtliche Höhleneingänge zuzumauern. Der Berg war damals durchzogen von Stollen, wie ein Schweizer Käse, weil alle in der Region vom Sandabbau gelebt hatten.«

»Wie hießen die Jungs aus Liedberg, die es noch erwischt hat?«

»Das habe ich vergessen, aber an der Stelle, wo der Höhleneingang war, steht ein Kreuz mit den Namen der Opfer, das zeige ich dir übermorgen.«

»In der Düsseldorfer Gruppe hat man damals gemunkelt, einer von den Verschütteten wäre schwul gewesen, hat meine Oma erzählt.«

Elisabeth lachte. »Du weißt Sachen! Ich glaube, wenn da was dran wäre, hätte man es auf jeden Fall totgeschwiegen. Das ist eine stinkkatholische Gegend, da gab es so was nicht.«

»Gut, dass wir im 21. Jahrhundert leben«, sagte Melisse. »Und alt genug sind, dass uns niemand mehr vorschreiben kann, wie wir leben.«

Elisabeth schwieg. Fragte sich, warum ihr plötzlich so warm ums Herz wurde.

Am frühen Dienstagmorgen brachen sie wieder auf. Sechs Kilometer in Richtung Grevenbroich, wo sie sich einen Bummel durch die historische Burganlage gönnten, um den Palasbau und die Toranlage des ehemaligen Schlosses, das Haus Hartmann und die »Villa Krüppel« im dahintergelegenen Park an der Erftschleife zu bewundern. Die nächsten zwei Stunden machten sie Strecke. Durchquerten Gierath, fuhren am Schloss Dyck vorbei, durch Wanlo und die zwischen dem Quellgebiet der Niers und dem Tagebau Garzweiler gelegenen, vor der Räumung stehenden Dörfer Keyenberg und Kuckum und erreichten schließlich Erkelenz. Sie radelten an der geldrischen Landesburg vorbei, die Nordpromenade entlang zum Marktplatz, wo sie im Schatten der Lambertuskirche und nahe dem barocken alten Rathaus eine Kaffeepause einlegten, bevor sie nach Wassenberg durchstarteten. Ursprünglich hatten sie überlegt, in dem Burghotel zu übernachten, sich dann doch entschlossen, nur eine Mahlzeit einzunehmen, um weiter nach Wegberg zu fahren. Ein wenig bedauerten sie es, als sie erst einmal da waren, aber sagten sich, dass sie jederzeit wiederkommen konnten. Das Haus der Deutschen Pfadfinderschaft in Watern, dessen ökologischer und integrativer Ansatz, hatte sie mehr gereizt als das Sternehotel in historischem Gemäuer.

Auch eine Seite an Melisse, die Elisabeth immer wieder erstaunte. Sie sprachen nie über Geld. Mal zahlte die eine, mal die andere, mal jede für sich. Ohne dass es einer Absprache bedurft hätte. Wenn Elisabeth zu hören bekam: »Ich bin dran mit Einladen«, dann wählte Melisse oft Restaurants, in denen die Speisekarten, die Elisabeth vorgelegt wurden, keine Preise enthielten. Weil sie sie nicht wissen *sollte*. Als sie nach der Übernachtung in Kaiserswerth das »Schiffchen« gegoogelt hatte, wusste sie, warum. Natürlich war ihr nicht verborgen geblieben, dass die Freundin einen anderen finanziellen Background hatte als sie selbst und es gelegentlich genoss, das auszuleben. Aber sie ließ es Elisabeth nie spüren. Ihre Freude an einfachen Dingen war unbedingt ehrlich. Vielleicht ein Ergebnis des Aufwachsens in der Pfadfindergemeinschaft. Man war jederzeit auf Augenhöhe, und der Spruch, dass die Stärkere die Schwächere beschützte, galt auf jeden Fall gegenseitig. Weil es Wichtigeres gab als Geld.

An dem Abend sprachen sie nicht viel, saßen auf einer Bank vor dem Haus, beobachteten eine Gruppe junger Leute, die mit einem Ball kickte und herumalberte. Elisabeth legte den Arm um Melisses Schultern, die den Kopf gegen ihren lehnte, und es fühlte sich einfach nur gut an.

Sie starteten anderntags in Richtung Schwalmquellen, streiften über das Knippertzbachtal das NATO-

Hauptquartier, im Bogen durch das südliche Stadtgebiet von Mönchengladbach, an Schriefersmühle und Schloss Wickrath vorbei die Niers entlang zur Güdderather Mühle, durch den Zoppenbroicher Park, überquerten die Niers bei Schloss Rheydt, radelten weiter Richtung Trietbach und erreichten den wasserumwehrten Rittersitz Haus Horst, von wo aus es keine zwei Kilometer mehr bis zum Liedberg waren.

Elisabeth spürte eine wachsende Anspannung. Warum? Sie hatten so eine schöne und intensive Zeit miteinander verbracht, die sie nun bei ihr ausklingen lassen wollten. Was spielte es für eine Rolle, ob Melisse ihr Haus, ihre Wohnung gefiel?

Als sie das Gebäude in der Straße An der Tränke erreichten, wurde das beklemmende Gefühl für einen Moment so intensiv, dass Elisabeth am liebsten umgekehrt wäre.

Melisse schaute an der roten Fassade hoch. »Das ist das Haus?«

Warum »das« und nicht »dein«, fragte Elisabeth sich. Es klang so distanziert. Schlagartig fiel ihr das Gespräch im Biergarten von Kloster Langwaden ein. Als sie erzählt hatte, dass hier zwei der Jungen gelebt hatten, die mit Melisses Vater ums Leben gekommen waren. Deren Leichen nie gefunden worden waren. Die wie die der anderen Düsseldorfer Pfadfinder seit 90 Jahren irgendwo im Liedberg verschüttet lagen. Die beiden, von denen einer, wie Melisse behauptete, schwul gewesen sei. Ein Abenteuer, das am Ende fünf junge Leute das Leben gekostet hatte. Mit einem Mal blitzte der Gedanke in Elisabeth auf, dass Melisse von Anfang an diese Geschichte im Hinterkopf gehabt haben musste. Vom ersten Moment an, als sie Elisabeths Profil in der »Oldie not moldy«-Gruppe angeklickt hatte. Warum bloß hatte die Großstädterin sich für sie, die unbedeutende Bauzeichnerin vom Dorf, interessiert? Der Name »Liedberg« musste sie getriggert haben. Der Name, der sich ihr von klein auf eingebrannt hatte, weil er mit dem Tod ihres Großvaters zusammenhing.

Sie riss sich zusammen. Schloss den Schuppen auf, wo sie die Fahrräder abstellten und entluden, um die Packtaschen zum Hauseingang und die Treppe hinauf und in die Wohnung zu tragen.

»Lass einfach fallen«, sagte sie zu Melisse. »Dein Zimmer zeige ich dir nachher. Willst du etwas trinken? Sonst schauen wir nur kurz bei meinem Vater vorbei, und ich zeig dir erst einmal Liedberg.«

Melisse lächelte. »Gern. Durstig bin ich nicht. Aber neugierig. Ich freue mich, deinen Vater kennenzulernen.«

Auf ihr Klopfen reagierte er nicht. Auch nicht auf das zweite. Sie schloss auf, rief im Flur: »Ich bin's, Papa! Wir sind zurück!«

Keine Antwort.

Sie ging vor ins Wohnzimmer, warf im Vorbeigehen einen flüchtigen Blick in die Küche. Im Wohnzimmer war niemand.

»Papa?«

Keine Antwort.

»Warte einen Moment«, sagte sie zu Melisse. Klopfte an die Schlafzimmertür, öffnete sie vorsichtig, schaute ins Bad, genauer in die Küche.

»Vielleicht ist er etwas einkaufen«, meinte sie. »Wir können später nach ihm sehen.«

Ihr Blick folgte Melisses. Auf dem Wohnzimmertisch stand der Teller mit dem angebissenen Leberwurstbrot. An den Rändern war es aufgebogen und dunkelrot verfärbt, in der Mitte wölbte sich wie eine Pusteblume – ein Schimmelpilz.

Im Nachhinein konnte sie nicht sagen, wie lange es gedauert hatte, bis sie sich umdrehte, aus der Wohnung stürzte und zur Kellertür.

Im Werkzeugkeller fanden sie ihn. Eingenickt. Im Sitzen. In eine Zeltplane gewickelt an die Wand gelehnt, in der ein großes Loch klaffte. Neben ihm auf dem Boden eine halb geleerte Flasche Wein.

»Papa!«, rief Elisabeth.

Er blinzelte, riss die Augen auf, machte eine abwehrende Bewegung, als sie ihm unter die Arme greifen wollte.

»Ruf die Polizei«, sagte er.

Während sie auf die Beamten warteten, entzifferte sie mit Melisses Hilfe den Brief, den er zusammengerollt in der Botanisiertrommel mit dem Pfadfinderzeichen gefunden hatte.

In den drei langen Tagen und Nächten, die der Vater im Keller verbringen musste, weil seine Tochter ihn versehentlich eingeschlossen hatte, war die Tatsache, dass er in der Vorratskammer genügend zu essen und zu trinken fand, immerhin beruhigend gewesen. Entleeren konnte er sich in den Revisionsschacht, säubern an dem Waschbecken neben den Gartengeräten, schlafen auf einer Luftmatratze, die er neben dem alten Zelt im Regal fand und aufpumpte. Im Wissen, dass Elisabeth früher oder später zurückkehren und ihn befreien würde, insgesamt eine erträgliche Situation. Er nutzte die Gelegenheit, den Keller aufzuräumen, und inspizierte schließlich in der Wand neben der Werkbank eine schlecht vermörtelte Stelle genauer – war da ein Rohr mit Verschlussdeckel? –, die seine Neugier weckte. Er öffnete sie mit Hammer und Meißel vorsichtig und zog schließlich aus dem Mauerwerk ein länglich-zylindrisches Blechgefäß mit Lederriemen, auf dem in schnörkeliger Schreibschrift »Peter« stand. Die Verschlussöse war korrodiert, aber ließ sich öffnen. Darin war ein zusammengerolltes, eng beschriftetes Papier. In Sütterlin. Er brauchte eine Weile, ehe er entziffern konnte, was unter dem Datum »August 1939« stand:

»Ich, Friedreich Krohn, bestätige hiermit, dass ich den im Keller meines Hauses befindlichen Zugang zum Liedberg wie angeordnet zugemauert habe. Zuvor war ich am 22. Juno in den dahinterliegenden Stollen in Richtung der Einsturzstelle vorgedrungen, wo, wie es hieß, meine Söhne Peter und Karl sowie zwei der Düsseldorfer Pfadfinder, Anton Schlehdorn und Michael Pempelfort, verschüttet worden sein sollten. Ich kenne die Kaverne und die umliegenden Höhlen gut und weiß, wo brüchige Stellen und stabilere ›Schutzräume‹ sind, die meine Kinder, sofern sie nicht von den herabstürzenden Gesteinsbrocken erschlagen wurden, erreicht haben mochten. Der Einsturz hatte einige der Gänge in Mitleidenschaft gezogen, sodass ich mich vorsichtig an die Stelle heranarbeiten musste, von der ich meinte, Laute wie fernes Rufen und Klopfen zu vernehmen. Rührte es von den Feuerwehrleuten, die auf der anderen Seite nach den Verschütteten suchten? Ich legte einen Zugang zu einem niedrigen Hohlraum frei, in dem ich einen von Peters Schuhen, dann reglose Beine und den Körper meines Ältesten entdeckte. Tot. Nicht etwa von Felsbrocken erschlagen, sondern im Schein der Grubenlampe erkannte ich zu meinem Entsetzen ein Messer in seiner Brust. Ein Pfadfindermesser mit der heraldischen Lilie der Kolonialpfadfinder. Jemand hatte Peter erstochen! Was war mit Karl, was mit den anderen Jungen? Ich horchte. Hörte Atemgeräusche, kroch tiefer in die Grube und entdeckte ein zitterndes Menschenbündel, in einer Nische zusammengekauert, mit weißem Steinstaub bedeckt, die Hände vors Gesicht geschlagen, im Bemühen, dem Licht meiner Lampe zu entgehen. Blutverschmierte Hände. Das Blut meines Kindes. Ich beherrschte meinen Impuls, das Messer, das zweifelsohne von ihm stammen musste, aus Peters Leib zu reißen, um den Jungen zu metzeln. Stellte ihn zur Rede. Vernahm Entsetzliches. Das ich in Anbetracht meiner Todsünde und der Tatsache, dass ich vielleicht allzu bald vor meinem Herrn stehen werde, hier dennoch festhalte. Dieser Kerl, Anton, gestand mir weinend, dass er und mein Sohn Peter durch den Einsturz der Höhle von der übrigen Gruppe getrennt worden waren. Zu Karls Verbleib und dem des vierten Vermissten, Michael, konnte er nichts sagen. Von Peter aber berichtete er Ungeheuerliches. Dieser hätte versprochen, ihn zu befreien, ihm einen Weg ins Freie zu graben, wenn er sich ihm hingebe. Ich will nicht verhehlen, dass mir etwas Derartiges über Peter bereits zu Ohren gekommen war. Er hatte es stets geleugnet. Ich weiß nicht, ob die Vorwürfe zutreffen. Aber ich war dem Wahnsinn nahe. Beide Kinder tot! Peter aufs Schändlichste beschuldigt und gemeuchelt! Der Mörder meines Kindes vor mir im Staub. Ich wusste, wenn ich ihn der irdischen Gerichtsbarkeit auslieferte, würde ich den Namen meines Sohnes, unserer Familie, in den Dreck ziehen, und der, der ihn gemetzelt hatte, würde möglicherweise ungeschoren davonkommen. Hätte nicht jedes Vaterherz gehandelt, wie ich es tat? Nein, ich habe meine Hände nicht beschmutzt an ihm. Ich habe ihn seinem Schicksal überlassen und den Eingang zugemauert. Es ist mir alles andere als leichtgefallen. Weil ich die sterblichen Überreste meiner Söhne damit dem Berg anvertraute. Bin ich ein Mörder, weil ich den Mörder meines Kindes nicht rettete? Der Himmel wird über mich richten. Ich habe meinen Einberufungsbefehl nach Polen erhalten. Das Zeugnis des Verbrechens an meinem Fleisch und Blut – seines und meines Vergehens – werde ich der Mauer anvertrauen, hinter der meine Liebsten ihr Leben ließen.

Meins gebe ich in Gottes Hand.

Friedreich Krohn«

Das Schrillen der Türklingel zerriss die Stille, kaum dass Elisabeths Flüstern geendet hatte. Immer wieder hatte sie gestockt, und Melisse, dicht an sie gelehnt, um die Schrift zu entziffern, hatte sich vorgebeugt, die Stirn gerunzelt, buchstabiert, ein Wort ergänzt, mit einem Halbsatz ausgeholfen, während der Vater in zusammengekauerter Haltung am Boden sitzen geblieben war.

Die Polizisten erlösten sie aus der Starre. Führten den Vater in die Wohnung, zum Sessel, in den er sich erleichtert seufzend niederließ, während Elisabeth etwas zu trinken besorgte und die Beamten ihn befragten, nachdem sie sich bei einem herbeigerufenen Arzt vergewissert hatten, dass er vernehmungsfähig war. Kollegen der Spurensicherung untersuchten zwischenzeitlich den Keller und sicherten das Corpus Delicti, den Brief und die Botanisiertrommel. Dann wurden die Frauen befragt. Es wurde spät, ehe sie endlich die Treppe hinaufgingen und Elisabeths Wohnungstür sich hinter ihnen schloss. Die Packtaschen standen im Flur.

»Bitte«, sagte Elisabeth. »Magst du in meinem Bett übernachten?«

Melisse sah sie überrascht an. »Und du?«

Elisabeth schwieg. Die Hitze wurde unerträglich. Sie schlug die Augen nieder.

Melisse nahm sie in den Arm. Küsste sie auf den Scheitel.

»Nichts lieber als das«, flüsterte sie.

SCHROTTWICHTELN

Dass Marina diese Weihnachtsmacke hatte, war mir vom ersten Tag an klar gewesen. Schließlich hatte das mit uns auf einem Adventsmarkt angefangen. An einem sonnigen Freitag Ende November. In Straelen, der Blumenstadt oder »Green City«, wie sie sich neuerdings nannte. Im dichten Gedränge neben dem zentralen, mit Glitzerketten geschmückten und einem Stern gekrönten Riesenweihnachtsbaum. An der Glühwein-Holzbude rempelte ich sie versehentlich an. Mit einem Glögg.

Ihre Reaktion auf die Schlabberattacke war obercool: »Ups.« Ein flüchtiger Blick streifte den Rotweinfleck auf der magentafarbenen Lodenjacke. Begegnete meinem. »Treffer – versenkt!« Löste in mir einen Overkill an Flasheffekten aus. Strahlendes Lächeln, graugrün funkelnde Augen unter blinkendem Rentiergeweih, das in alternierenden Regenbogenfarben aufleuchtete – Kitsch as Kitsch can. Von nicht zu unterschätzender Wirksamkeit. Veni, vidi, fi… Es hatte gleich gefunkt.

Verlegen bot ich ihr zur Entschädigung einen Punsch ihrer Wahl an. Sie entschied sich für einen Lumumba. Lachte und prostete mir zu. »Na, das hat sich ja gelohnt!«

»Zum Wohl! Äh – Marvin!« Ich erhaschte einen weiteren Augen-Blick.

»Marina!« Sie nippte mit gespitzten Lippen.

Trotz Keyboardbeschallung und Kindergartenchorgesang auf der benachbarten Bühne gelang es uns, einige Eckdaten auszutauschen: Wie ich war sie allein unterwegs. Ich, um den Tag nach anstrengenden Kundenterminen in Gartenbaumärkten ausklingen zu lassen. Sie, weil sie von ihrer Freundin grippebedingt kurzfristig versetzt worden war.

Kaum hatten wir die mit der Straelener Skyline bedruckten Becher geleert, revanchierte sie sich mit einem »Heißen Nikolaus«. Was mich wiederum unter Zugzwang setzte und Gelegenheit bot, unseren Smalltalk zu vertiefen.

Schöne Stadt. Ob sie hier lebe?

Nein. Aber nicht weit von Straelen. Zehn Autominuten entfernt. In Nieukerk. Weihnachtsmarkttechnisch sei da allerdings erst am vierten Adventssonntag etwas geboten, das kleinste Event am Niederrhein, ein Last-Minute-Markt mit handverlesener Auswahl an Selfmade-Produkten.

Dass ich in Neukirchen-Vluyn lebte, nahm sie mit unverhohlener Enttäuschung auf. »Euer Martinsmarkt ist ja längst gelaufen.«

Ich sagte ihr nicht, dass ich in der Regel eher einen Bogen um den Kirchplatz machte, wenn es dort trubelig wurde. Auch der »Markt der Möglichkeiten« war nicht meins. Bei geschäftlichen Besuchen in Straelen kehrte ich zum Essen gern in der Innenstadt ein, hatte, als ich die Buden sah, nur kurz vorglühen wollen und fragte mich nun, ob ich die Kontaktanbahnungsmöglichkeiten von Märkten bisher nicht sträflich unterschätzt hatte. Hand in Hand an Buden entlangzubummeln, schien mir mit einem Mal eine verlockende Vorstellung. Wie viele Jahre hatte es keine Hand für mich gegeben? Nachdem meine Ex-Frau … Den Gedanken wischte ich schnell beiseite.

Zwecks Neutralisierung des Alkoholgenusses bummelten wir der Nase nach weiter, kauften eine Portion Pofferchen für sie, eine Bratwurst für mich, hockten uns auf den Rand des Brunnens mit den lustigen Gliederpuppen und stillten unseren Appetit. Anschließend inspizierten wir die Angebote der Nicht-Fressalien-Buden. Marina erstand für mich – »Damit ich dich nicht wieder aus den Augen verliere!« – eine LED-bestückte Weihnachtsmannmütze. Wir quetschten uns neben zwei Beton-›Alltagsmenschen‹-Skulpturen auf die Bank vor der Tourismusinformation, wo sie ein Handy-Video von uns und unserem asynchron flackernden Kopfputz machte. Ich nutzte die Gelegenheit, während sie das Smartphone hochhielt und sich an mich schmiegte, ihr Ohrläppchen anzuknabbern, worauf sie quiekend herumfuhr, ihre Lippen meine trafen und eine beglückende kleine Ewigkeit dort verblieben.

Später am Abend stellten wir fest, dass ihr Punschpegel eine Heimfahrt mit dem Auto nicht geboten erscheinen ließ und ohnehin niemand auf sie wartete, meine Unterkunft hingegen fußläufig zu erreichen war, sodass wir blinkend, beschwipst und beschwingt im Straelener Hof aufschlugen.

Als ich am nächsten Morgen mit dickem Kopf erwachte, lag ein Zettel auf dem Kissen neben mir. In geschwungenen Buchstaben stand da:

»15 Uhr, Weihnachtsmarkt Moers an der Eislaufbahn? Ich freue mich, wenn du kommst! Kuss – Marina.«

Ich checkte gleich nach dem Frühstück aus, fuhr nach Hause, wo ich die nötigsten Schreibtisch- und Hausarbeiten erledigte, aber kaum bei der Sache war. Zu intensiv hatte sich das nächtliche Haut-an-Haut-Erleben eingebrannt, der biegsame, anschmiegsame Körper, der keine Tabus kannte – was für eine Frau! Was nur, fragte ich mich beim Blick in den Spiegel, als ich mich für das Moerser Date rasierte, mochte sie an mir finden? Nicht dass ich mich für unansehnlich hielt. Meine Fitness hatte ich gehalten. Die grauen Ansätze an den Schläfen mochten durchaus als attraktiv durchgehen. Zeigten dennoch deutlich, dass uns 20 Jahre Lebenserfahrung trennten. Verwechselte sie »selbstständig« etwa mit »wohlhabend«?

Es würde sich zeigen. Im Moment wollte ich nur eins: Marina wiedersehen.

Ich erreichte das Moerser Schloss eine halbe Stunde vor der verabredeten Zeit. Nutzte den Vorsprung zu einem kleinen Gang vorbei an den hohen Mauern und dem imposanten Eingangsportal durch den Park am Moersbach, ehe ich mich dem Markttrubel am Kastellplatz aussetzte. Umkreiste die riesige Weihnachtspyramide, entdeckte ein Kinderkarussell, eine Kasperlebude, schließlich auch die Eisbahn, kleiner als erwartet und von einer dichten Menschenmenge umgeben. Irgendeine Aktion musste da gerade stattfinden. Ich schob mich vor. Auf der Eisfläche traktierte jemand mit Kettensäge, Fräse und Brenner einen riesigen Eisblock. Mein Blick suchte die Zuschauer ab. Da! Auf der gegenüberliegenden Seite entdeckte ich gleich zwei flackernde Rentiergeweihe, hob den Arm und winkte. Eins winkte zurück. Ich umkreiste den Platz, drängelte mich auf der anderen Seite wieder vor, Marina fiel mir um den Hals, verwuschelte meine Haare, rief: »Wo hast du deine Mütze gelassen? Ich hab dich erst gar nicht wiedererkannt!«

Schuldbewusst zog ich die Narrenkappe aus der Jackentasche, stülpte sie über und wurde mit einem Schmatz auf die Nase belohnt. Marina schob mich zurück und nickte dem anderen Rentiergeweih zu. »Jessi – Marvin. Na, habe ich zu viel versprochen?«

Ich schüttelte der jungen Frau mit weißblondem Bubikopf, lila Pelzimitat-Jacke und Jeans im Ripped-Denim-Style die Hand, log: »Schön, dich kennenzulernen«, bemüht, mir die Enttäuschung nicht anmerken zu lassen.

Marina schmiegte sich an mich und flüsterte mir ins Ohr: »Ich war nun mal mit ihr verabredet. Aber wir müssen nicht lange bleiben. Nur ein paar Minuten …«

›… zu viel versprochen?‹ – Die Frage hatte offensichtlich Jessi gegolten. Ich fühlte mich vorgeführt. War das hier ein Contest? Was für ein Kindergarten! Dass Jessi nicht antwortete, machte es nicht gerade besser. Entsprach ich etwa nicht den Erwartungen? Welchen Erwartungen überhaupt?

Jessi hatte mir nicht mehr als einen flüchtigen Blick geschenkt, beobachtete nun den Eisfigurenkünstler, stupste Marina an, rief »Wow!« und »Guck!«

Ich spürte einen jungen, warmen Körper dicht an meinem, roch Marinas Haar, das mir in die Nase kitzelte, hörte sie kichern und Jessi antworten. Ein paar Minuten waren längst verstrichen. Aber was war Zeit, solange ich diese aufregende Frau in den Armen halten konnte?

»Ach, übrigens«, meinte Marina, als hätte sie meine Gedanken gelesen. »Ich habe Marvin versprechen müssen, dass wir noch einen anderen Markt besuchen.«

Mir? Einen anderen Markt? Nun ja, wenn es darum ging, Jessi abzuwimmeln …

»Supi! Dann kommt doch gleich mit! Ich bin nachher mit Kati und Ellen in Liedberg verabredet.«

»Wo ist denn in Liedberg ein Weihnachtsmarkt?«

»Auf dem Sandbauernhof. Total schnuckelig. Historisches Karussell, Drehorgel, Dixieland-Kapelle …«

Marina zog eine Schnute.

Jessi setzte nach. »Lieber Kalkar? Da gibt es einen echten Schmied – und Weckmänner, vom Nikolaus persönlich überreicht. Neles Lover kommt aus Hanselaer. Das lässt man sich da nicht entgehen. Oder Wachtendonk? Alina wollte dort heute mit Ermal aufschlagen. Dafür müsst ihr euch aber beeilen. Um fünf legt der Nikolaus an, der kommt mit dem Kahn über die Niers geschippert.«

Marina sah auf ihr Smartphone. »Zu knapp. Ich dachte auch eher an einen Markt an einem Schloss oder so.«

»Jo wollte mit ihrem neuen Freund nach Weeze.«

In was für einen Club war ich bloß geraten? Jessi, Kati, Ellen, Nele, Alina, Jo – wie viele Weihnachtsmarkt-Bekloppte kannte Marina? Wohin man schaute – nirgends ein Tête-à-Tête mit ihr möglich?

»An Schloss Wissen findet doch nichts statt.«

Ich atmete auf. Marina wollte mich offensichtlich keiner weiteren ihrer Freundinnen vorführen. – Weil ich die Probe bei Jessi schon nicht bestanden hatte?

»Nee, der ist am Schloss Hertefeld.«

»Ach, das Hotel. Aber da kommt man ja gar nicht rein.«

»Ihr müsst zur Burg Erkelenz! Dort wird mit allem Schnick und Schnack gefeiert. Großes Mittelalterspektakel, Axtwerfen, Gaukler und Feuershow.«

Lieber Himmel. Bis Erkelenz wären wir eine ganze Stunde mit dem Auto unterwegs. »Sprachst du nicht von einem Schloss?«, warf ich ein.

»Genau. Ich dachte an Schloss Ringenberg.«

»Wo ist das jetzt wieder?«, erkundigte ich mich.

Jessi und Marina lachten, als hätte ich einen guten Witz gemacht, und riefen gleichzeitig: »Hamminkeln!«

Ah ja. Weihnachtsmärkte-Idiotentest nicht bestanden. Ich überschlug im Geist die Strecke. Mindestens eine Dreiviertelstunde.

Applaus brandete auf. Die Eisskulptur war fertig. Ein riesiges Schild, gekrönt von einem Helm und dem Rumpf eines Rüden. Das Stammwappen der Grafen von Moers. Der Mann wusste, wie man sich in die Herzen des Publikums einmeißelte.

Ich sah auf die Uhr. »Na, dann sollten wir uns mal auf den Weg machen, wenn wir noch was davon haben wollen.«

»Viel Spaß, ihr Süßen!« Jessi warf mir Kusshändchen zu, machte Bussi-Bussi mit Marina, kicherte. »Gute Wahl. Der tät mir auch gefallen!«

Also doch. Die Antwort auf Marinas Eingangsfrage

versöhnte einerseits. Andererseits hinterließ sie erst recht ein Gefühl von Abschätzigkeit.

»Was macht ihr bloß im Sommer, wenn es keine Adventsmärkte gibt?«, fragte ich, während ich auf die B 58 abbog.

»Australien«, gab Marina zurück. »Tauchurlaub auf der Weihnachtsinsel.«

Ein Witz, oder? Ich sagte lieber nichts dazu.

Bummelte Hand in Hand mit Marina über den Ringenberger Schlosshof, bestaunte Handwerkerkünste und Alpakas, gab ihr im Jagdzimmer einen Eierpunsch aus und gönnte mir im Schloss-Restaurant einen Ringen-Burger. An einem Stand mit Holzfiguren erstand sie mir einen kleinen silberlockigen Engel auf Spiralbeinen als Wackelfigur für das Armaturenbrett. »Ein Schutzengel, der dich immer im Auge hat, wenn du unterwegs bist!«

Gelöst, gesättigt und glückselig erreichten wir gegen elf Nieukerk. Ich parkte vor einer Fachwerk-Doppelhaushälfte, wohin Marina mich dirigiert hatte, und sah sie erwartungsvoll an.

»Darf ich die Nacht bei dir verbringen?«

»Wenn du mir den Sonntag schenkst?«

Was für ein Deal! 24 Stunden mit Marina!

Als Soloselbstständiger hatte ich Wochenenden allzu oft verdrängt. Doch wozu sonst gab es Arbeitstage, wenn man deren Früchte nicht auch einmal genießen konnte?

Alles an dieser Frau war aufregend. Auch ihre Wohnung gefiel mir. Okay, ein bisschen viel Lichterkettengedöns, Blinki-Blinki und Engelchen, aber alles geschmackvoll arrangiert – es passte halt zu ihr. Während sie im Bad war, streckte ich mich auf dem Futon aus und gab mich mit Blick auf den fluoreszierenden Sternenhimmel an der Decke meinen Gedanken hin. Irgendwie musste es den Weibern in den Genen stecken, dieser Drang zum Shoppen, Schenken und Schmücken. Weihnachten war nun mal *das* Event des Jahres, das alle drei Optionen überreichlich bot. Wasser auf die Mühlen von Marinas Freundinnenclique, wie es schien. Was hatte sie noch zu Kerken gesagt? »Das kleinste Event am Niederrhein«. Vielleicht war die Geringfügigkeit des heimatstädtischen Bemühens um Einstimmung auf das Fest der Liebe der Auslöser für ihren Weihnachtstick? Ein Minderwertigkeitskomplex, den sie zu kompensieren suchte? Größer, weiter, bunter. Morgen sollte es nach Emmerich-Elten gehen. Sie schien wild entschlossen, einen Markt nach dem anderen abzuklappern. »Ich fahre auch gern. Dann kannst du was trinken.«

Es war mir egal. Ich berauschte mich an ihren strahlenden Augen, ihrem seidigen Haar, ihrem Duft, dem Flaum auf ihren Unterarmen, ihren Brüsten, die fest und weich in meinen Händen lagen, dem salzigen Geschmack zwischen ihren Beinen, ihrem hechelnden Atem, dem Zittern und Aufbäumen ihres Körpers, wenn ich sie zum Höhepunkt jagte, ihrem sanften Atmen im Schlaf. Als ich am anderen Morgen aufwachte, hielt ich sie im Arm, schnupperte, lauschte, fühlte mich glücklich wie nie zuvor.

Wir duschten und frühstückten ausgiebig, fielen wieder übereinander her, duschten noch einmal, erreichten gegen Mittag über die »Golden Gate des Niederrheins«, die längste Hängebrücke Deutschlands, Emmerich und schlenderten über die Rheinpromenade zum Geistmarkt.

»Warum ›Geistmarkt‹?«, fragte ich meine persönliche Weihnachtsmarkt-Fachberaterin.

Sie zögerte. »Vielleicht weil das Motto lautet ›Wer hat Angst vorm schwarzen Mann?‹?«

»Werben die nicht damit, dass sie so familienfreundlich sind?«, neckte ich. »Mit Bimmelbahn und anderen Belustigungen? Oder ist das eine Geisterbahn?«

Gerade fuhr die kleine Lok mit offenen Waggons voller Kinder tutend an uns vorbei.

Ich googelte. »Es kommt von ›Geest‹, eine Landschaftsbezeichnung. Mit Geistern hat das nichts zu tun.«

»Mansplainer«, gab sie zurück. Oha. Ein neuralgischer Punkt.

»Aber wieso ›Angst vorm schwarzen Mann‹?«

»Weil der Nikolaus hier den Schwarzen Piet mitbringt, der die bösen Kinder mit der Rute bedroht und sie in den Sack steckt.«

»Ist das nicht ein bisschen rassistisch?«

»Sei nicht albern. Das ist Folklore«, gab Marina zurück. Zum ersten Mal klang sie richtig genervt.

Es lag mir fern, einen Konflikt heraufzubeschwören, kaum dass wir einander kennengelernt hatten, also schob ich das Thema beiseite.

In den beiden folgenden Wochen lernte ich an Marinas Seite den Niederrhein neu kennen. Vielmehr eine für mich unbekannte Seite an ihm. Unter der Woche hatte ich geschäftlich bis über beide Ohren zu tun. In Arbeitspausen ließen wir die Whatsapp-Drähte glühen. Marina fiel das im Büro leichter als mir im Auto oder in Kundengesprächen. Gelegentlich vermeinte ich, Missstimmung aus ihren Nachrichten herauszulesen, wenn ich allzu lange nicht reagierte. Doch war das nicht Ausdruck ihrer Sehnsucht? Ich knauserte nicht mit Liebesbeteuerungen und Anzüglichkeiten, sparte mir aber eine weitere Begegnung für den folgenden Freitag auf, den Abend vor dem zweiten Advent, den wir ausgiebig in ihrem Bett genossen. Um am Samstagmorgen – ihrem Wunsch gemäß – nach Krefeld aufzubrechen. Rund um die Stadtkirche am Dionysiusplatz taten wir auf dem »Besonderen Weihnachtsmarkt« Gutes: Ausschließlich nicht kommerzielle Initiativen, Gruppen und Einrichtungen von der AIDS-Hilfe bis zu SOS-Kinderdörfern und Waldorfschulen verkauften hier Plätzchen, Eingelegtes, Handarbeiten und sonst wie Selbstfabriziertes aus Holz, Stoff, Ton, Metall und Grundnahrungsmitteln. Guttun im doppelten Sinne: Wanst vollschlagen und Spendierhosen zeigen. Von Geschenken hielt ich nicht viel. Von Staubfängern in meiner Bude erst recht nicht. Marina erstand allerhand Krimskrams, aber schenkte mir zum Glück nichts. Erst als wir am späteren Nachmittag mit aufkommender Dämmerung am Schloss Rheydt aufschlugen, fiel ihr auf, dass ich die Weihnachtsmannmütze nicht aufgesetzt hatte. Ich holte es brav nach, wir streiften blinkend über den Arkadenhof und durch die Parkanlage, begutachteten Kommerzielles, Kreatives und Kunstfertiges, das meine Einstellung zu Staubfängern gelegentlich ins Wanken brachte. Der Blick auf die Preisschilder half, mich zu disziplinieren. Bei Speis' und Trank war ich weniger selbstbeherrscht. Marinas Begeisterung wärmte mein

Herz. Als sie von einem Schmuckstand gar nicht mehr loszueisen war, kaufte ich ihr einen Armreif, weil sie sich nicht entscheiden konnte.

Wir verbrachten die Nacht in Neukirchen-Vluyn und brachen am Sonntag gleich nach dem Frühstück in den Norden auf. Kleve stand auf Marinas Programm. Da der Weihnachtsmarkt in der Innenstadt zehn Minuten Fußweg von der Schwanenburg entfernt lag, begannen wir mit einem Rundweg auf dem Schlossberg, um über die Wasserstraße und Kavarinerstraße den Koekkoekplatz zu erreichen. Ich muss gestehen, dass ich die Burg wirklich imposant fand, aber was Weihnachtsmärkte anging, war ich allmählich gesättigt und hätte mir lieber die Brunnenanlage am Haus Koekkoek angeguckt. Natürlich hatte es immer noch etwas, mit einer schönen Frau an der Seite herumzuschlendern, aber die Art, wie sie auf Dinge reagierte, die ihr gefielen, zumal *was* ihr gefiel, war mir mittlerweile einigermaßen vertraut und – wie soll ich sagen? – es verlor an Reiz. Deutlich. Um nicht zu sagen: Es begann gelegentlich zu nerven.

Auf dem Rückweg machten wir einen Stopp in Alpen. Parkten in der Nähe des Kunsthandwerkermarkts am Rathaus. Als ich die Lichterketten, Buden und das Gedränge sah, bat ich Marina, alleine herumzubummeln. Ich brauchte eine Stärkung. Würde mich irgendwo hinsetzen und auf sie warten.

Sie zog eine Augenbraue hoch. »Erschöpft? Oh je. Ich vergaß.« Lächelte. »Dein Geburtsjahr.«

Das saß. Konnte meine Bummellust allerdings erst recht nicht steigern. Ich suchte eine Glühweinbude auf und bestellte – es war mir egal, dass ich noch fahren musste – einen heißen Aprikosen-Zimt-Likör, den »Alpener Weihnachtsmann«. Legte die Mütze, die Marina mir geschenkt hatte, vor mir auf den Stehtisch, knipste sie an und starrte in das Flackerlicht.

Als sie ihren Weihnachtsmarktbummel beendet hatte, fuhr ich sie nach Kerken. Bat nicht, mit ins Haus kommen zu dürfen. Es war schon spät.

Am nächsten Tag rief sie mich an. »Die Mädels wollen dich kennenlernen.«

»Welche Mädels?«

»Jessi hast du ja schon mal gesehen. Meine Freundinnen halt.«

Ich war überrascht. Wieso? Musste ich mich tatsächlich beweisen?

»Wir treffen uns jedes Jahr am Mittwoch zwischen dem zweiten und dritten Advent zum Schrottwichteln. Diesmal bist du unser Ehrengast. Du *musst* kommen. Das wird ein Heidenspaß. Es wird dir gefallen.«

Schrottwichteln. Ich hatte davon gehört. Aber bisher nie an so etwas teilgenommen. Wusste, dass es darum ging, dass man etwas mitbrachte, einen möglichst unnötigen, geschmacklosen, gerne witzigen Gegenstand, den man loswerden wollte. Der wurde dann an andere weitergegeben, die ausgewürfelt oder ausgelost wurden.

Warum nicht? Ich sagte zu. Stöberte in meinen Schränken. Fand schließlich eine Vase, die ich zwar einigermaßen praktisch fand – aber wie oft kam es vor, dass mir jemand Blumen mitbrachte?

Marina holte mich ab. Ein flüchtiges Wangenküsschen.

»Bei wem findet das überhaupt statt?«, erkundigte ich mich.

»Kati.«

Wir fuhren nach Kempen. Ich schlug vor, an einer Tanke zu halten, um Blumen für die Gastgeberin zu besorgen.

»Nicht nötig. Das passt schon. Wir treffen uns reihum.«

Ich habe eine Technik entwickelt, wenn ich in größeren Runden vorgestellt werde, mir sämtliche Namen zu merken. Für geschäftliche Belange unverzichtbar. Vielmehr, die Namen waren mir ja bereits vertraut: Kati, Ellen, Nele, Alina, Jo. Jetzt konnte ich Gesichter zuordnen.

»Woher kennt ihr euch eigentlich?«, wollte ich wissen?

»Och, zum Teil von klein auf. Zum Teil Zufall. Wir sind eine geschlossene Gruppe. Die Triple-A. Anonymous Adventsmarkt Addicted.«

Kati kicherte. Wieder einmal wusste ich nicht recht, ob ich die Antwort ernst nehmen sollte. Ließ sie unkommentiert stehen.

Man versammelte sich um einen großen Tisch, auf dem bereits Getränke und Knabberzeug standen. Die mitgebrachten Schrottgeschenke wurden offen vor dem Spender abgestellt. Erwartungsgemäß hatte ein Großteil der Gaben ausgeprägten Weihnachtsbezug: kitschige Engel-, Rentier- und Weihnachtsmannfiguren, hart an untersten Geschmacksgrenzen schrammend.

Jo erklärte die Regeln, dann ging es los. Reihum wurde gewürfelt und entsprechend der Zahl wanderten die Mitbringsel in Uhrzeigerrichtung um den Tisch, konnte aber jederzeit wechseln, je nachdem, welche Zahlen fielen. Bei einer Sechs durfte man ein beliebiges Geschenk eintauschen. Natürlich war rein gar nichts dabei, was irgendein halbwegs normaler Mensch hätte haben wollen, aber das steigerte den Thrill erst recht. Es wurde viel gekreischt, gelacht und gesoffen – bis auf Marina schien keine darauf eingestellt zu sein, dass sie noch fahren musste. Mir hatte sie sich als Taxi zur Verfügung gestellt, alles andere konnte mir egal sein und wurde mir mit zunehmendem Alkoholpegel auch immer gleichgültiger. Die Umdrehungen, die die Schrottgeschenke um den Tisch machten beziehungsweise nicht machten, weil es dauernd hin- und herging, korrespondierten mit den Umdrehungen, die in meinem Kopf Fahrt aufnahmen.

Als ich von einem Toilettenbesuch zurückkehrte, waren alle Schrottgeschenke vom Tisch verschwunden. Im ersten Moment fiel es mir in meinem Beduseltsein gar nicht auf. Erst als ich ein Klirren hörte. Der Armreif, den ich Marina am Schloss Rheydt erstanden hatte, war in der Mitte des Tisches gelandet, wo er eine Weile vor sich hin kreiselte, bis er liegen blieb. Jetzt sah ich auch: Vor jedem Platz stand eine frisch gefüllte Tasse mit dampfendem Glühwein. Marina hob ihre an. »Eins. Zwei …«

Alle am Tisch hakten den Finger in den Henkel und fixierten sie. Gespanntes Schweigen.

»Und los!«, rief Marina.

Alle hoben das Getränk an die Lippen. Nur Marina, Kati und Jo pusteten und nippten geruhsam. Alle anderen schienen bestrebt, den Punsch in äußerster Eile herunterzustürzen. Ich beobachtete das Geschehen einigermaßen befremdet, war aber zu angenehm beschwipst, als dass es mich gedrängt hätte zu fragen, was das nun wieder für ein Spiel sei. Jessi und Alina leerten ihre Tassen fast zeitgleich, kehrten die Öffnung nach unten, wohl zum Beweis, dass sie leer seien, und grabschten mit der anderen Hand nach dem Armschmuck in der Mitte des Tischs. Jessis Reaktionsschnelligkeit schien ein winziges bisschen weniger beeinträchtigt. Sie griff zu und hielt Marinas Reif mit einem triumphierenden Schrei in die Höhe. Alle brachen in ohrenbetäubendes Kreischen aus. Diejenigen, die nicht schnell genug ausgetrunken hatten, denn darum war es ja wohl bei dem Contest gegangen, traktierten den Tisch mit den Händen, skandierten »Jessi! Jessi!« – dann wandten sich alle nach und nach mir zu. Stille kehrte ein. Nur aus dem CD-Player knödelte eine Stimme: »Morgen, Kinder, wihird's wahas geben …«

»Trink, Marvin!«, sagte Marina sanft.

Die Blicke der Umsitzenden, die mir hochkonzentriert zusahen, wie ich die Punschtasse leerte, waren das Letzte, was ich klar vor Augen hatte. An den Rest des Abends erinnerte ich mich nur schemenhaft. Bis zu dem Moment, in dem ich, von Marina gestützt, zur Tür wankte, während auch die anderen sich ebenfalls zum Abflug bereit machten.

Ich erwachte davon, dass die Welt sich zu drehen schien, eine Fliege zwecks Landeversuchen brummend meine Nase attackierte und die Sonne mir grell in die Ritzen knallte, die meine klebrigen Augenlider mühsam zustande brachten. Ein warmer Rücken schmiegte sich an meine rechte Körperseite, schlank, von tiefen Atemzügen bewegt – aber etwas stimmte nicht. Ich blinzelte.

War es das grelle Licht, das den Kopf neben mir so farblos erscheinen ließ? Ich tastete nach Marinas langer brauner Mähne – und spürte – einen Bürstenschnitt! Riss die Augen auf. Ein weißblonder Bubikopf lag neben mir auf dem Kissen.

Jessi!

Ein Blick auf meine Umgebung bestätigte: Das war nicht Marinas Zimmer. Ich musste in Jessis Bett gelandet sein! Vergewisserte mich kurz: Ich war splitterfasernackt. Und nicht nur das. Da unten regte sich etwas verdammt Lebendiges. Der plötzlichen Erregung über diese vollkommen absurde Situation geschuldet?

Jessis Körper neben mir gab ein Geräusch von sich, das nach einem wohligen Schnurren klang, sie reckte sich. Haut rieb an Haut. Meine Lebendigkeit versteifte sich. Ich drehte mich auf die Seite und zog die Knie an. Behielt Jessi im Auge.

Sie schlug ihre auf. Strahlte mich an. »Na, Süßer? Gut geschlafen?«

Kuschelte sich derart an mich, dass ihr Schenkel zwischen meine Beine geriet, sie meine Lust spüren musste. Das Strahlen – kam es mir nur so vor, als läge ein Triumph darin? – verstärkte sich. Ihre Zungenspitze schoss zwischen den Lippen vor und näherte sich meiner Brustwarze. Ich drehte mich auf den Rücken, bemüht, ihrer Annäherung zu entfliehen, aber lieferte mich ihr dadurch erst recht aus. Ihr nackter Leib schnellte geradezu auf meinen, der schmale Körper schien zu glühen vor Begehren. Mein bestes Stück war zwischen ihren Beinen eingeklemmt, die sich gegeneinander rieben, ihre Hüfte hob und senkte sich … Ich hatte keine Chance. Vermutlich wiederholte sich lediglich, was in der Nacht zuvor schon passiert sein musste. Doch jetzt gab es keine Entschuldigung mehr. Ich war bei vollem Bewusstsein.

Nachdem wir beide – viel zu schnell, wie es mir schien – gekommen waren, rollte ich mich stöhnend zur Seite.

»Was war das?«

Jessi stützte beide Ellenbogen auf meine Brust, legte den Kopf schief. »Was?«

»Wie bin ich in deinem Bett gelandet?«

Sie lachte. »Du warst ganz schön betrunken. Und so süß!«

»Aber wie bin ich hierhergekommen?«, insistierte ich.

»Du hast darauf bestanden. Marina hat mich nach Hause gefahren, und du wolltest mich partout raufbringen.«

»Waaas? – Was hat Marina denn dazu gesagt?«

»›Fickt euch!‹« Jessi lachte. »Was hätte sie sonst sagen sollen? Du hattest mit ihr Schluss gemacht. Ihr vorgeworfen, dass sie deinen Armreif zum Schrottwichteln hergegeben hätte. Daraufhin hat sie gesagt, du könntest ja gern an dem Ding festhalten, das inzwischen mir gehörte. Wenn es dir so wichtig wäre. Wichtiger als sie.«

Ich wusste nicht, was ich davon halten sollte. Sollte ich tatsächlich so etwas gesagt – erst recht *getan* haben?

»Ich muss mit ihr reden«, sagte ich.

»Erst mal duschen«, meinte Jessi. Sie wälzte sich aus dem Bett, sammelte ein Kissen auf, das im Eifer des Gefechts heruntergefallen sein musste, und warf es mir an den Kopf. »Na los.«

Ich drückte mich an ihr vorbei, während sie sich die Zähne putzte, und huschte unter die Dusche. Kurz darauf stand sie neben mir unter dem Strahl und seifte mich gründlich ein. Ich kann nicht behaupten, dass es unangenehm war. Im Gegenteil. Irgendetwas in meinem Kopf musste abgeschaltet sein. Ich blendete einfach alles aus, was in den letzten zwei Wochen passiert war, und ließ mich auf das Hier und Jetzt ein.

Am Frühstückstisch fiel mein Blick aus dem Fenster. »Wo sind wir hier eigentlich? Ich meine, wo wohnst du?«

»Rheurdt«, antwortete sie knapp.

Ich machte mich, sobald es mir möglich war, vom Acker. Rief ein Taxi. Fuhr erst nach Hause, dann zu Marina. Klingelte.

Sie war noch im Schlafanzug. Verwuschelte Haare, ungeschminkt. »Komm rein!« Ging vor in die Küche, wo neben ihrem Notebook eine Tasse Kaffee stand. Goss mir ebenfalls eine ein. Lächelte. »Na, wie war die Nacht?«

Lächelte?

»Ich hab keine Ahnung«, stammelte ich. »Ich hab wirklich *null* Ahnung, wie ich da gelandet bin! Also bei Jessi.«

Sie kniff die Augen ein wenig zusammen. Verärgert? Amüsiert?

»Ich schon. Ich hab dich gefahren.«

»Ja, das hat Jessi mir auch erzählt. Ich kann mich an nichts mehr von der Nacht erinnern. Weder was vorher passiert ist noch anschließend. Es tut mir leid, was da vorgefallen sein muss, Marina. Ich kann dir gar nicht sagen …«

»Muss es dir nicht. Passt schon«, meinte sie. »Irgendwie ist das ja alles nicht wirklich dein Ding, Marvin, was mich so interessiert. Aber wir hatten eine gute Zeit, oder?«

Ich wusste nicht, was ich sagen sollte.

»Vielleicht passt es ja mit Jessi besser.«

Ich vermute, mein Lächeln musste ziemlich verunglückt wirken. »Na ja, in Hinsicht auf das, was euch interessiert …«

»Dann genieß' doch einfach den Rest«, schlug sie vor.

Ich habe keine Ahnung, was mich ritt in dem Moment. Aber mich überfiel auf einmal eine derartige Lust … »Also, ich hab den Rest mit dir verdammt genossen«, beteuerte ich. »Und ich hätte das durchaus auch …«

Sie stand auf. »Du solltest besser gehen, findest du nicht? Mach dir echt keine Gedanken. Ich hab null Probleme mit dir und Jessi. Nimm's, wie es ist.«

Ich verließ die Wohnung.

Als Jessi mich am selben Abend anrief und fragte, ob sie vorbeikommen dürfe, sagte ich nicht nein. Das Neue, Verbotene, Verwegene hatte eine ungeheuer stimulierende, nahezu magische Wirkung auf mich.

Alles auf Anfang?

Am Samstag darauf fand ich mich mit Jessi auf der Freilichtbühne von Dormagen-Zons wieder, wo die Kultur- und Heimatfreunde eine Vorstellung der »Lebenden Krippe« gaben.

Warum hatte ich mich schon wieder auf diesen Quatsch eingelassen? Weil Jessi so gebettelt hatte? Ein bisschen kam ich mir vor, wie wenn ein Onkel seine Nichte ausführt. Oder ein Vater die bei seiner Ex lebenden Kinder. Wenn das der Deal war, dass ich den Rest genießen durfte, wie Marina es genannt hatte, sollte Jessi ihren Willen bekommen. Ich würde, was ich als so verlockend schätzen gelernt hatte, nicht noch einmal riskieren. Auch wenn der ganze Adventskram mir längst zum Hals heraushing.

Zons war schließlich immer eine Reise wert, keine Frage. Die alten Festungsmauern der mittelalterlichen Zollstadt boten eine zauberhafte Kulisse für den Weihnachtsmarkt.

Wir fuhren weiter zum Schloss Benrath. Herrschaftliches Rokoko-Ensemble mit Flügelbauten, eindrucksvoller Wasserarchitektur und großartigen Parkanlagen. Wenn man von dem ganzen Weihnachtskrempel absah, gab es auch hier viel Schönes zu gucken. Jessi war hin und weg. Ich spendierte ihr Zuckerwatte und einen kandierten Apfel. Küsste ihren verschmierten Mund, leckte roten Zucker von ihrer Wange und ließ mir von ihr – was wohl? – eine blinkende Weihnachtsmannmütze aufsetzen. Das Einzige, was ich mir ausbedungen hatte: dass niemand aus ihrer Clique mit uns unterwegs sein würde. Nicht nach dieser vermaledeiten Schrottwichtelveranstaltung.

Turmbläser empfingen uns am Sonntag im Innenhof des Rittergutes Birkhof bei Korschenbroich. Um den Teich in der Mitte kreiste pfeifend eine kleine Bimmelbahn, »Schnauffi«, vollgepackt mit Kindern – wie in Emmerich.

»Wo hast du die Weihnachtsmannmütze, die ich dir gestern gekauft hab?«

Pflichtschuldigst fingerte ich sie aus der Jackentasche, Jessi stellte sich auf die Zehenspitzen, stülpte sie mir über, zupfte sie zurecht und schaltete den Blinkmechanismus an. Dann nahm sie meine Hand. Rentier und Weihnachtsmann bummelten einträchtig nebeneinanderher.

Und täglich grüßt das Murmeltier …

Während ich eine Bratwurst mampfte, drehte Jessi juchzend Runde um Runde auf dem nostalgischen Dampfkarussell.

Auf Plakaten wurde für eine Tanzveranstaltung ab 18 Uhr geworben: »Ä Tännschen please«. Jessi wollte weiter.

Nächste Station Jüchen bei Mönchengladbach. Eins der prächtigsten barocken Wasserschlösser des Rheinlands, Schloss Dyck, war farbig angestrahlt, das riesige Parkareal drum herum voller geheimnisvoll illuminierter Buden, Zelte, Wagen, Stände und Ausstellungsräume, so weitläufig, dass man gefühlt tagelang hätte umherstreifen können, ohne alles gesehen zu haben. Ja, auch hier Minibahn, Krippenspiel, Kinderkarussell – alles, was das Herz begehrte.

»Mein Highlight!«, jauchzte Jessi.

Man soll ja nicht vergleichen. Ich hatte mich schon mit Marinas Begeisterung für diese Konsumveranstaltungen schwergetan. Obwohl sie mir das Weihnachtsmarktbummeln doch zum ersten Mal nähergebracht hatte. Ihrer wie Jessis Vorliebe für historisches Ambiente konnte ich dabei durchaus etwas abgewinnen. Auch kulinarisch hatten die Märkte viel zu bieten. Wie man allerdings einen derartigen Hype daraus machte, dass man Wochenende für

Wochenende von einem Markt zum anderen zog, blieb mir ein Rätsel. Wie konnten junge Frauen, emanzipiert, couragiert und ohne Tabus – der Teil, der mir ausnehmend gefiel –, derart hoffnungslos romantisch, nein, kitschig, nein, geschmacklos sein in ihrer kindlichen Freude an diesem Tamtam? In dem Punkt kam mir Jessi noch krasser vor als Marina. Noch frecher, noch selbstbewusster, aber eben auch noch einen Tacken kindischer. Ich musste auf der Hut sein, um mir mein Missfallen nicht anmerken zu lassen.

Die Woche über war ich viel unterwegs. Jessi arbeitete als Zahnarzthelferin, hatte deutlich früher Feierabend und verstand nicht, dass ich abends nicht immer nach Hause kam und in der Regel bis spätnachts Schriftverkehr erledigen musste. Ich vertröstete sie auf das nächste Wochenende. Da würde ich ihr rund um die Uhr zur Verfügung stehen. Vierter Advent. Letzte Gelegenheit, Märkte abzuklappern. Dann musste es mal gut sein.

Tatsächlich stand heute nur ein Markthighlight auf dem Programm: der Krippenmarkt in der Weihnachtsstadt schlechthin, dem größten Wallfahrtmagnet des Niederrheins, der »Weihrauch-City« Kevelaer. Im Forum Pax Christi erwarteten uns leibhaftige Tiere, Esel, Ochse und Schafe, flankiert von lebensgroßen Figuren der Heiligen Familie, die für Krippenspiele durch Schauspieler ersetzt wurden. In den Straßen rund um die Marienbasilika blühte das ganze Jahr der Devotionalienhandel, wurden Oblaten, Printen und Honigkuchen angeboten. Jetzt kamen die Weihnachtsstände dazu. Der Name des Marktes verriet es: Hier wurden vor allem Krippen gehandelt.

Jessi blieb an jeder zweiten stehen, rief: »So süß!«

Ich sorgte mich ernstlich, dass ich mich früher oder später beladen mit einem sperrigen Stall durchs Gedränge würde schlagen müssen. »Willst du wirklich eine kaufen?«, fragte ich sie auf dem Weg zwischen zwei Ständen.

»Quatsch! Wie kommst du darauf? Was soll ich denn damit?«, fragte sie konsterniert zurück.

Nachdem sie genug gesehen hatte, dirigierte sie mich nach Schloss Wissen.

»Ich denke, da gibt es gar keinen Markt?«, fragte ich. »Hast du nicht mit Marina in Moers darüber gesprochen?«

»Stimmt«, gab Jessi zurück. »Da sollst du endlich mal etwas arbeiten.« Sie brauchte schließlich einen Tannenbaum. Den sie sich in einer Schonung selbst aussuchen und den ich schlagen durfte. Über einen Schotterweg gelangte man vom Parkplatz in den Wald. Jessi hatte genau ausgemessen, wie groß der Baum sein durfte. Vielmehr, wie klein er sein musste. Ziemlich klein, genau genommen. Nach langem Umherstreifen fand sie – »*Der* ist ja süß!« – etwas Passendes, ich setzte die Säge an, anschließend ging's ans Bezahlen. Ich spendierte ihn ihr gern. Zum Weihnachtsbaumschlagen gab's Glühwein, außerdem ein Lagerfeuer, um das herum man auf Strohballen lagern und Stockbrot backen konnte. Mit Jessi im Arm am Feuer zu sitzen – das hatte was. In der Nacht wurde ich mehrfach wach, schnupperte Rauch in den Bürstenhaaren neben mir im Bett, schlief wieder ein und träumte von knisternden Flammen.

Der Sonntag stellte meine Weihnachtsmarktbegleiterfähigkeiten ein letztes Mal auf die Probe. Es ging los mit Xanten. Auf dem großen Marktplatz im Schatten des St.-Viktor-Doms reihte sich im Karree eine Bude an die andere. Die Bäume, die den Platz säumten, waren mit Lichterketten behängt und verliehen der Veranstaltung einen festlichen Rahmen. Von der Größenordnung noch mal eine andere Nummer als Schloss Benrath oder Schloss Dyck.

Die nächste Station, zu der ich Jessi chauffieren durfte? – Schloss Moyland!

»Waren wir da nicht gera…?«, rutschte es mir heraus, ehe ich nachgedacht hatte. Himmel, ich schmiss schon alles durcheinander! Mit Marina war ich in Kleve gewesen, also ganz in der Nähe. Aber eben nur in der Nähe. Mit einer anderen Frau.

Die hochgezogene Augenbraue und der spöttische Zug um Jessis Mund kamen mir bekannt vor. Genau so hatte Marina geguckt, als wir in Kleve am Haus Koekkoek angekommen waren. Kurz danach hatte sie mit mir Schluss gemacht …

Sie mit mir?

Ich mit ihr! Auch wenn ich nichts davon mitgekriegt hatte. Weil ich so sturzbesoffen gewesen war.

Sturzbesoffen?

Natürlich erinnerte ich mich nicht mehr genau, was an dem Abend passiert war. Wie hatte es passieren können, dass ich mich bis zur Besinnungslosigkeit betrunken hatte? Das letzte Mal, dass das vorgekommen war, lag gut 30 Jahre zurück.

Nun ja. Was hatte Marina gesagt: »Nimm's, wie es ist.«

Ich gab also Gas und fuhr gen Bedburg-Hau zum

Schloss Moyland. Imposant war gar kein Ausdruck. Schon der Weg durch den Schlosspark und über die Brücke – ja, auch hier ein Wassergraben rund um die angestrahlte Burganlage – war märchenhaft. Wir bummelten Hand in Hand, schnupperten, kosteten, schauten, staunten. Viel Kunst und Kunsthandwerk zu erwerben. Wenn es nach Jessi gegangen wäre.

Wieder ein Déjà-vu: Wie lange stand sie jetzt bereits an der Schmuckbude herum? Ich trat näher, legte den Arm um ihre Schulter. Sie probierte Armreifen an. Streifte einen nach dem anderen über, zog ihn wieder ab, hielt die Stücke nebeneinander.

»Ich kann mich nicht entscheiden«, klagte sie mit Kleinmädchenstimme. »Hilf mir, Marvin!«

Etwas in mir geriet – wie wenn schlagartig ein Schalter umgelegt würde – außer Kontrolle. »Du brauchst keinen Armreif!«, sagte ich. Erschrak selbst über die Schärfe in meiner Stimme. »Du hast den von Marina gekriegt. Den ich ihr gekauft hatte.«

Jessi sah überrascht auf. An mir herunter. Und wieder hoch. Blickte mir direkt in die Augen. Sagte – das kleine Mädchen war wie weggefegt: »Lass uns fahren.«

Im Auto stellte sie das Radio an, drehte die Musik laut. Ließ sich zu Hause absetzen, gab mir ein flüchtiges Küsschen auf die Wange, rief: »Ich ruf dich an!«, und verschwand im Haus.

»Einmal noch«, sagte sie anderntags am Telefon. Die Stimmlage war wieder ganz oben angekommen. »Einmal noch auf einen Weihnachtsmarkt. *Büütte*, Marvin. Du *musst* mitkommen. Ich fahre auch. Versprochen!«

Am Spätnachmittag vor Heiligabend brachen wir auf. Jessi hatte ihr Auto bei mir stehen gelassen, ihr Tank war leer, und sich an das Steuer meines Wagens gesetzt. Wir folgten der A 57 und A 46 bis zur Ausfahrt Dremmen.

»Heinsberg on Ice« verkündeten die Plakate am Straßenrand.

Heinsberg. Nicht Moers.

Darauf eine junge Frau mit langen braunen Haaren.

Und weißer Pudelmütze. Nicht blinkendem Rentiergeweih.

»Na los, setz das Ding auf«, bat die junge Frau mit dem in alternierenden Regenbogenfarben aufleuchtenden Kopfschmuck.

Jessi. Nicht Marina.

Wieso fiel es mir bloß so schwer, mich zwischen all den grellen Lichtern, aufdringlichen Düften und dudelnden Klängen zu konzentrieren?

Jessi tippte auf ihrem Smartphone herum. Zog mich hinter sich her. Wir erreichten einen gigantischen Glühweinstand. »Ski-Rotonde« stand in großen, farblich changierend aufflammenden Lettern über der zentralen Theke. Auf zwei Holzplattform-Etagen erreichte man verschiedene Séparées im Blockhüttendesign. Jessi stieß eine Western-Schwingtür auf und schob mich in einen dämmrigen Mini-Saloon.

Vielstimmiges Grölen: »Jessiii! Marviiiin!« Um einen grob gezimmerten Tisch hatte sich die Triple-A-Mischpoke versammelt: Marina am Kopf. Rechts Nele, Alina, Jo, links Kati und Ellen. Vor jeder ein Becher Glühwein, dem Geruch nach zu schließen. Zwei Plätze waren frei.

Auch da stand je ein dampfendes Getränk. Ellen bugsierte mich auf die Bank, Jessi rutschte daneben. Mit einer ausholenden Geste zog sie Marinas Armreif vom Handgelenk und warf ihn in die Mitte. Es klirrte, er rotierte, blieb liegen. Jessi deutete auf ihre Tasse. »Und los!«

Alle hoben die Tassen an, pusteten, beobachteten einander über den Rand hinweg. Grinsten.

»Trinkt!«, sagte Jessi.

Ich saß da wie gelähmt.

»Na los!« Ellen stieß mit ihrem Becher an meinen, sah in die Runde. »Zum Wohl, Mädels!«

Die anderen prosteten zurück, lachten, nippten.

Ich spürte, ohne dass ich die Ursache genau verorten konnte, Wut in mir aufsteigen. Führte den Punsch an die Lippen und stürzte ihn herunter, als könnte ich mein inneres Brodeln damit löschen. Setzte ab, griff nach dem Armreif, hielt ihn in die Höhe, rief: »Wenn ihr ihn nicht haben wollt: Ich nehme den Schrott gern wieder an mich!«

Für einen Sekundenbruchteil schienen sie erschrocken, aber dann brachen sie in schallendes Gelächter aus.

Da – endlich – fiel es mir wie Schuppen von den Augen.

Es war gar nicht der Schmuck, den die Frauen verschmäht hatten: *Ich* war es, der von Marina beim Schrottwichteln angeboten worden war. Wo mehrere ihrer Freundinnen sich noch um mich gerissen hatten. Jetzt, als Jessi mich loswerden wollte, war keine mehr interessiert.

Ich war der Schrott. Diese Hexen hatten mich benutzt wie ein Spielzeug. Wie den ganzen Nippes, den sie so süß fanden. Wie einen dummen Wichtel.

Wie hatten sie mich derart missbrauchen können?

Mein Blick fiel auf die geleerte Tasse vor mir. Ich sprang auf. »Ihr habt mir K.-o.-Tropfen eingeflößt!«, kreischte ich. »Ich zeige euch an!«

»Spinnst du?«, hörte ich Jessis Stimme an meinem Ohr.

»Wetten, dass ihr es wieder gemacht habt?«, schrie ich. »Ich geh' zur Polizei!«

»Gar nichts gehst du.« Ellens Hand legte sich schwer auf meine linke Schulter. Jessis auf die rechte. Mein Kopf dröhnte. Die Knie wurden mir weich. Ich plumpste zurück auf den Sitz.

»Du bist ein bisschen erschöpft«, sagte Jo. »Am besten bringen wir dich zum Auto.«

»Zum Auto?«, rief Nele. »Der Mann ist sturzbesoffen! Und will zur Polizei! Den sollten wir besser zum Zug bringen!«

Alles Weitere ging in einem Rauschen unter. Ich spürte, dass man mir rechts und links unter die Arme griff, dass ich torkelte, strauchelte, aufgefangen wurde, schließlich hinplumpste, eine Wagentür zuschlug und ein Motor ansprang, dessen Geräusch leiser wurde, als wenn das Auto sich entfernte.

Ohrenbetäubender Lärm ließ mich hochschrecken. Das Motorengeräusch war zu einem Rattern und Fauchen geworden. Mit äußerster Anstrengung zwang ich die Lider auseinander. Blinzelte in blaue Augen auf einem runden Holzkopf unter silbernen Locken. Irgendetwas hatte die Spiralbeine in Schwingung versetzt. Etwas großes Dunkles, dessen Lichtkegel die Dunkelheit durchbrach und die kleine Figur vor mir zum Leben erweckt hatte. Etwas, das sich in rasender Schnelligkeit tutend und kreischend auf mich zubewegte. Ich fasste mit beiden Händen zu, erwischte links den Griff der Autotür, zog daran, fiel, rollte zur Seite, rollte, rollte, bis ich unter einer Schranke liegen blieb.

Während neben mir die Welt explodierte, führte ich die Rechte mit Marinas kleinem Schutzengel zum Mund und küsste ihn.

Nie wieder würde ich mich über Weihnachtsmarktnippes lustig machen.

Alle Bücher von Regina Schleheck:

Der Kirmesmörder - Jürgen Bartsch
ISBN 978-3-8392-1939-3

Wer mordet schon in Köln?
ISBN 978-3-8392-1962-1

Mörderisches Leverkusen und Umgebung
ISBN 978-3-8392-2325-3

Mörderisches Bergisches Land
ISBN 978-3-8392-2522-6

Mörderisches vom Niederrhein
ISBN 978-3-8392-0060-5

GMEINER SPANNUNG